언제나
여행처럼

지금 이곳에서 오늘을 충만하게 사는 법

언제나
여행처럼

이지상 지음

" 어제 도착해 오늘 머물고 내일 떠날 것처럼 살아라 "

차례

III 꿈꾸는 삶의 기쁨

사회학자 짐멜이 얘기한 것처럼 '오늘 와서 내일 가는 방랑자가 아니고, 오늘 와서 내일 머무는 방랑자'처럼 살아온 나는 늘 이 세상의 이방인이었다. 일상을 열심히 살아도 이 세상은 나의 고향이 아니라 단지 객(客)으로 머무는 여행지였다.

그 이방인은 자유로웠으나 종종 지독히 쓸쓸했다.

돌아다니고 글을 쓰며 늘 물었다.

나는 왜 그토록 자유를 갈망하고, 돌아와서도 정신은 안착하지 못하고 방황하는가? 이 흔들림의 정체는 무엇인가?

여기에 실린 글은 그런 고민을 통해 새로운 세계관과 삶의 방식을 찾아온 흔적들이다. 그 과정에서 나는 나의 여행과 삶을 막스 베버, 게오르그 짐멜, 가스통 바슐라르, 미셸 마페졸리, 질베르 뒤랑, 질 들뢰즈 등의 사회학자와 철학자들의 이론에 비추어보며 고민했다. 그리고 작은 결론을 내렸다.

방랑과 방황, 그리고 노마드적인 삶은 인간의 숙명이었고, 흔들림은 인간을 효율성, 생산성, 기능, 수단으로 대하는 근대화된 사회에 대한 저항이었다.

이 글의 목적은 여행이나 사회에 대한 분석이 아니라, 여행 때문에 마음 아파하는 이들에게 힘을 주는 데 있다. 길은 분명히 있다. 나는 사유와 상상을 통해, 공간 여행에서 시간 여행으로 가며 새로운 길을 보았다.

이 책은 본격적인 인문서는 아니지만 여행과 삶에 대해 인문학적인 태도로 접근했다. 해외여행 자유화가 시작된 지 20년이 흐른 지금, 감성적인 여행기와 에세이는 매우 풍성해졌다. 그러나 이 시점에선 이런 글도 필요하다는 생각을 하며 썼다.

여행자들은 이 시대의 첨병이다. 외롭고 흔들리더라도 힘을 내자. 그들이 이 글을 읽어주었으면 좋겠다. 또한 그 첨병들의 세계가 궁금한 분들도 읽어주면 좋겠다. 그들을 보면 세상의 흐름이 보이기 때문이다.

2010년 봄에
이지상

I

여행의 유혹

여행은 너무도 매혹적이다.
모든 삶을 다 팽개치고 떠나고 싶을 만큼,
그래서 여행은 또 황홀한 독이기도 하다.
여행의 그 위험한 유혹들은 어디에서 연유하는 것인가.
우리는 그것으로부터 빠져나올 수 있는가,
아니면 그것은 존재의 숙명인가.

방 랑 과   방 황 은
무 한 에   대 한
갈   망

어디에서 오는지, 어디로 가는지 몰라도
바람은 자유롭다. 바람이 되어 우주와 하
나가 되는 황홀한 경지를 맛보는 순간, 이
제 방랑과 방황은 길 잃은 자의 풀죽은 행
위가 아니라 생의 비의를 엿본 자의 당당
한 노래가 된다.

삶이 아주 권태로울 때가 있었다. 오래전 직장에 다닐 때였다. 물론 일
상의 삶은 무척 바빴다. 6시 반에 일어나 후닥닥 씻고 먹은 후 7시 20분
쯤 좌석버스를 타고 광화문에 내리면 8시 15분. 부지런히 걸어서 서소
문에 있던 회사 엘리베이터 앞에 도착하면 8시 25분. 부서를 찾아가 출
근부에 사인을 하면 8시 30분 직전이었다. 근무는 8시 30분부터 시작했

다. 부지런히 장부를 들치고 계산기를 두드려대고 결재를 받다 보면 어느새 12시, 점심시간이 왔다. 회사 식당으로 올라가 식기를 들고 긴 줄에 서서 밥을 기다렸다. 정신없이 밥을 먹고 자판기 커피 한 잔 뽑아 계단에 서서 잡담을 나누다 보면 금방 1시. 다시 일 시작. 정신없이 일을 했다. 정식 퇴근 시간은 5시인가, 6시였지만 누가 그걸 지키나. 저녁 7시쯤 되어 퇴근하거나 혹은 야근. 저녁은 거의 매일 밖에서 사 먹었다. 일찍 들어와 저녁을 먹고 9시 뉴스를 보는 날이 드물었다. 처음에 입사해서는 이런 꽉 짜여진 생활도 할 만했다. 모든 게 새로웠고 배우느라 긴장했으며 사람 사귀는 재미도 있었다. 그리고 월급이 있었다. 그 당시 대기업 초봉은 남들과 비교할 때 그리 나쁘지 않았다.

그런데 1년쯤 지나자 지겹고 권태로워졌다. 몸과 마음에서 물기가 쪽 빠져나가버린 것만 같았다. 나보다 수십 년 전에 파리에서 살았던 알베르 카뮈는 이런 상황을 이렇게 말했었다.

> 장치가 붕괴할 때가 있다. 기상, 전차, 사무실 혹은 공장에서의 네 시간, 식사, 전차, 네 시간의 노동, 식사, 수면 그리고 똑같은 리듬으로 반복되는 월, 화, 수, 목, 금, 토, 이 행로는 대부분의 경우 용이하게 계속된다. 다만 어느 날 무엇 때문에라는 의문이 고개를 들며 모든 것은 놀라움에 채색된 권태 속에서 시작된다.
>
> —알베르 카뮈의 「시시포스의 신화」에서

내가 직장을 그만둔 이유도 '무엇 때문에?'라는 질문 때문이었다.

무엇 때문에 나는 이렇게 똑같은 삶을 살고 있는가?

무엇 때문에 나는 이 일을 해야 하는가?

답은 많았다. 돈을 벌기 위해서잖아. 돈을 벌면 더 폼 나게 살 수 있잖아. 누구나 다 그렇게 살고 있잖아. 삶이란 원래 그런 거잖아.

그러나 이런 식의 대답은 한창 피 끓던 30대 초반의 나를 만족시키지 못했다. 그건 내 삶이 아닌 것 같았다. 그리고 나는 학창 시절부터 꿈꾸어오던 세계 여행을 열망했었다. 배낭을 메고 무궤도(無軌道) 속에서 방랑하는 꿈, 그때 나에겐 그게 절실했었다.

결국 직장을 그만두고 배낭을 멨다. 그리고 마음껏 세상을 방랑했다. 그 방랑의 시절 동안 '이대로 죽어도 좋다'는 희열 속에서 눈물을 흘린 적도 있었다. 그리고 이런 삶을 선택한 결정이야말로 내가 가장 잘한 일 중의 하나라고 말해왔다. 그런데 문제가 있었다. 그 방랑도 긴 세월 속에서는 또 다른 궤도가 된 것이다. 낯선 곳에서 숙소를 찾고, 구경을 하고, 사람을 사귀고, 이런저런 사건을 겪다가 다시 떠나는 행위가 익숙하게 되풀이되면서 어느 날 또다시 '무엇 때문에'라는 의문이 들었다. 권태는 놀랍게도 방랑 속에서도 반복되고 있었다.

그때 나는 탕자가 되고 싶은 유혹을 느꼈다. 일상과 방랑의 권태 속에서 생을 다 살아버린 것 같았고 삶의 의미도 상실되었다. 그 허무와 지겨움에서 빠져나가는 길은 내 삶의 에너지를 무절제하게 탕진하는 것처럼 보였다. 그러나 곰곰이 생각해보니 내가 진정으로 원한 것은 탕자의 쾌락이 아니라 무한의 세계였다. 장 그르니에가 말한 것처럼 "방탕한 생활에 빠져버린 이의 관심을 끄는 곳은 댄스홀이나 쾌락의 거리가 아니라, 어둠이 내릴 무렵, 여인들의 옷깃과 나직한 유혹의 목소리가 스쳐 지나가는 한갓진 골목길들"이었다. 내가 원했던 것도 쾌락이 아니라 '어둠 속의 한갓진 골목길' 같은 것이었다. 경계가 사라지는 희미한 어둠 속에서 자신이 사라지고 무한과 하나가 되는 그 해방감.

돌이켜보니 나는 여행길에서도 그런 순간을 탐닉했었다. 낯선 도시에 도착해 어둠이 깔린 골목길을 홀로 헤매며 숙소를 찾아가던 순간은 쓸쓸하기보다는 차라리 감미로웠다. 운명이 나를 이끌어줄 것만 같았다. 골목길 모퉁이를 돌아서면 누군가 나타나 도와줄 것만 같았고, 또 한 번 돌아서면 멋진 여인이 나타나 손목을 잡으며 유혹할 것만 같았다. 아무 저항 없이 운명이 이끄는 대로 가리라 다짐하는 내 가슴은 설레었다.

그 설렘은 어디론가 정처 없이 가고 있을 때도 나타났다. 덜컹거리는 기차나 버스에 앉아 스쳐 지나는 풍경을 바라보던 순간에, 생선 냄새를 맡으며 비 내리는 골목길을 걷던 시간에, 빛과 어둠이 뒤섞여 개와 늑대의 구분이 희미해지는 어느 늦가을 오후에 나는 문득 무한을 느꼈다. 그때 국적도, 가족도, 이름도 포기한 채, 나의 존재를 'delete' 시키고 무아의 경지 속으로 들어가고 싶었다. 겨울 시베리아 횡단 철길 옆으로 이어지던 달빛 젖은 하얀 자작나무들, 뉴질랜드 해안가를 따라 달리던 회색빛 하늘 밑의 철길, 가도 가도 끝나지 않던 아프리카의 끝없는 세렝게티 평원 혹은 커리 냄새 진하게 풍기던 뉴델리의 어느 시장 골목길에서 나는 익명의 세계로 사라지고 싶었다. 내가 사라지는 그 부재의 지점이 무한의 세계가 열리는 입구였기 때문이었다.

하지만 저 세계로 가지 못한 채 이 세상으로 돌아온 나는 늘 허전했다. 이 세상이 내 세상이 아닌 것 같아 또다시 방랑의 길을 떠나곤 했다. 여행길에서 나는 경계선을 넘어간 이들을 종종 만났었다. 이집트 북서부 리비아 사막 한가운데 있는 시와 오아시스에서 보았던 독일인은 토담집을 짓고 그곳에 1년째 살고 있다 했다. 그는 짐승 같았다. 감지 않은 금발은 사자의 갈기 같았고 흙 덮인 맨발은 늑대의 발 같았다. 그는 잠시 들렀다 떠나는 여행자들을 깔보았다. 들리는 말에 의하면, 그는 세상과 선을 긋고 살아가는 '방랑하는 독일인'이었다. 자신의 조국을 떠난 후 그렇게 세상의 오지에 파묻혀 살고 있었다.

세상과 선을 그은 그의 등 뒤에는 고독감과 피로함이 서려 있었지만 나는 그가 부러웠다. 시와 오아시스에 접해 있는 거대한 리비아 사막의 모래 언덕에 누워 나는 깊은 침묵 속으로 가라앉았다. 혹은 낮은 언덕 위에 벌집처럼 구멍 뚫린 무덤가에 앉아 미라를 덮었던 헝겊 조각을 손에 들고 대추야자나무 숲을 붉게 물들이며 넘어가는 해를 바라보았다.

영생과 부활을 꿈꾸며 미라로 만들어졌던 이들. 모두 먼지가 되었다. 생이란 얼마나 가볍고, 넘어가는 붉은 해는 얼마나 무심한가. 세속의 일이 그리 아쉬울 까닭은 없다. 나도 여기서 저 독일인처럼 살아볼까? 사막을 오가며 평생을 침묵 속에 살다 먼지가 되어 사라져버릴까?

서머싯 몸의 소설 『달과 6펜스』에 나오는 주인공, 증권 중개인 스트릭랜드는 처자식을 버리고 갑자기 집을 나간 후, 파리의 뒷골목을 헤매다 남태평양의 타히티 섬으로 숨었다. 그곳의 원주민들과 섞여 살며 그림을 그리다 자신의 그림들을 모두 태워달라는 유언을 남기고 그는 죽었다.

실제로 그 소설의 모델인 화가 고갱은 정말 자유로웠을까? 나는 증권 중개인은 아니었지만 돈을 만지던 직장에 있었다. 항공사에서 늘 비행기 티켓과 장부를 만지며 돈 계산을 했었다.

그곳을 탈출한 후 경계선에서 방황하는 나. 경계선 너머를 갈망하면서도 두려워 머뭇거리는 나의 속에 들끓는 열망과 불안함의 근원은 무엇인가?

정착하지도 않고 경계를 넘어가지도 못한 채, 한때 의식의 경계선을 넘나들며 고민하던 나는 이제야 내가 왜 이렇게 고민하고 방황했던가를 알았다. 방랑과 방황은 존재 자체의 숙명인 것이다. 프랑스의 사회학자 마페졸리에 의하면 방랑과 방황 욕구는 인간 본성에 새겨져 있으며, 그것은 잃어버린 성배, 혹은 하늘에 있는 별을 찾아 떠도는 욕망의 표현이고 무한의 손길을 느끼고자 하는 열망이다. '존재(existence)'라는 어원은 'ek-sistence'에서 왔다. 즉 존재란 '자아에서 벗어나 타인에게 열린다'는 것을 의미하며 존재는 불변하는 항구적인 것이 아니라 타인에게로, 혹은 더 큰 타자 즉 우주의 섭리로 향하는 출발점이다. 그래서 존재는 늘 자신의 울타리를 넘고 싶은 갈망에 시달리는 것이다.

맞다. 나는 늘 나를 벗어난 더 큰 타자의 세계를 열망했다. 여행은 단지 다른 나라의 문화를 보거나, 먹고 마시고 노는 것으로 끝나지 않았다. 사람 만나기의 즐거움도 있었지만 그것이 여행의 갈증을 다 채워주는 것도 아니었다. 나는 눈앞에 보이는 것들, 현실을 넘어서 하늘에 뜬 무지개를 좇는 아이처럼 자꾸자꾸 어디론가 가고 싶었다. 그것은 결코 이 세상에서 잡을 수 있는 것은 아니었으나, 손에 잡힐 것 같은 황홀한 세계였다.

그런데 사회는, 특히 근대 사회는 개인의 그런 방랑 욕구를 억압한다. 우리는 이 사회에 살기 위해서 직업을 가져야 하고, 경력을 가져야 하고, 정체성을 가져야 한다. 그리고 시민의 의무와 가족의 의무 속에서 존재는 고정되기를 강요받고 교육받고 훈련받는다. 또한 사회는 존재를 서열화시키고 규격화시키며 계량화한다. 자유로운 존재는 그 과정을 통해 이 사회가 요구하는 기능으로서 존재한다. 거기에 익숙해진 존재는 이제 그 제도를 떠나는 순간 두려움에 떨게 된다. 또한 사회는 뛰쳐나가려는 방랑자들의 앞길에 과도한 불안감과 공포감을 조성한다. 그래서 울타리를 뛰어넘으려는 존재는 막막한 두려움을 느낄 수밖에 없다.

그러나 존재의 타자에 대한 열망은 없어지지 않는다. 그래서 늘 존재를 조여오는 이 사회에 저항하고 고민한다. 존재 자체의 운명인 방랑과 방황의 본성에 충실하려는 사람은 이 사회의 반역자가 되고 그의 운명은 고되다. 어느 제도, 어느 가치에도 정착하지 못한 채 자신의 별을 찾아 평생 떠도는 운명이 되는 것이다. 그리고 그 떠돎보다 더 힘든 것은 그 떠돎이 일상이 되어 권태 속으로 빠져드는 것이며, 그때 방랑자들은 마약과 섹스에 취해 무한에 녹아들거나, 무한의 세계로 올라가는 수행을 하거나, 세상을 피해 은둔하여 숨는다. 이때의 은둔은 정착이 아니라 방랑으로부터의 또 다른 이탈이 된다.

나는 한때 방랑했고 방황했으며, 또 은둔도 해보았다. 그리고 늘 세상과 불화했으며 불안했다. 정착을 위한 것은 아니었지만, 이런 불안과 불화의 상태에서 벗어난 초월의 경지, 안락한 상태를 열망하기도 했다. 그러나 나는 이제 정착도, 초월도, 안락함도 다 포기했다. 다만 방랑과 방황이 존재의 숙명이라는 것을 인정했고, 거기에서 오는 미래의 불안과 세상과의 불화를 피하지 않은 채 끝없이 길을 가기로 했다. 그 길은 육체의 떠돎을 넘어서 그 어떤 사회의 가치, 제도에 나를 안착시키지 않는 정신적인 길이었다.

그러자 묘하게도 활기찬 삶의 생기가 다시 찾아들었다. 그렇다. 삶의 생기와 힘은 어떤 고정된 하나의 위치, 하나의 상태, 하나의 경지에서 오는 것이 아니라 '흔들림'에서 오는 것이었다. 출발에서 회귀로 회귀에서 새로운 출발로, 여행에서 정착으로 정착에서 여행으로, 입학에서 졸업으로 졸업에서 입학으로, 만남에서 이별로 이별에서 새로운 만남으로, 진자의 추처럼 흔들리는 과정에서 생기와 힘은 솟구친다. 중요한 것은, 어디에 있는가, 어디서 무엇을 하는가, 무슨 생각을 하는가, 무슨 계획을 갖는가, 삶의 목표가 무엇인가가 아니라, 떠나고, 돌아오고, 뿌리를 내리고, 가지를 뻗고, 또 그걸 버리고 떠나는 가운데 생성하고, 소통하며, 새롭게 출발하는 '흔들림'이었다. 삶의 목적과 목표와 의미는 아무래도 좋았다. 필요하면 만들고, 불필요하면 버리는 것이었다.

내가 붙잡고 싶었던 것은 목적이나 의미가 아니라 흔들림에서 오는 강력한 '포스(force)'였다. 어디에서 오는지, 어디로 가는지 몰라도 바람은 자유롭다. 바람이 되어 자유롭게 우주와 하나가 되는 황홀한 경지를 맛보는 순간, 이제 방랑과 방황은 길 잃은 자의 풀죽은 행위가 아니라, 생의 비의를 엿본 자의 당당한 노래가 된다.

삶 은
모 험 이 다

모험가는 뒤에 있는 모든 다리를 끊은 채,
어떠한 상황에서도 길이 나타나 자신을 인
도하기라도 할 듯이 안개 속으로 들어선
다.

—게오르그 짐멜

젊은 시절에는 모든 게 두렵지 않았다. 사람이 한 번 죽지 두 번 죽냐 하
는 용기가 있었고, 계산 없이 충동적으로 일을 저지르는 경우가 많았다.
그래서 여행 중에도 아슬아슬한 고비를 많이 넘겼고 심지어 죽을 뻔한
적도 있었다. 그러나 지내놓고 보았을 때 그렇게 생각되는 것이지, 막상
여행 중에 있을 때는 모든 게 흥미진진했다. 가장 겁 없던 때는 30대 초

반 인도 여행 시절이었다. 수많은 얘기가 있지만 특히 스리나가르에서의 일이 생각난다. 가는 길도 험했지만 그곳의 분쟁 상황 때문이었다.

"죽으려고 거길 갑니까? 스리나가르는 현재 심각한 분쟁 중입니다. 자, 이 신문을 보세요. 어제 무슬림 테러리스트들이 폭파한 버스 사진입니다. 그들이 사람을 골라 죽이는 줄 아세요? 그냥 폭탄을 안고 버스에 타서 자폭해요. 재수 없으면 죽는 겁니다. 절대로 가지 마세요."

뉴델리의 게스트하우스 주인은 내 옷소매를 붙잡고 말렸다. 그래도 나는 '세상 사람 다 죽어도 나는 안 죽는다'는 이상한 믿음을 갖고 있었다. 왜냐하면 '나는 아직 세계를 다 돌아보지 않았기 때문에 아직 죽을 운명이 아니다'라는 기괴한 논리 때문이었다. 게다가 막상 버스를 타보니 외국 여행자들이 아홉 명이나 타서 든든했다. 뉴델리에서 저녁 6시에 떠난 버스는 다음 날 아침 잠무에 도착했다. 거기서 스리나가르행 버스표를 살 때 매표소 직원이 이렇게 말했다.

"스리나가르에 가면 달 호수가 있는데 그 호수 한가운데 하우스 보트라는 개조된 호텔들이 있어요. 그걸 여기서 미리 예약하세요. 스리나가르에 도착하면 저녁 9시가 될 텐데 그곳은 통행금지가 6시부터입니다. 예약하지 않고 가면 막막하고 위험해요."

듣고 보니 그럴듯해서 예약을 했다. 드디어 오전 9시 반, 스리나가르행 버스가 출발했다. 가는 길은 아름다웠다. 푸른 산과 계곡이 펼쳐졌고 바람은 서늘했다. 9월 초순 불볕더위의 인도 대륙과는 달리 가을 날씨였다. 가끔 양떼들 때문에 길이 막혔다. 중간에 파란색 터번을 두른 시크교도의 식당에서 점심을 먹었다. 그 후부터 본격적인 검문이 시작되었

다. 한 시간쯤 달리다 버스가 섰고 몸매가 다부진 군인이 올라탔다. 허리
에는 권총을 차고 있었다. 날카로운 표정으로 승객들을 샅샅이 훑어보다
내 옆에 앉은 사내의 좌석 밑에 있는 트렁크를 거칠게 손으로 쳤다. 몸이
굳은 사내는 일어나 트렁크를 열었다. 우리는 모두 긴장했다. 저게 만약
폭탄이라면 쾅 터지는 것 아닌가? 그러나 아무 일도 없었다.

버스는 다시 출발했다. 산악 지방에서는 어둠도 일찍 왔다. 논일을 끝
낸 농부들과 아낙네들이 그림 속 풍경처럼 논에서 걸어나오고 있었다.
길가에 불을 지피는 사람들도 있었고, 멀리 희끄무레하게 군인 막사도
보였다. 낮은 담장 위로 버스를 쏘아보는 보초의 눈초리가 날카로웠다.
또 검문이 있었다. 자동 소총을 어깨에 멘, 키가 작고 가무잡잡한 얼굴의
병사가 버스로 뛰어올라와 짐 검사를 했고 승객들은 모두 내려 벌판에
한 줄로 섰다. 작달막한 키에 짧은 콧수염이 야무져 보이는 장교가 우리
들의 여권과 얼굴을 대조했다. 이미 어둠은 짙게 깔렸고 장교의 야전잠
바에서는 싸늘한 기운이 풍겨나왔다. 한낮의 아름답던 풍경은 어느샌가
낯설고 살벌하게 변해버렸다. 다른 세상이었다.

검문이 끝나자 버스는 출발했다. 밤은 깊었다. 허공에서 빛나는 노란
초승달이 손을 뻗으면 잡힐 것만 같았다. 버스는 겁에 질린 듯 어둠 속을
뒤뚱거리며 산길을 헤쳐나갔다. 모두들 말없이 불안감 속에서 차창 밖만
내다보았다. 그러다 중간에 버스가 섰고 갑자기 네 명의 사내들이 버스
에 뛰어올랐다. 승객들은 또 놀랄 수밖에 없었다.

"오스트레일리안, 프렌치!"

그중 한 사내가 크게 외치자, 오스트레일리아 커플과 프랑스 사람이

당황한 표정으로 손을 들었다. 사내가 그들 옆자리로 가서 말했다.

"스리나가르에 온 것을 환영합니다. 버스 회사에서 전화 연락을 받았습니다. 당신들은 우리 하우스 보트에 묵습니다. 제가 안내하겠습니다."

말을 마친 사내는 씩 웃었고 다른 사내들도 자기들 고객을 찾았는데 나를 안내해주겠다는 사람은 10대 중반의 어린 소년이었다.

"당신, 코리안이지요? 내 이름은 모하메드입니다. 반갑습니다. 당신을 우리 하우스 보트로 안내하겠습니다."

유창하지는 않았지만 정확한 영어 발음이었다. 잠시 후 스리나가르 버스 터미널 근처에 다가서기 시작했다. 밖은 캄캄했고 그 어둠을 가르며 군용 지프가 질주했다. 인적은 뚝 끊겨 있었다. 예약을 안 했으면 큰일 날 뻔한 상황이었다. 배낭을 메고 어둠 속을 걷다가 테러리스트로 오인받아 총이라도 맞을 것 같은 분위기였다. 터미널에 도착하니 군인들이 또 몰려들었다. 살벌한 검색이 끝난 후 우리들은 안내인을 따라 뿔뿔이 흩어졌다. 군인과 자동 소총과 어둠과 싸늘하고 살벌한 분위기. 인도 여행 중 처음 겪는 풍경 앞에서 마음이 스산했다.

앞장선 모하메드가 손전등을 켰다. 컴컴한 어둠 속을 살금살금 걷다 보니 호수가 나왔고 호숫가에는 조그만 보트가 대기하고 있었다. 보트를 젓는 사람도 모하메드 또래의 소년이었다. 하우스 보트는 그리 멀지 않았다. 가까이 가보니 보트라고 부르기에는 매우 큰 배였다. 갑판에 누군가 마중을 나와 있었다. 머리에 하얀 실로 뜬 동그란 모자를 쓴 노인이었다. 노인의 안내를 받아 간 곳은 멋진 방이었다. 고급스러운 카펫이 바닥에 깔려 있었고 푹신해 보이는 침대 위에는 깨끗한 분홍색 이불이 펼쳐져 있었다. 고급 호텔 방 같았다. 장식이 많이 달린 고풍스러운 가구도 있었고 화장실도 매우 깨끗했다.

"이 방은 딜럭스 방입니다. 관광객이 많이 오던 몇 년 전만 해도 7백 루피를 받던 방이었는데 지금은 손님이 없어서 아침, 저녁 주고 80루피밖에 못 받아요. 방이 네 개 있고 주방, 거실 등도 있고요······ 식민지 시절, 영국인들이 휴식을 취하기 위해 이렇게 배를 만든 것입니다. ······전투가 벌어져도 이곳은 안전합니다. 불은 조금 있다 9시부터 들어옵니다. 더러운 인도 연속극과 뉴스가 나오는 7시부터 9시까지는 불이 나갑니다. 우리 발전소 직원들이 파업을 하고 있기 때문입니다. ······그럼 편히 쉬십시오."

인도와 전혀 다른 문화, 정치권에 왔다는 것이 실감났다. 그 당시 환율로 80루피면 3천2백 원, 이렇게 좋은 방에 아침, 저녁을 주고 80루피라니 너무도 호강스러웠다. 그런데 갑자기 문제가 터졌다. 소년 모하메드가 갖다준 쫄깃쫄깃한 카슈미르 빵과 진한 생강 맛이 풍기는 차를 마시고 있는데 갑자기 콩 볶는 듯한 총소리와 수류탄 터지는 소리가 들려왔다. 놀란 가슴을 안고 갑판으로 나가 보니 웬 서양 여행자도 나와 두리번거리고 있었다.

"휴우, 당신 오늘 왔어요? 난 여기 2주일째 있는데 밤마다 이래요. 낮에도 종종 그렇고. 어제는 총탄이 이 하우스 보트 위로 날아와 저기 건물에 박혔어요."

"걱정하지 마세요. 우리 무자헤딘들은 이 하우스 보트들은 공격 안 합니다. 다 우리의 아들들인데요. 걱정 마세요."

노인은 우리를 안심시키려 했지만 불안했다. 위로 날아가는 총탄이 밑으로 떨어질지 누가 아는가? 그러나 이런 총성과 급박한 분위기가 짜릿한 모험심을 자극하기도 했다.

호수는 아름다웠다. 아침에는 푸른 산이 물안개 너머로 뿌옇게 모습을 드러냈고 저녁이면 달빛이 호수 물에 어렸다. 그리고 그 서양 여행자는 밤이고 낮이고 자기 방에 틀어박혀 혹은 갑판에 앉아 마리화나나 하시시를 피워댔다. 평화로운 분위기였지만, 그곳에 묵는 일주일 동안 총성은 그치질 않았다. 모하메드는 언제, 어디서 총격전이 펼쳐질지 훤히 다 알고 있었다.

"저것은 미션 병원 부근에서 일어난 총격전입니다. 내일은 오후 2시 30분에 경찰서 앞에서 총격전이 벌어집니다. 우리 무자헤딘이 인도군을 공격할 때는 미리 우리끼리 통행금지 시간을 정합니다. 그때는 총격전이 벌어지는 시간이니까 절대 거리에 나가지 마세요."

그에 의하면, 스리나가르 집집마다 무자헤딘이 최소한 한 사람씩 있었다. 그런데 자기 집은 아직 무자헤딘이 없다고 부끄러워했다. 집에 여자만 많고 남자는 동생과 자기밖에 없기 때문인데, 현재 여섯 살인 동생이 열 살만 되면 자신이 무자헤딘이 되는 것을 아버지가 허락했다며 모하메드는 전의를 불태웠다. 현재 열일곱 살이니까 스물한 살이 되면 총을 들고 싸우겠다는 것이었다. 스리나가르의 무자헤딘은 나이 먹은 사람들도 있지만 열세 살에서 열일곱 살 사이의 아이들이 가장 많으며 대개 군사훈련은 파키스탄에서 받고 온다고 했다. 전번에는 파키스탄에서 훈련받고 돌아오던 중에 총격전이 벌어져 여덟 명이 죽었다는 소식도 들려주었다. 모하메드의 인도인에 대한 증오는 극에 달해 있었다.

총성은 스리나가르에 온 이후 끊이질 않았다. 그런데 이틀 정도 지나 익숙해지니까 조금씩 시내를 구경하고 싶은 모험심이 생겼다. 혼자 시내 구석구석을 돌아보는데, 인도 군인들은 주민들을 거칠게 다루었지만 외국인인 나는 큰 위협을 느끼지 않았다.

그러던 어느 날 하우스 보트 주인이 웬 중년 사내를 데리고 왔다. 깡마른 몸과 날카로운 눈초리에 헐렁한 하얀 편자비를 걸친 40대의 사내였다. 그는 코리안은 처음 본다며 호기심을 보였고 이슬람교에 대해서 긴 설교를 했다. 나는 그보다도 그들의 분쟁 상태가 궁금해서 그쪽으로 화제를 돌렸다.

"카슈미르의 주민 대다수는 무슬림입니다. 그런데 인도인들이 개입해서 주민들의 뜻과는 달리 자기들 영토에 속하게 만든 것이지요. 우리 무슬림들은 평화를 사랑하고 단지 독립을 원할 뿐입니다. 그러나 인도 정부에서 독립을 시켜주겠다던 약속을 어기고 우리를 탄압하기 때문에 싸울 뿐입니다."

"독립을 원하는 겁니까? 파키스탄과의 합병을 원하는 겁니까?"

"우리들도 갈려 있어요. 내 개인적인 의견으로는, 파키스탄과 한 나라가 되는 게 나을 것 같아요. 아니면 독립을 하더라도 스위스처럼 영세 중립국이 되든지요. ……그러나 인도가 방해하기 때문에 모든 게 힘들어요. 안타까운 것은 우리들 사이에서도 점점 갈등이 심해져서 서로 적대시하고, 인도 정부의 돈을 받고 무자혜딘 행세를 하는 배반자들도 생기고 있다는 겁니다."

"인도 힌두교에 대해서는 어떻게 생각합니까?"

"그건 잡신과 우상을 숭배하는 거지요. 결코 인정할 수 없어요."

듣고 있던 하우스 보트 주인은 흥분해서 이렇게 말했다.

"우리는 언젠가 독립을 할 겁니다. 인도가 독립을 했고 파키스탄이 독립을 했는데 왜 우리라고 못합니까? 저 우상을 숭배하고 더럽고 못사는 힌두 교도 놈들의 지배를 어떻게 우리가 받을 수 있습니까? 내 생전에 안 되면 자식 대에라도 독립하겠지요."

인도 힌두교도 좋아하는 나로서는 선뜻 동조할 수 없었지만, 그들의 아픔에 동조한다는 뜻으로 고개를 끄덕이자 주인은 나에게 상당한 호감을 표했다. 조금씩 스리나가르의 분위기에 익숙해지자 나는 예수의 무덤이 있다는 로자발 파크도 혼자 가보기로 했다. 예수가 죽지 않고 십자가에서 살아나 이곳까지 와서 가르침을 펴다가 죽었다는 얘기를 어느 독일의 신학자가 책으로 써내는 바람에 알려진 곳인데, 모하메드는 펄쩍 뛰었다.

"오늘 그 근처에서 전투가 벌어져요. 어제 우리 무자헤딘이 전사한 것에 대한 복수를 할 예정입니다. 오늘 4시 30분에 기도 시간이 끝난 후 '다스트 기르' 모스크 근처의 인도군 초소를 공격할 겁니다. 그런데 예수의 무덤이 있다는 로자발 파크는 다스트 기르 모스크 근처예요. 백 미터 정도밖에 안 떨어진 곳이란 말입니다."

나는 혼자 갔다 올 자신이 있었지만 모하메드는 불안하다며 자기와 함께 가자고 했다. 모하메드와 함께 직접 찾아가본 그곳은 한적한 묘지였고, 그곳을 기웃거리는 우리를 보고 물지게를 지고 가던 어떤 사내가 흥분해서 크게 외쳤다.

"당신들이 어디서 그런 얘기를 듣고 오는지 모르겠는데, 여긴 우리 무슬림 성인의 묘지요. 지금은 뜸하지만 예전에는 어찌나 사람들이 찾아왔는지. 정말 짜증나네."

그는 씩씩거리며 화를 냈다. 머쓱해진 우리는 돌아섰는데 시간이 급박했다. 오는 데 생각보다 시간이 걸려서 벌써 4시 15분 정도가 된 것이다. 오토 릭샤만 잡으면 문제가 없는데 거리에는 이미 차량과 인적이 끊겨 있었다. 무장한 군인들만 보였다. 모하메드도 초조한 표정으로 이리저리 눈을 두리번거렸다. 입이 바짝 말라왔다. 이러다 어디선가 두드득 하며 총알이 날아다니면 어떻게 한단 말인가. 모하메드는 근처에 보이는 전파사로 들어가 오토 릭샤를 부탁했다. 그들은 급히 어딘가 전화를 했고 잠시 후 웬 사내가 오토 릭샤를 몰고 나타났다. 그는 위험한 시간이기 때문에 평소 금액의 배를 달라고 했다. 오토 릭샤를 타고 그곳을 떠나는 몇 분 동안 가슴이 조마조마했다. 어느덧 4시 30분이 다 되어가고 있었다. 그리고 아니나 다를까, 멀리서 콩 볶는 듯한 총성이 들려오기 시작했다. 오토 릭샤는 전속력을 내서 달렸고 우리는 안전하게 달 호수까지 왔다. 호수는 평화로웠으나 우린 모두 가슴을 쓸어내렸다.

1990년 9월 초에 있었던 이 얘기를 그 후 한국에 들어와 있던 1993년 어느 날, 여행자들의 모임에서 해주었다. 그런데 듣고 있던 어느 여자가 이런 말을 했다.

"내가 거기 가서 죽을 뻔했잖아요! 작년에 거길 여행했는데 혼자서 아

Ⅰ 여행의 유혹

무 생각 없이 여기저기 돌아다니다가 저녁에 현지인들과 얘기하다 보면 '우아, 마담! 거기서 오늘 총격전이 벌어졌어요' 하더라고요. 그러니까 내가 떠난 후에 거기서 벌어진 일인데, 약간의 시차 때문에 몰랐던 거지요. 그런데도 난 이상하게 실감이 안 나는 거예요. 아, 죽음의 신이 나를 피해다니는구나 하는 자신감이 들었어요. 그런데 떠나는 날 정말 죽는 줄 알았어요. 버스가 폐쇄되어서 비행기를 타러 오토 릭샤를 타고 공항으로 가는데 그만 이 오토 릭샤가 무자헤딘한테 걸린 거예요. 지프차를 탄 이들이 자동 소총으로 무장을 하고 있었는데, 무슨 이유인지 오토 릭샤 운전사를 막 패더라고요. 아마 자기들이 설정한 통행금지 시간을 안 지켰다고 그러는 것 같았어요. 그런데 기가 막힌 것은 또 다른 지프차가 나타나더니 서로 총을 겨누고, '퍽 유' 하면서 욕을 하는데, 금방이라도 총을 갈길 것 같았어요. 저하고 오토 릭샤 운전사는 파랗게 질려서 손으로 싹싹 빌고 울면서 '돈 슈트, 플리즈(Don't shoot, please)'라고 외쳤지요. 다행히 풀려나 공항에 갔는데 오토 릭샤 운전사나 저나 거의 패닉 상태였지요. 눈물, 콧물이 뒤범벅되어 거의 혼이 다 빠져나갔었어요. 정말 위험한 데였어요."

그 뒤 이곳의 상황은 더욱 격화되었다는 소식이 들려왔다. 『인도, 네팔 100배 즐기기』라는 가이드북을 보면 1995년에 영국인 여행자 다섯 명이 스리나가르 인근에서 무자헤딘들에게 살해된 후로 여행자들의 발길이 뜸해졌는데 유독 군대 경험에 익숙한 한국과 이스라엘 여행자들이 거리를 활보하고 있다며 우려하고 있었다.

사실 이런 죽음의 위험은 세계 어디나 도사리고 있다. 여행자들은 어디서나 '죽을 뻔' 한 사건을 가끔 겪는다. 다만 활자화시키지 않았을 뿐이다.

왜 우리는 이렇게 위험한 지역, 위험한 인생을 스스로 택하는 걸까? 만용 때문일까? 남에게 잘난 체하고 싶어서일까? 물론, 유치한 소영웅심도 있을 것이다. 그러나 모험심은 우리 속에 깃든 본능이다. 그것은 더 큰 자아를 찾고자 하는 성스러운 충동이며 통과의례이다. 신화학자 조지프 캠벨에 의하면, 인간은 두 번 태어난다. 한 번은 몸이 태어나고 두 번째로 영혼이 태어나는데, 모험과 통과의례는 영혼이 태어나는 과정이다. 새가 알을 깨고 나와 날아가는 것이다.

그런데 근대 사회로 들어오면서 진정한 의미의 통과의례가 사라졌다. 원시 시대에 행해진 번지 점프나 엄청난 높이의 장애물을 넘거나 맹수를 사냥하러 나가는 행위는 목숨을 잃을 수도 있는 매우 위험한 통과의례였다. 그걸 이겨냈을 때 진정한 어른이 되었다. 그런데 문명화될수록 통과의례는 약화된다. 목숨을 걸지 않는다. 요즘 청소년들의 통과의례는 길고 지루한 입시 전쟁이 되었다. 그것은 인성을 뒤틀리게 만들며 부모들의 도움이 필요한 '유사 통과의례' 다. 청소년들은 법적으로는 성인이 되어도 여전히 어른이 아니다. 자기 생을 스스로 살아온 기억이 없기 때문이다. 남자들의 경우 군대를 가는 것이 진정한 통과의례일까? 물론 고생은 한다. 그러나 그것도 자신의 선택이 아니라 위에서 주어지는 훈련에 의한 '유사 통과의례' 다. 몸은 고생해도 자기 생을 자기가 책임지는 정신적 훈련은 받지 못한다.

그래서 현대인들은 나이를 먹어도, 결혼을 해도 어른이 되지 못한다.

평생 부모의 울타리, 학교의 훈육, 제도권의 가치관 속에서 살아왔기 때문이다. 그러나 '알을 깨고 싶다'는 본능은 우리 모두에게 남아 있다. 내 삶을 내 책임하에, 내 마음대로 끌어가고 싶다는 그 욕망은 여러 형태로 나타나며 낯선 세상을 향해 배낭을 메고 떠나는 행위도 그중 하나다. 그 모험은 자기 생이 어디로 표류할지도 모르는 두려움을 수반하며, 모든 육체적 위험도 감수해야 하고, 무모하고 방향성이 없다. 그래서 부모들은 "쟤가 앞으로 어떻게 살려고 그래" 하며 걱정한다. 가끔 30대, 40대 아니 중년, 노년들도 모험에 가득 찬 배낭여행을 선망한다. 살아오며 그런 과정을 겪지 않았기에, 뒤늦게나마 그 통과의례를 치르고 싶은 것이다.

나 역시 그런 경우였다. 10대, 20대 때의 나는 남들이 살아가는 대로, 배워왔던 대로 살았다. 그러나 '진정한 내 삶'을 살아보고 싶다는 강렬한 욕구에 따라 30대 초반부터 내 길을 걸었다. 그 심정을 어떤 잡지책의 기자와 인터뷰를 하다가 이렇게 표현했었다.

"직장을 다니고, 돈벌이를 하면서도 내 삶을 사는 기분이 안 들었어요. 비유를 하자면 다리가 가려워 긁어도 청바지 위를 긁는 기분이었지요. 그러다 여행 떠났을 때의 기분은 가려운 살을 피가 맺히도록 벅벅 긁는 것 같았어요. 아프면서도 기가 막히게 시원했지요. 내 삶을 내가 산다는 짜릿한 기분이 들었지요."

나에게 모험이란 그런 것이었다. 내 삶을 내 의지대로 살아가는 것, 거기서 오는 '살아 있음의 희열'을 맛보는 것이었다. 그런데 거기에는 많은 불안과 고통이 따른다.

언젠가 블로그 이웃이 이메일로 그런 고민을 상담해왔다. 그녀의 고민을 들어보니 진정한 삶의 주인이 되고 싶은 열망과 함께 통과의례를 앞에 놓은 불안감이 있었다. 나는 그녀에게 '떠나라'고 권유했다. 얘기를 들어보니 그녀는 만약 이때 그 경험을 하지 못하면 결혼을 하고 나서, 혹은 중년이 되어서 언젠가 한번은 거쳐야 할 운명 같았다. 그렇게 알을 깨고 나와 자기 식대로 '한 번'은 살아봐야 앞으로의 인생이 힘들어도 '더 열심히' 살 수 있을 것 같았다. 나 역시 그랬기 때문이다.

그러나 앞에 닥쳐드는 생존의 고민과 불안은 만만치 않다. 알을 깨고 나와도 고통은 따르기 마련이다. 그것을 이겨내는 방법은 무엇일까? 나에게는 행위에 대한 의미 부여가 그 방법이었다. 정확히 말하면 '의미'가 아니라 의미를 부여하는 '행위'였다. 의미가 나의 주인이 아니라 내가 의미의 주인이었다. 나는 끝없는 의미 부여를 하며 나의 행위를 정당화했고, 그것을 통해 힘을 불러냈다. 나의 이런 행태는 훗날 독일의 사회학자 짐멜의 글을 보면서 이해가 되었다.

> 모험가는 확실하지 않은 가능성과 숙명과 우연에 모든 것을 걸고, 뒤에
> 있는 모든 다리를 끊은 채, 어떠한 상황에서도 길이 나타나 자신을 인
> 도하기라도 할 듯이 안개 속으로 들어선다. 그리고 자신의 시도가 성공
> 할 수밖에 없다는 감정으로 자신의 모험을 정당화한다.

이 글을 읽으며, '그렇다면 나는 모험가구나'라는 생각이 들었다. 죽을 위험이 있는 곳에 간다거나 아슬아슬한 사건을 겪어서 모험가가 아니라, 가능성과 숙명과 우연에 모든 것을 걸고, 뒤에 있는 모든 다리를 끊

은 채 불투명한 미래를 향해 나아갔기 때문이다. 그리고 성공을 확신했다. 또한 그 성공의 의미를 내 식대로 부여하면서 내 삶의 체계를 만들어 나갔다. 비록 내가 거지꼴이 되어 돌아온다 해도 나는 진정한 내 삶을 찾기 위해 노력했고 짜릿한 희열을 수없이 맛보았으므로, 내 인생은 '대성공'이라는 강한 의미 부여를 했다.

사람은 사람마다 자기만의 사연이 있고 상황이 있다. 떠난다고 모든 게 해결되는 것도 아니며, 무조건 떠나는 게 용감한 것도 아니다. 알을 깨는 방법은 여러 가지가 있다. 낯선 곳, 불안한 미래를 향해 용감하게 가는 것도 알을 깨는 것이고, 남아서 고통을 참아가며 자신의 의무를 다하고 거기에 '의미 부여'를 하며 미래를 도모하는 것도 알을 깨는 것이다. 떠나든 머물든, 그 행위에 긍정적이고 필연적인 의미 부여를 하면서, 퇴로를 끊고 최선을 다해 순간에 몰입하는 것, 그리고 동시에 자신의 미래를 열어놓고 우연과 운명에 맡기며 용감하게 돌진하는 것, 그것이 진정한 모험이다.

통과의례를 겪어낸 이들은 삶의 주인이 된다. 나는 그런 이들을 종종 만났다. 힘들어하면서 하루하루 생존하기 위해 분투하고 있었다. 그러나 모두들 자신의 선택에 대해 후회하지 않았다. 모르겠다. 혹시 한 권의 책을 써서 한 방에 유명해지고, 한 방에 돈을 거머쥐어 놀고먹으면서 인생을 즐기려는 목적으로 여행을 떠난 사람이라면 후회막심할 것이다. 그러나 모험가들은 결코 후회하지 않는다. 인생은 어차피 이리 가나, 저리 가나 고되다. 다만 자신의 행위에 끊임없이 의미 부여를 하며 삶의 에너지를 끌어낼 수 있다면 그 삶은 성공한 삶일 것이다.

짐멜은 또한 "이 세상이 우리의 고향이 아니라 단지 객(客)으로 머무는 장소가 된다면 삶 전체는 모험으로 다가오며, 이방인은 오늘 와서 내일 가는 방랑자가 아니고, 오늘 와서 내일 머무는 방랑자다"라고 말한다.

그렇지 않을까? 어차피 우리는 이 세상의 주인이 아니며 스쳐 지나가는 객이다. 무엇이 두려운가? 나는 늘 이 세상이 낯설었다. 내 세상은 저 어딘가에 있을 것 같았으므로 이 삶은 다만 여행길에 스쳐 지나가는 모험이었다. 그렇게 세상을 보는 순간, 나는 움직이지 않아도 방랑자였다. 오늘 와서 내일 떠나는 여행자가 아니라, 오늘 와서 내일, 모레, 글피를 머물며 이곳에서 살아가더라도 나는 방랑자였고 삶은 언제나 모험이었다. 모험가에게 세상은 늘 흥미진진한 곳이었다.

한 계 와
고 통 의
극 복

들판을 걸어오던 그 여행자들은 한계와 고
통을 극복하며 길을 가는 전사였고, 구도
자였으며, 작은 영웅들이었다. 나 역시 여
행길의 고통과 고난을 통해서 강하게 단련
되어갔다.

내 인생의 '화양연화' 시절은 여행 초기였다. 1980년대 후반부터 1990
년대 초반까지, 즉 30대 초반에서 중반까지가 내 인생의 절정기였다. 내
의지에 의해, 한계를 깨부수고 수많은 고생을 극복하며 길을 간다는 황
홀함이 있었기 때문이다. 그때는 그런 도전과 개척 정신에 불타오르고
있었다.

아마 그 시절에 여행기를 썼다면 그런 고생담에 대해서 많이 썼을 것이다. 배낭여행은 힘들다. 낯선 문화권에서 모든 것을 스스로 해결하고 헤쳐나가다 보면 생존 그 자체가 중요해진다. 그래서 몇 개월의 경험이든, 몇 년의 경험이든 자기 생애 최초의 여행 경험을 책으로 쓰면 거기에는 고생담과 그것을 극복하고 돌파하는 얘기 등이 많이 담겨지게 된다. 그것을 이겨냈다는 사실 자체가 자신에게 너무 감동적이고 뿌듯하기 때문이다. 나도 여행을 처음 하고 나서 몇 년간은 그런 감정에 지배당했었다. 어디 가서도 도전, 개척, 극복, 두려워하지 말고 떠나라 등등의 얘기를 많이 해왔다.

그러나 본격적으로 여행기를 쓰기 시작한 때는 여행을 한 지 10년이 지난 후였다. 그때, 고생담이나 모험담은 이미 나에게 평범한 일상이었다. 계속 들락날락하면서 그런 삶이 생활처럼 되다 보니 너무도 익숙해진 것이다. 그리고 그때쯤 나는 여행과 삶이 어우러지는 가운데 발생하는 고민들에 빠져 있어서, 내 여행기에는 고생이나 모험보다는 회상하고 사색하는 얘기들이 많이 들어가 있다. 그래서 나를 여행 중에 고생이나 모험은 별로 하지 않고, 늘 유유자적하면서 자유를 노래하고 사색하는 여행자의 이미지로 보는 이들도 있다. 하지만 나는 수많은 고생과 위험을 겪었다. 내 일기장에는 그런 얘기들도 많이 적혀 있다.

뙤약볕 밑을 두 시간 정도 걷다 보니 기절할 것 같았다. 태국의 물가는 싸다. '툭툭이(오토바이 택시)'를 탔으면 10바트(3백 원) 정도에 편하게 갔을 곳을 돈 아낀다고 걷다가 헤매는 바람에 그랬다. 어제는 돈 아낀다

고 싸구려 국수로 저녁을 때웠는데, 허기가 져서 또 사 먹는 바람에 결국
예산을 초과했다. 돈을 더 아껴야 한다. 그래야 하루라도 더 여행할 수
있다. 남들은 거지 같은 배낭여행자라고 부를지 모르겠지만 나는 사두
(수행자) 같은 여행자다. 몸이 말라갈수록 정신은 맑아지고 있다.

우간다와 르완다를 거쳐 다시 케냐의 나이로비에 도착한 후, 비용을
절약하기 위해 아프리카 현지인들이 묵는 허름한 호텔로 왔다. 방 하나
에 5천 원 정도로, 배낭족들이 묵는 7천~8천 원 정도의 방보다 조금 쌌
다. 그러나 싼 만큼 열악했다. 누런 커튼은 때에 찌들 대로 찌들었고 유
리창에는 먼지가 새까맣게 끼어 있다. 누런 시트가 깔린 침대는 푹 꺼져
있었고 나무 벽에는 구멍이 숭숭숭. 휴지로 막았다. 옆방에서 대화하는
남자들의 음성이 바로 옆에서 들리는 듯하다. 공동 화장실의 변기에는
누런 똥만 가득 찼다. 물이 안 나온다. 악취가 진동한다. 겨우 맨 위층에
물이 나오는 곳을 발견했는데 이곳도 더럽기는 마찬가지. 동아프리카의
어느 나라든 다 비슷했지만 그곳 역시 변기 커버를 다 떼어버렸다. 남들
이 본 소변 방울이 묻어 있기 일쑤. 큰 거 볼 때는 변기 위를 발로 밟고
올라가 앉거나, 엉덩이를 들고 엉거주춤하게 서서 일을 보는 묘기를 부
리거나, 더러움을 무릅쓰고 간신히 앉아서 보아야 한다. 보고 나면 샤워
를 해야 하는데, 샤워기에는 꼭지가 없고, 샤워기 구멍에서는 녹슨 물이
쏟아져 나온다. 바닥은 시꺼멓고 벌레라도 기어다닐 것만 같다.
늘 여행 다니는 나를 보고 부러워하겠지만 이런 곳에서 묵는 것을 안
다면 과연 부러워할까? 며칠 정도 휴가를 내어 관광하는 사람들이야 이

런 궁상을 떨 필요가 없다. 하지만 몇 달씩, 몇 년씩 하는 장기 여행에서 쾌적한 숙소, 맛있는 음식을 찾기 시작하면 비용이 엄청나게 든다. 그러니 결국 싼 곳을 찾게 되는데 특히 아프리카의 사정은 열악했다. 하긴 아프리카 현지인들의 열악한 삶을 생각하면 이런 상황은 그리 나쁜 것도 아니다. 아프리카 초원, 사막 지대에 사는 사람들은 물이 없어 아이들이 서너 시간씩 걸어서 더러운 흙탕물이라도 받아 갖고 오는 게 일이었다. 저 초원에서 현지인들은 그 물을 마시며 살고 있다. 이런 곳에서 이 정도의 불편함이 없다면 여행은 너무 환상적이다. 길고 긴 여정이 환상만으로 이루어질 수는 없겠지. 흔히 말하듯 집 떠나면 고생이다. 하지만 내가 선택한 길이다. 엄살 부리면 안 된다. 내 몸과 정신에 깃든 기름기를 빼야 한다. ……그래도 이곳은 너무하다. 똥은 마음 편히 눠야 되지 않겠는가. 인생이 나락으로 굴러 떨어진 것만 같아 슬프다. 내일은 숙소를 옮겨야겠다.

아프리카의 잔지바르 섬은 좋은 곳이었다. 그러나 너무 더웠다. 무더위에 지친 나는 잔지바르 섬에 도착한 지 4일 만에 드디어 쓰러졌다. 낮엔 무더위에 시달리고, 밤에도 에어컨 없는 방에서 더위에 시달리다 보니 드디어 몸에 이상이 생긴 것이다. 온몸이 뒤틀리고 특히 등에서 가슴 사이의 근육이 너무 아파 잠을 잘 수 없었다. 앞으로 2주일 정도 더 여행하려 했는데 도저히 견딜 수가 없었다. 결국 잔지바르 섬에서 케냐의 나이로비까지 비행기를 탔다. 공항으로 가기 위해 일어났는데 상태는 더욱 심각해졌다. 구토와 설사가 계속 이어졌다. 배낭을 싸다 말고 바닥에 주저앉아 넋을 놓았다. 예전에 백인들이 아프리카에 왔다가 열병에 시름시름 앓다가 죽었다는데 이렇지 않았을까? 매니저에게 택시를 부탁한 후, 간신히 걸어 내려와 택시를 탔다. 공항에 가서도 고개를 다리에 파묻고 꼼짝없이 앉아 있었다. 온몸에서 기력이 다 빠진 상태였다. 어질어질하고 계속 토할 것만 같았다. 이러다 꼴깍 숨이 넘어가는 건 아닐까?

그런데 간신히 수속을 밟고 비행기에 타면서부터 모든 게 급변했다. 에어컨 바람을 쐬는 순간, 나는 살아났다. 비행기가 떠날 때쯤 어깨와 등, 가슴이 하나도 아프지 않았다. 감쪽같았다. 몸에 생기가 돌고 기내식도 맛있게 먹었다. 아마도 일사병에 걸렸던 것 같다. 게다가 두 달 동안 너무 몸을 혹사시켰기 때문일 것이다. 무더위에, 빈약한 음식에, 열악한 잠자리에 매일 과도하게 걸었다. 발바닥도 몹시 아팠다. 30대 때는 이런 정도는 거뜬했는데 나이가 든 것일까, 영양이 부족해서일까? 도시의 좋은 레스토랑 가면 야생 고기도 먹고, 과일도 푸짐하다지만 나하고는 상관없는 일이었다. 아프리카에 오면 열대 과일을 실컷 먹을 줄 알았는데 오지로 가면 바나나도 귀해 보였다.

케냐의 나이로비에 오니 선선한 가을 날씨였다. 이곳은 연평균 17도의 쾌적한 고원 지대이다. 거기다 비까지 오니 선선해서 살 것 같았다. 오자마자 '런던 호텔'에 묵었다. 10달러 정도의 조그만 호텔이지만 전에 묵던 곳에 비하면 모든 게 훨씬 좋았다. 배낭을 풀고 근처의 생맥주집으로 가 닭튀김 안주에 생맥주를 마셨다. 그제야 '살았구나' 하는 안도감이 들었다.

터키 이스탄불의 갈라타 대교였다. 어둠이 내리는 다리 위에서 바다를 내려다보고 있는데 웬 터키 사내가 접근했다. 독일에서 살다 왔는데 외롭다며 같이 술이나 하러 가자고 했다. 자기가 잘 아는 좋은 술집이 있다는 것이었다. 이미 터키를 세 번째 방문한 나로서는 이런 일들을 많이 겪었기에 따라가지 않았다. 2년 전인가, 한국의 어떤 여행자가 바로 이 근처에서 실종된 사건이 있었다. 결국 영원히 찾지 못했다고 한다. 숙소가 있던 탁심 광장으로 오는 길, 비탈진 길에 으슥한 술집들이 있고 웬 사내들이 호객 행위를 하고 있었다. 그들을 뒤로하고 돌아와 호텔 매니저에게 물어보니 잘했다고 한다. 요즘 들어 그런 일들이 종종 일어난다며 길거리에서 누가 주는 음료수를 먹고 정신을 잃어 모두 털리거나, 술집에 갔다가 바가지를 당하거나, 호텔에서 여행자끼리 생일 파티 하며 케이크를 먹고는 정신을 잃어 모든 것을 털리는 사건이 종종 일어난다는 것이다. 터키 사람들은 좋다. 터키는 이 세계에서 가장 여행하기 좋은 길 위의 천국이다. 그러나 도둑놈과 사기꾼은 언제나 여행자들에게 달려든다.

모스크바 공항에서 이 글을 쓴다. 공항으로 오는 길에 스킨헤드들과 격투를 벌였다. 아무 이유 없었다. 공항 오는 미니버스를 타기 위해 지하철 종점에서 내려 에스컬레이터를 타고 오는데 누군가 내 머리를 강하게 쳤다. 돌아보니 머리 빡빡 깎은 놈과 사내 둘, 그리고 여자애 두어 명이 쳐다보며 욕을 했다. 지나가던 사람들이 스킨헤드 어쩌고 한다. 울컥 화가 솟았지만 나는 모른 척하고 돌아섰다. 가족들 얼굴이 눈앞을 스쳤다. 참자. 떠나면 그뿐 아닌가. 그러나 빡빡이가 계속 에스컬레이터를 타고 쫓아오며 욕을 해댔다. '퍽 유, 퍽 유.' 그리고 밖에 나와 주먹을 휘두르며 덤볐다. 두 놈이었다. 11월 말, 어둠이 덮치는 모스크바의 빙판길에서 싸웠다. 다행히 두 놈은 싸움이 서툴렀다. 한 놈이 나를 덮쳐서 같이 넘어지는데 '안경, 안경'만 생각했다. 안경이 벗겨지면 큰일인 것이다. 일어나 다시 주먹을 휘두르며 싸우는데 모든 게 슬로비디오처럼 보였다. 그만큼 긴장해서였다. 나는 싸우면서 생각했다. 저놈들이 발길질을 할 때 종아리를 걸어차야겠다고. 작전은 성공했다. 빡빡이의 종아리를 후려치니 넘어졌다. 그 틈을 타 뚱뚱이와 싸웠다. 그놈이 한 대 맞고 머뭇거릴 때 빡빡이가 일어선 것을 보고 달려가 주먹으로 한 대 치자 그놈이 저만치 날아갔다. 그리고 달려가 얼굴을 걸어찼다. 한 놈을 제압해야만 다른 놈과 싸울 수 있기에 나는 죽기 살기로 독하게 싸울 수밖에 없었다. 빡빡이를 제압하고 이제 뚱뚱이와 싸울 태세를 취하는데 웬 중년 사내가 나타나 싸움을 말리며 소리를 질렀다. 야속한 사람들. 두 놈이 나에게 주먹질과 발길질을 하면서 달려들 때는 모두들 둘러서서 구경만 하더니, 내가 한 방 제대로 갈기니까 말리는 건가. 나는 못 이기는 체 배낭을 메고 그 자리를 피했다. 택시를 탔다. 그런데 빡빡이가 나를 찾으러 걸어오고 있었다. 필경 한 놈은 친구들을 부르러 갔을 것이다. 간신히 그곳을 빠져나와 공항에 오니 갑자기 복통과 함께 설사가 났다. 가슴이 터질 것 같고 숨도 가빠왔다. 그리고 죽을 뻔한 위험에서 빠져나왔구나 하는 안도감에 온몸의 맥이 탁 풀렸다. 그놈들에게 제대로 한 방 맞아 빙판에 나뒹굴었더라면…… 나는 그들의 발에 짓밟혀 아마 죽었을 것이다.

이런 일기장을 보면 지금도 그 순간들이 생생하다. 돌아와 한 달 후쯤 TV를 보는데 모스크바에서 스킨헤드들이 동양인을 패는 광경이 나왔다. 무서웠다. 열대여섯 명의 스킨헤드들이 한 사람을 무지막지하게 패는데 맞은 사람은 아마 죽었을 것이다. 또 얼마 전에 모스크바 유학생으로부터 들은 이야기인데, 중국 여행자 두 명이 길을 걷던 중에 러시아 청년이 다가와 '중국인이냐?'고 물었고, 그렇다고 대답하자 아무 말 없이 칼로 찔러 그중 한 명이 죽었다는 얘기도 들었다. 그리고 근래에 한국인 유학생들이 스킨헤드에게 맞거나 찔려 죽는 사건들이 발생했다.

또 10여 년 전의 이야기지만, 인도 바라나시의 갠지스 강가에서 한국 대학생이 실종된 사건도 있었다. 남자 친구 둘이 인도 여행을 하다가 한 달쯤 되었을 때 바라나시에서 인도 친구들을 사귀었다. 어느 날 그 친구들을 따라 배를 타고 갠지스 강을 건너 백사장으로 놀러 갔다가 그들이 주는 음료수를 마신 후 갑자기 정신을 잃었다. 그중 한 명이 깨어나 보니 친구는 사라져 있었다. 숙소로 돌아와 친구를 찾아다녔으나 못 찾았다. 나중에 한국의 방송에 보도가 되었고 가족들, 여행자들이 힘을 써보았으나 끝내 찾지 못했다. 인도의 함피에서도 행정고시에 합격한 한국 청년이 실종되었다. 숙소에 짐만 남겨놓은 채. 결국은 못 찾았다.

여행길은 낭만적이기만 한 것이 아니었다. 병과 도적과 사기꾼과 깡패들에게 늘 노출되어 있다. 나는 온갖 사건과 고통, 위험 속에서 단련되어 갔지만 또한 나의 한계, 인간의 한계를 인식하면서 점점 겸허해져갔다. 정말 하늘이 돕지 않으면 이 길을 갈 수 없는 것이다. 아무리 내가 방어하고 조심해도 재수 없으면 한순간에 길에서 '가는' 것이다.

그래서 나는 배낭을 메고 걷는 여행자들을 보면 가슴이 뭉클하다. 특히 한국 여행자를 보면 더욱 그렇다. 몇 년 전 인도 카주라호에서 나는 가슴 뭉클한 광경을 보았다. 카주라호는 세 번째였다. 첫 여행은 1990년도, 두 번째는 1999년도에 왔었고, 아내와 함께 2006년도에 또 와보았었다. 사원의 미투나(성교합상)가 너무도 유명해서 많은 관광객들이 오는 곳이라 변화의 속도가 대단했다. 수많은 숙소, 상점들이 들어섰고 그에 따라 인심도 각박해져가갔다. 그래서 빨리 뜨고 싶었다. 씁쓸한 마음으로 터미널에서 버스표를 산 후, 벤치에 앉아 커피를 마시고 있는데 배낭을 멘 한국 젊은이들 열대여섯 명이 열을 지어 들판을 건너오고 있었다. 배낭 밑에 슬리핑백을 달고, 모자를 쓴 모습이 마치 전쟁터의 병사들 같았다. 땀방울을 흘리며 묵묵히 진군하는 그 젊은 학생들의 초롱초롱한 눈빛을 보는 순간 콧등이 시큰거려왔다. 내 과거의 흔적들이 터벅터벅 걸어오는 것만 같았다.

아…… 나도 저랬었지. 저렇게 힘들게 세상을 헤치고 다녔었지.

자기 몸집보다 더 큰 배낭을 멘 여학생의 모습을 보니 조카도 생각났다. 이제 나의 조카도 곧 대학생이 될 것이고, 이런 험난한 세계를 저렇게 헤치고 나갈 것이다. 들판을 걸어오던 그 여행자들은 한계와 고통을 극복하며 길을 가는 전사였고, 구도자였으며, 작은 영웅들이었다. 자라면서 그들은 배고픔이 뭔지 모르고 컸을 것이다. 그러나 배고픔에 시달리고, 곳곳에 구걸하는 사람들로 넘쳐나는 인도라는 대륙을 헤쳐가면서 많은 것을 느꼈으리라. 가끔은 남몰래 눈물도 흘렸을 것이고 삶과 죽음에 대해 진지하게 고민했을 것이다. 그들은 그 과정에서 그렇게 스스로의 한계를 극복해가며 성장하고 있는 것이다.

　나 역시 여행길의 고통과 고난을 통해 강하게 단련되어갔다. 내가 만약 학교에서 모범생으로 보내고 좋은 직장에 들어가 승승장구하면서 인생을 살아왔다면 어땠을까? 나는 교만해졌을 테고, 강한 것 같지만 사실은 매우 허약한 인간이 되었을 것이다. 불쌍한 사람들의 아픔을 몰랐을 것이고, 내가 얼마나 형편없는 인간인지를 깨닫지 못했을 것이다.

　여행은 나에게 그런 것을 가르쳐주었다. 나는 험난한 여정을 스스로 선택하고, 도전하며, 앞으로 진군하는 용감한 여행자들을 사랑한다. 여행뿐만 아니라 삶에서도 그렇다. 한계를 극복하기 위해 진실되게 노력하고 또한 겸허해지는 인간만큼 매력적인 사람이 어디 있겠는가? 여행길에서 나는 그런 사람들을 종종 만난다. 그래서 여행이 좋다.

우 주 의 중 심 을 찾 아 서

세상으로부터의 '출구'와 세상의 '중심'은
다 내 몸과 마음 속에 있었다. 내 몸이 신전
이고 성소였다. 또한 성스러운 순간은 그
신전에 깃든 내 마음이 그리는 꿈이었다.

나는 여행 중에 바쁘게 돌아다니다가도 가끔 한적한 시간을 즐겼다. 내
일생 중에 가장 한적한 시간은 라다크 지방의 레라는 마을에서 보낸 한
달이었다. 레는 인도 히말라야 산맥 깊숙한 곳에 있는 해발 3,505미터의
마을로, 달나라처럼 황량한 곳이었다. 마을에는 개울물도 흐르고 나무들
도 있었지만 사방은 풀 한 포기 없는 삭막한 돌산으로 둘러싸여 있었다.

그곳까지 가는 길은 멀고도 멀었다. 카슈미르의 주도(州都) 스리나가르를 통해 갔는데 버스로 2박 3일 걸리는 여정이었지만 분쟁과 파업으로 인해 모든 게 끊겨 있었다. 할 수 없이 곡물 포대 가득 실은 트럭을 타고 3박 4일 만에 그곳에 도착할 수 있었다.

레에서는 모든 게 맑았다. 공기도, 산도, 개울물도, 사람들의 눈빛도 모두 맑았다. 티베트 불교를 믿고 있는 몽골리언 계통의 '라다키'들이 평화롭게 살고 있는 그곳은 1974년 이전까지는 외부인의 출입이 금지된 곳이었다. 내가 갔던 1990년 9월에는 외국인 여행자들이 매우 드물었다. 그곳에서 머무는 한 달 동안 모두 10여 명 정도의 여행자들만 있어서, 제각기 다른 숙소에 묵고 있어도 점심이나 저녁때는 늘 식당에서 만났다. 그곳에 있는 동안 나는 근교의 곰파(티베트 절)를 보거나, 마을의 왕궁을 방문하거나, 축제에 참가해 사람들을 사귀기는 했지만 대개는 한적한 시간을 보냈다. 별로 할 게 없는 곳이었다. 그래서 더 좋았다.

그중에서도 가장 좋은 곳은 식당이었다. 특히 여행자들은 '드림랜드' 식당을 좋아했다. '꿈나라 식당'의 주인인 티베트 여인은 짙은 검은색 통치마에 알록달록한 앞치마를 두르고 손님들을 반겼다. 내가 가장 좋아하던 음식은 티베트 국수인 '툭파'였다. 고추장과 간장을 섞은 듯한 '세배'라고 부르는 양념과 '곡파'라고 하는 마늘 즙을 타서 먹으면 고향의 맛이 살아났다. 여행자들은 늘 그곳에 모여 여행 얘기를 하고 정보를 나누며 휴식을 취했다.

그러던 어느 날 나는 티베트 막걸리인 '창'을 마시고 싶었다. 그러나 드림랜드 식당에서도 술은 팔지 않았고 술집도 발견할 수 없었다. 누군가에게 물어서 '창'을 만든다는 가정집에 가보니 다른 집을 소개해주었다. 그러나 막상 그집에 가서 물어보면 방금 전에 소개한 그 집을 가르쳐 주었다. 가정집에서 밀주를 만들기 때문에 낯선 사람을 피한다는 느낌이 들었다. 지금이야 술집이 많이 들어섰다지만 20년 전의 상황은 그랬다. 하루는 지나가다가 어느 여인에게 묻자 그녀가 나를 자기 집에 데리고 갔다. 불쑥 찾아온 손님에게 그 집 아버지는 '창'은 물론 국수까지 대접한 후 창 한 병을 선물로 주었다. 고마웠다. 그런데 매일 그 집에 가서 술을 공짜로 마시거나 팔라고 할 수도 없는 일이었다.

그래서 나는 술집을 찾기로 했다. 하루는 낡은 성벽 문을 지나 돌집들이 들어선 그늘진 어두운 골목길을 걷고 있을 때였다. 가끔 물통을 진 여인네나 검은색 외투를 입은 노인이 걸어갔다. 마치 수백 년 전의 어느 중세 도시를 걷는 듯한 느낌이 들었다. 그때 저쪽에서 털신발에 남루한 회색빛 외투를 걸친 노인이 불쾌한 얼굴로 비틀거리며 오고 있었다. 가까이 다가오자 술 냄새가 확 풍겨왔다. 나는 그에게 물었다.

"저 혹시, 창 마시는 곳 압니까?"

노인은 영어를 이해 못했지만 내가 '창, 창'을 외치며 술 마시는 시늉을 하자 허허 웃다가 잠시 머뭇거렸다. 그러다 큰 결심을 한 듯 따라오라는 손짓을 하며 앞장서서 걷기 시작했다. 골목길을 몇 번 돌고 계단을 여러 번 오르내리자 허름한 문이 나왔다. 동굴집이었다. 노인이 나무 대문을 두드리자 문이 열렸다. 얼굴에 주름이 가득 잡힌 노파가 나오자 노인이 뭐라고 말했다. 노파는 흘깃 나를 쳐다본 후 상을 찡그리며 불평을 늘어놓았다. 노인이 사정조로 한참을 얘기하고 나서야 노파는 나에게 들어오라는 눈짓을 했다. 추측하건대, 이곳은 합법적인 술집이 아니어서 많은 사람들에게 알려지면 곤란한 듯싶었다.

신을 벗고 들어가야만 했다. 대여섯 평 되는 토굴은 투박한 회색 바위와 짙은 고동색의 흙에 둘러싸여 있었다. 전기도 들어오지 않아 촛불과 등잔불로 안을 밝히고 있었다. 노인이 '창'을 조그만 유리잔에 따라주었는데 뿌연 빛깔의 '창'은 막걸리 맛과 비슷했다. 나도 노인에게 잔을 권했다. 노인은 한입에 벌컥 들이켠 후 스테인리스 그릇에 담긴 하얀 가루를 입에 털어 넣으며 나에게도 먹으라는 듯한 눈짓을 했다. '삼파'라는 가루로 미숫가루 맛이었다. 한 잔 마신 노인이 입을 닦은 후 벌떡 일어나 가야겠다는 표정을 지었다. 나가는 노인에게 노파가 뭐라고 한마디 했는데, 아마 다른 사람들을 또 데려오지 말라는 얘기 같았다. 하지만 노인은 대꾸하지 않고 털신발을 끌며 나가버렸다.

나 혼자 술을 마시는데 힐끔힐끔 훔쳐보던 옆자리의 사내가 주전자를 들고 와 술을 권했다. 내가 단번에 들이켜자 또 술을 따랐다. 저쪽에 있던 사내들도 어느샌가 모두 내 상으로 몰려들었고 우리는 대작하기 시작했다. 의사소통이 전혀 되지 않았지만 웃어가며 술을 마셨다. 오랜만에 먹는 술이라 금방 취기가 돌았다. 어두컴컴한 토굴 안은 아늑했고 다른 세상에 온 것만 같았다. 술을 마신 후 돈을 내려고 물으니 노파는 손가락 두 개를 폈다. 내가 10루피짜리 두 장을 주자 노파는 깜짝 놀라며 주머니에서 1루피짜리를 꺼내 보였다. 가격은 2루피였다. 창 한 병에 2루피라니. 그 당시 환율로 보았을 때 80원. 쌌다. 거기다 안주 삼파는 무료였다.

그곳은 여행자들도 모르는 나만의 은둔지였다. 나는 아무에게도 말하지 않고 종종 홀로 그 토굴 술집으로 갔다. 노파는 처음에는 꺼리는 눈치를 보였지만 얼굴이 익자 나중에는 반갑게 맞아주었다. 그곳은 나에게 단순한 술집이 아니었다. 그곳은 나만의 은둔지요 도피처였다. 그 토굴 술집에 들어가 술에 취하면 마치 어머니 품에 안긴 것처럼 편안했다. 그곳에서는 시간도 흐르지 않는 것 같았다. 나는 종종 술에 취해 토굴 속의 등잔불 그림자가 되어 나를 잊었다. 낮에도 마음이 동하면 그 토굴 술집에 갔다. 술이 얼큰하게 취하면 돌산에 올라가 싸늘하고 건조한 바람을 쐬며 히말라야 산맥을 바라보다 낮잠을 잤다. 종종 저녁에도 그곳에서 술을 마셨다. 밤에 그곳을 나오면 10월의 얼음장 같은 찬 공기가 옷 속으로 파고들었다. 숙소로 돌아오다가 가끔 허물어진 왕궁의 성벽 근처에 누워 수백만 년 전에 출발했을 별빛을 바라보았다. 캄캄한 어둠 속에 누워 바라보는 하늘의 별빛은 황홀했다.

그 토굴 술집은 나에게 성소였다. 루마니아의 종교학자 미르체아 엘리아데에 의하면, 고향이나 첫사랑의 장소 혹은 젊은 시절에 처음으로 방문한 외국 도시의 특정한 장소는 개인적인 '우주의 성지(聖地)'가 된다. 그곳에는 '다른' 현실이 있다. 그것은 마치 연애하는 사람을 볼 때 느끼는 감정처럼, 자아가 무한의 세계로 녹아들어가는 듯한 황홀경을 맛보는 공간이다. 그렇다. 나는 그 토굴과 히말라야 풍경과 바람과 칠흑 같은 밤 그리고 별빛을 평생 잊지 못할 것이다.

공간은 똑같은 공간이 아니며 시간은 똑같은 시간이 아니다. 인간은 늘 성(聖)스러움을 경험하고 싶은 본능을 갖고 있다. 그것을 위해 사람들은 똑같은 공간에 성지를 만들고 천상계와 교류할 수 있는 '출구'를 찾는다. 또한 동시에 사람들은 우주가 탄생하던 태초의 시간, 기원의 시간으로 되돌아가고자 한다. 거기서 속된 시간에 벗어나 있는 성스러운 '영원한 현재'를 경험하고자 한다. 그 토굴 술집은 나에게 다른 세상으로 향하는 출구였으며, 또한 태초의 시간, 영원한 현재를 맛보는 '성스러운 공간'이었다.

그 후 나는 다시 '속(俗)의 세계'로 돌아왔다. 많은 것을 보았고 많은 것을 경험했다. 그러나 그 시절 체험했던 '성의 공간'은 쉽게 찾을 수 없었다.

내가 만약 다시 그 토굴 술집으로 돌아간다면 그 성스러움을 맛볼 수 있을까?

아닌 것 같다. 첫사랑의 연인을 다시 만난다고 첫사랑이 돌아오지 않는 것처럼 그 짜릿한 순간, 그 달콤한 순간, 그 아늑한 순간들은 영원히 흘러가버린 것이다. 그 황홀했던 순간들은 그렇게 나에게 상실감을 주었다. 성스러운 시간과 공간은 쉽게 찾아오지 않았다. 이곳에서도, 저곳에서도.

그렇게 깊은 수렁 속에 빠져 있던 중, 불현듯 나는 나 자신을 돌아보았다. 그리고 깨달았다. 내가 의지해야 할 것은 '성스러운 장소'도 아니고, '성스러운 순간'도 아니었다. 그것은 모두 덧없는 것일 뿐. 결국 세상으로부터의 '출구'와 세상의 '중심'은 다 내 몸과 마음 속에 있었다. 내 몸이 신전이고 성소였다. 또한 성스러운 순간은 그 신전에 깃든 내 마음이 그리는 꿈이었다. 하여 가장 중요한 것은 '지금, 여기' 있는 나의 몸과 마음이었다.

카 르 페 디 엠 과
운 명 에 대 한
사   랑

'카르페 디엠(현재를 즐겨라!)'은 단지 '현
재를 즐기는 것'이 아니라, 현재에 몰입해
그 속에서 자신을 훨훨 불태우는 것이다.
현재가 고통이라면 그 고통 속에 몰입하여
거기서 희열을 찾아내는 것이 카르페 디엠
이다.

내 인생을 피곤하게 만든 것은 두 가지였다. 그중 첫 번째는 직선적인 시
간관이었다.

독일의 사회학자 막스 베버에 의하면 고대의 인간들, 예를 들면 구약
성경의 아브라함 같은 이는 살 만큼 생을 살았다는 포만감 속에 죽었을
것이라고 한다. 고대까지 안 올라가도 근대 이전의 많은 농부들이 그렇

게 살았을 것이다. 씨를 뿌리고 추수하는 가운데 삶은 돌고 돈다. 그 순환적인 시간관 속에서 자식에게 가업을 물려준 농부들은 '생의 포만감'을 느끼지 않았을까? 그들에게 세상은 계속 되풀이되는 것이기에 미래는 궁금하지 않았다. 그래서 현재에의 몰입이 더 중요했고, 생을 살 만큼 산 사람들에게 죽음은 생의 만족스러운 종결이 되었다.

그러나 근대인들에게 죽음은 종결이 아니라고 막스 베버는 말한다. 직선적인 시간관 속에서 진보는 끝없이 전진한다. 세상은 날로 발전하고 미래는 늘 변한다. 미래는 현재의 반복이 아니라 새로운 생의 전개인 것이다. 오늘을 넘어서 내일을 살면, 더 좋은 세상이 펼쳐질 것이라는 기대감 속에 우리는 끝없이 미래를 염원한다. 이런 직선적인 시간관에서 '이제 되었다'라는 생의 포만감은 없다. 근대인들에게 죽음은 자연으로의 회귀가 아니라, 끝없이 이어지는 진보의 행군 속에 허덕이며 뛰다가 쓰러지는 것과도 같다. 우린 이제 죽음 앞에서도 차분하게 삶을 정리하고 체념하는 시간을 갖지 못한 채 병원 침상에 누워 끝없이, 끝없이 생명을 연장시키려다가 유언도 남기지 못한 채, 어느 날 엄숙한 의식조차 치르지 못하고 병원의 냉동고 속으로 들어가버린다. 끝없는 치료가 휴머니즘이라는 이름으로 포장되지만, 삶을 종결짓고 죽음을 의미 있게 만드는 의례적인 시간도 갖지 못한 채 죽음을 맞이할 때 어떻게 '생의 포만감'을 가질 수 있겠는가?

많이 소유하고, 많이 성취한다고 생의 포만감을 얻을 수 있는 것은 아니다. 더 좋은 세상, 더 좋은 미래를 믿는 사람에게 현재는 포만감이 아니라 결핍감으로 다가온다. 그래서 죽을 때까지 미래를 향해서 달린다.

그런 직선적인 시간관 속에서 사는 한, "이제 그만, 스톱"이란 말은 쉽게 나오지 않는다.

나는 그 직선적인 시간관에 휩싸여 너도, 나도 미래를 향해 뛰며 경쟁하는 사회가 싫었다. 그래서 배낭을 메고 여행을 떠났다. 그 빠른 '러닝 머신'에서 내려온 것이다. 그리고 자유롭게 떠돌아다니며 현재에 몰입했고 생의 포만감을 누렸다. 이제 죽어도 여한이 없다는 생각이 들었다.

그런데 한국으로 돌아와 다시 살아가려니 힘들었다. 무한한 진보, 발전, 미래에 대한 환상을 거부하고, 내 속에 숨겨진 거대한 우주의 순환적 리듬에 맞춰가려고 무던히도 노력했다. 그러나 직선으로 흘러가는 시간의 물살이 너무 센 현실에서 그것은 만만치 않은 일이었다. '시간을 금처럼' 여기는 생산성, 효율성에 저항하느라 한때 게으른 인간도 되어보았다. 무용지물 같은 인간, 아무짝에도 쓸모없는 인간이야말로 '있는 그대로'의 인간이라고 생각하면서 대책 없이 저항도 해보았다. 아주 힘들었다. 그 과정에서 '생의 포만감'은 커녕 이렇게 내 삶이 몰락하는구나 하는 좌절감도 들었다. 그런 감정에서 빠져나오는 데 도움이 된 것은 '이래서는 안 돼. 더 열심히 근면하게 살아야지' 하는 교훈적인 생각이 아니라, 세상에 대한 체념 속에서 나온 강한 생의 긍정이었다.

몰락하게 된다면 몰락을 받아들이자는 체념, 한때 영광의 시절을 맛보았으므로 미래는 어떻게 흘러가든 좋다는 체념을 하자, 마음이 텅 비어졌다. 그렇게 속을 비운 후 물었다.

자, 그럼 앞으로 어떻게 살 것인가?

방법은 딱 하나였다. 지금 내가 가장 하고 싶은 게 무엇인가? 오늘 하다가 내일 죽어도 후회하지 않을 것이 무엇인가? 목적을 달성하지 못해도, 그것을 하다가 죽으므로 여한이 없노라 말할 수 있는 게 무엇인가?

그것은 사람마다 다를 텐데, 나는 글에서 찾았다. 그리고 모든 것을 거기에 맞춰가기로 했다. 돈을 못 벌어도 명예를 얻지 못해도 글 쓰는 행위 속에서 기쁨을 얻을 수 있고 내 삶을 훨훨 태울 수 있다면 기쁠 것 같았다. 생계는 그 후의 문제였고 최선을 다해 노력하면 하늘이 도와줄 것이라 막연히 믿었다. 그렇게 텅 빈 마음으로 몰락을 각오하되, 진정 하고 싶은 것 하나만 남겨놓고 거기에 다 바치기로 마음먹자, 오히려 현재를 긍정하는 마음이 강하게 솟구쳤다.

그렇게 현재가 과거와 미래를 강한 구심력으로 빨아들였을 때, 나는 비로소 '카르페 디엠'이라는 말을 이해할 수 있었다. 카르페 디엠은 '현재를 잡아라'라는 뜻이지만 나는 한때 그것을 '현재를 즐겨라, 삶을 즐겨라'로 이해하고 있었다. 그러나 언제부턴가 '현재에 몰입하라'로 이해하기로 했다. 그것은 현재를 즐기는 것뿐만 아니라 고통, 고뇌도 모두 받아들여, 그 속에서 자신을 훨훨 불태우는 것을 의미했다.

카르페 디엠을 단지 현재를 즐기고 노는 것으로 이해한 사람은, 결국 그 '즐기고 노는 것'이 목적이 되고 미래에도 그것을 원하게 된다. 그때 그 미래에 대한 갈증과 욕망은 '현재에의 몰입'을 방해한다. 또한 즐기고 노는 현재가 사라졌을 때, 눈앞의 현실을 사랑하는 것이 아니라 쓰레기통을 뒤지는 비루한 개처럼 '즐기고 노는' 미래를 찾아 어슬렁거린다. 그건 카르페 디엠이 아니다. 현재가 고통이라면 그 고통 속에 몰입하여 거기서 희열을 찾아내는 것이 카르페 디엠이다.

두 번째로 나를 괴롭혔던 것은 나에 대한 '이념형'이었다.

이념형(ideal type)이란 독일의 사회학자 막스 베버가 사용한 개념으로, 현실 세계의 실재를 단순화, 추상화시킨 모델이다. 예를 들면 '경제인'이 있다. 경제인은 세상에 대한 완전한 지식을 갖고 언제나 최소의 비용으로 최대의 만족을 이루고자 행동하는 사람이다. 그런데 현실에서 이런 사람은 존재하지 않는다. 항상 경제적인 만족만을 최대치로 추구하며 살아가는 사람이 어디 있겠는가. 사람들은 사회의 관습, 분위기에 지배받으면서 손해도 보고 양보도 하면서 살아간다. 그럼에도 불구하고 이런 '경제인' 같은 이념형은 실제적인 사람들의 경제 행위를 측정하는 기준역할을 한다. 즉 이념형은 현실에 존재하지 않지만 현실을 이해하는 데 도움을 주는 것이다.

이것을 우리에게 적용한다면 어떻게 될까? 우리는 사회에서 만들어놓은 수많은 이념형을 교육받고, 그 속에 둘러싸여 살고 있다.

말 잘 듣고 공부 잘하는 학생, 성실한 직장인, 효도하는 아들, 리더십 있는 남성, 자애로운 어머니, 애국하는 국민, 휴머니즘적 인간 등등의 이념형은 늘 우리의 모델이 되었다.

그런데 과연 현실 속의 인간들이 얼마나 거기에 맞춰서 살 수 있을까?

아무리 노력해도 나는 이념형 인간이 될 수 없었다. 그것은 도저히 다다를 수 없는 이상의 세계이기에 늘 결핍감과 열등감을 느낄 수밖에 없다. 그래서 나는 때로는 노력하고, 때로는 반항했으며, 때로는 냉소했다. 종종 희망적인 얘기를 하다가도 문득 내가 바라는 나와 현실적인 나 사이에 놓인 건널 수 없는 강을 보면서 낙담했다. 그리고 어느 순간부터 나는 수많은 이념형을 강요하는 사회, 대부분의 사람들을 열등하게 만드는 사회, 위선적인 행동을 하도록 만드는 이 사회가 싫었다. 그래서 저항했다.

그 저항의 끝에서 나는 또 체념했다. '이념형'과 '있는 그대로'의 실체 사이에 있는 차이까지 인정하고, 세상 자체가 그렇다는 것, 인간 자체가 그렇다는 것을 인정하기로 한 것이다. 세상은 원래 더러움, 모순, 위선이 모여 만들어진 것이며, 그것들은 어쩌면 우리가 알 수 없는 어떤 역할을 하고 있는지도 모른다고 생각했다.

그렇지 않은가? 생명은 고상하고 깨끗한 신전에서, 혹은 엄숙한 학자의 연구실에서 나오는 것이 아니다. 생명은 여인의 똥과 오줌이 나오는 구멍 사이의 구멍에서 나온다. 밭의 씨들은 똥과 오줌을 먹고 무럭무럭 자라난다. 만약 세상이 이념형 인간들로 이루어져 있다면, 그것은 포르말린 냄새 가득 풍기는 병원의 실험실과 다를 바 없으리라. 그 깨끗한 곳에 생명은 없다. 더러움과 모순이 뒤죽박죽 섞여서 이루어진 세상, 그곳이야말로 더 신비로운 삶의 생기가 넘치는 세상이며, 그 속에서 부족하고 한계에 사로잡힌 채 울며불며 투덜투덜 살아가는 너와 내가 '진정한 인간'일지 모른다는 생각을 하면서부터, 나는 생에 대해 강한 긍정을 했다. 이념형은 실험실에서는 꼭 필요한 개념이었지만, 삶이라는 밭에서는 '개똥밭에서 구르는 열정과 용기'가 더 필요했다.

결국 나는 저 하늘에서 나타나는 이념형에 대한 열등감을 걷어찼다. 이 사회가 나에게 주입시킨 인생의 목적, 목표 등도 어깨에서 내려놓았다. 또 달콤한 꿈과 희망을 약속하는 미래의 장밋빛 환상도 지웠다. 그제야 나는 '지금, 여기서' 펼쳐지는 내 발아래의 시간들이 사랑스러워졌고 나의 한계와 불완전한 삶을 사랑할 수 있었다. 그때 나에게 운명이 사라졌다.

현재에 몰입하고, 현재를 사랑하고, 그것이 어디로 가든 다 받아들이겠다는 체념 속의 강한 긍정 속에서 운명이란 무슨 의미인가?

현재의 몰입 속에서 모든 것은 등가(等價)로 다가왔다. 도덕적인 가르침과 거리 여인들의 웃음, 유명한 정치인의 죽음과 길거리를 걷던 개의 죽음, 어둠 속에서 흐릿해지는 지평선과 찬송가와 염불 소리가 '같은 가치'로 다가왔다. 현재의 몰입 속에서 세상은 다르게 보였다. 세상의 하찮은 것들이 가장 중요해 보이던 것과 어깨를 겨룰 때, 그 하찮은 것들이 세상에 깃든 지고한 성스러움의 발현으로 보였다. 그때 문득 '생의 포만감'을 누렸다. 하루를 살다 가도 배부르고 행복할 것 같았다. 볼을 스치는 바람과 태양의 따사로움이 감격스러웠다. 그 순간은 '태초의 시간'이었고, 거기서 나는 초월적인 힘을 느꼈다. 나는 나의 삶이 지금, 여기서 몰락한다 해도 징징거리지 않기로 결심했다. 그것이 운명이라면 사랑하기로 했다. 그것이 니체가 말한 '운명애(amor fati)' 아니었을까?

역설적이었다. 운명을 사랑할 때 운명은 사라진다. 다만 사랑 속에서, 용기 속에서 무한한 자유가 펼쳐진다. 그리스 비극에 나오는 영웅들은 갑작스러운 고난, 부모와 친구의 죽음 앞에서도 신을 원망하지 않는다. 슬퍼하되 원인을 따지지 않고, '신의 뜻이라면' 하고 받아들이며 아픔을 안고 묵묵히 영웅적인 삶을 살아간다. 거기에 세속적인 인간들의 나약한 운명 타령은 없다.

지구를 거쳐간 수많은 인간들이 그렇게 살다 갔다. 나만 고통받는 것이 아니고 나만 몰락하는 것이 아니다. 우리 인간 모두 순환하는 시간 속에서 번성하고 몰락하며 생로병사의 수레바퀴 속에서 돌고 돌다 사라진다. 이런 존재의 굴레 속에서 '생의 포만감'을 얻기 위해서는 모든 것을 긍정하고 현재에 몰입하는 것이다. 그 순간 현재는 칙칙한 필연적인 관계로부터 벗어나 환하게 빛나는 우연의 순간이 된다. 그때 그 환한 빛 속에서 자유가 보인다. 자유란 그런 것이다. 자유 속에서 필연적인 운명은 없다. 그저 '운명에 대한 사랑(amor fati)'만 있을 뿐이다.

II

현실을 여행처럼 살아가기

여행자는 언젠가 돌아온다.
한번 떠난 자가 영원히 이동하면 그건 그 이동 속에 안주한 또 다른 정착이다.
그러므로 떠남과 돌아옴, 방랑과 정착은 낮과 밤처럼 공존하는 의존적인 관계다.
그런데 여행을 끝내고 삶으로 돌아왔을 때, 그 삶은 이전과 다르다.
하늘을 날던 새는 땅에 앉는 순간 땅에서 살기를 다시 배워야 한다.
그래야만 다시 날 수 있다. 그러나 현실은 만만치 않다. 어떻게 극복해야 할까?

가 족 이 라 는
굴 레 ,
가 족 이 라 는 힘

이제 '아빠, 엄마, 아이들'로 이루어진 핵
가족은 하나의 부분적인 모델일 뿐이다.
수많은 가족의 형태 중에서 자신이 선택하
고 스스로 책임지면 되는 것이다.

가족은 나의 보금자리였지만 굴레이기도 했다. 부모, 자식 간의 질긴 인
연들을 끊고 가는 기분으로 떠났던 나의 여행은 출가와도 비슷한 행위였
다. 평생 홀로 살 생각도 했었다. 그러나 아버지가 세상을 뜨고 어머니가
우울증에 걸리면서 발밑의 현실이 우르르 무너졌을 때 나는 결혼했다.
40의 나이였다. 이 불안하고 허망한 세상에 손 꼭 붙잡고 함께 걸어갈 동

반자가 간절하게 그리워서였다. 그때 가족은 나에게 또 힘이 되었다. 그런 나에게 큰 영향을 준 사람이 미국의 신화학자 조지프 캠벨이었다. 그의 결혼관을 요약하면 이렇다.

신화에 의하면 결혼이란 원래 하나였던 존재가 재회하는 것입니다. 분리된 육과 육이 서로 만나 영적 동일성을 인식하는 것이지요. 결혼과 연애는 아무 상관 없어요. 연애는 상대방에 대한 절망과 함께 끝나지만 결혼은 영적인 동일성을 인식합니다. 관능에 이끌려 결혼한다면 번지수가 틀린 것이지요. 결혼한 사람은 자기의 정체를 관계 속에서 찾아야합니다. 결혼은 '관계'라고 하는 신 앞에 '자아'를 제물로 바쳐 하나가되는 시련이자 영적 수련입니다.

물론 조지프 캠벨의 견해가 절대적인 것은 아니다. 특히 요즘처럼 자아가 중요한 시대에 '자아를 제물로 바친다'는 식의 표현은 너무 엄숙해 보인다. 하지만 30대를 방랑하고 방황하며 살다가 절망의 순간에 결혼한 나로서는, 엄숙한 태도 없이는 결혼할 이유가 없었다. 나는 종족 보존에도 관심 없었고, 밥해줄 사람, 빨래해줄 사람, 섹스 대상이 필요해서 결혼한 것이 아니었다. 다만 허전하고 불완전한 존재로서 뼈저리게 '내 사람'이 그리웠던 것이다. 그 관계를 통해 영적인 동일성을 인식하고 거기서 새로운 삶의 의욕을 얻고 싶었기 때문이었다.

이렇게 해서 나는 가족을 이루었다. 그러나 아이를 낳지 않기로 해서 전형적인 가족 모델로 보면 불완전한 가족이다. 그리고 현재 어머니를 모시고 사니 완전한 핵가족도 아니고 대가족도 아니다. 이런 불완전해 보이는 가족의 형태 속에서 나는 과연 가족이란 무엇이며, 미래의 가족 형태는 어떻게 될까에 대해 곰곰이 생각한 적이 있었다.

신화학자와 달리 사회학자들은 결혼이나 가족을 냉정하게 분석하고 있다. 엥겔스 같은 이는 일부일처제로 이루어진 핵가족을 아프게 비판한 다. 그것은 부르주아 남성들이 자신의 부(富)를 친자식에게 상속할 목적 으로 출현했다는 것이다. 반면 1950년대, 미국의 사회학자 파슨스는 부 부 중심의 핵가족을 산업화 시대에 어울리는 전형적인 가족 형태로 파악 한다. 남자는 돈을 벌어오고 여자는 살림하고 아이들이 함께하는 '스위 트 홈'이 이상적이라고 한다. 그러나 1950년대 미국에서 이런 모델은 중 산층에서나 형성될 수 있는 부분적인 모델일 뿐이었다. 상류층 가족들은 부부 중심의 핵가족이 아니었고 노동자 등의 하류층은 맞벌이를 해야만 했다. 또한 페미니스트들은 이런 핵가족의 형태는 남성중심주의에서 나 온 허구적 이데올로기이며 이런 모델을 통해서 경제적으로 여성들이 종 속화된다고 비판한다.

1977년 통계를 보면 전체 미국 가구 중에서 자녀가 원래 없거나, 함께 살고 있는 자녀 없는 부부가 약 30퍼센트, 독신자 21퍼센트, 파슨스가 말한 전형적인 핵가족 형태는 16퍼센트, 여성이 가장인 편모 가족이 6퍼 센트, 배우자나 자녀 이외의 친척들과 함께 사는 가구가 5퍼센트, 남성 이 가장인 편부 가족 0.6퍼센트 정도 등이었다. 나는 이런 통계를 보면서 놀랐다. 미국에서는 이미 30년 전 나처럼 애 없는 부부 혹은 부부끼리만 사는 사람들이 30퍼센트로 가장 많았고 그다음이 21퍼센트인 싱글들로 이들이 가족 형태의 반을 차지했던 것이다. 그리고 파슨스가 말한 전형적인 핵가족 형태, 즉 아빠·엄마·아이들이 함께 사는 경우는 16퍼센트밖에 안 되니, 미국 사회에서 전형적인 핵가족의 형태는 극히 부분적인 것으로 '관념'이었던 것이다.

지금의 한국도 상황은 비슷하지 않을까? 급속한 사회 변동 속에서 대가족은 이미 무너졌고, 핵가족 중심의 스위트 홈도 미국처럼 부분적인 모델일 뿐이다. 또한 '홀로 사는 가구'가 빠르게 증가하고 있다. 요즘은 가족이란 개념보다 '가구'라는 개념을 더 쓰는데, 조선일보 2009년 9월 14일자 보도에 의하면, 현재 한국의 1인 가구 비율은 20.2퍼센트다. 이런 현상은 선진국이 더 높다. 유럽, 북미 지역은 전체 가구 중에서 1인 가구가 차지하는 비율이 30퍼센트를 넘었으니 세 집당 한 집이 홀로 살고 있다. 일본은 전국적으로 1인 가구가 29.5퍼센트이며 도쿄의 경우에는 무려 42.5퍼센트다. 프랑스도 전국적으로 1인 가구가 32.6퍼센트이며, 파리는 절반에 가까운 집이 1인 가구다. 즉 도쿄나 파리는 두 집 중 한 집이 홀로 살고 있는 것이다.

서울도 이제 그렇게 되어가고 있지 않을까? 이제 세 집당 혹은 두 집당 한 집이 '나 홀로' 가구가 되어가고 있을 것이다. 고령화로 인한 독거노인들, 결혼하지 않은 싱글들, 결혼을 했다가 이혼한 사람들, 기러기 아빠, 엄마 등 혼자 사는 사람들이 급격하게 늘어났다. 또한 농촌에도 노부부끼리 살거나 사별하여 홀로 사는 독거노인도 많을 것이다. 그리고 1인 가구의 종류에는 전문직을 가지고 안정된 수입을 올리는 골드 미스, 골드 미스터라고 불리우는 30대, 40대도 있지만, 아르바이트로 연명하는

20대, 30대, 실직 상태의 40대, 50대, 독거노인 등 힘들게 살아가는 사람들이 압도적으로 많다고 한다.

이제 가족이란 개념도 바뀔 것 같다. 여행하면서 만나는 서양인이나 일본인들은 성인이 되어 경제적으로 독립하고 주거지가 다른 경우 부모, 형제, 자매는 '나의 가족(my family)' 개념에 포함시키지 않는 것을 종종 목격했다. 즉 결혼하면 배우자 혹은 자식이 자기 가족이고, 싱글인 경우 가족은 없다. 그래서 부모에 대한 의무도 없기에 자유롭게 이곳저곳 옮겨 다니며 산다.

반면 한국의 경우에는 '우리 가족'이란 말을 쓴다. 그만큼 집단의식이 강하다. 정확한 어법에 따르면, 가족은 혈연관계 개념이고 같이 사는 경우는 '식구'란 용어를 쓰므로 가족은 떨어져 살아도 부모 · 형제 · 자매 · 자식을 모두 아우른다고 할 수 있다. 그러나 용어를 떠나서 사회 구조가 급격하게 변하고, 그에 따라 유교적 관념이 희박해지면서 이제 가족이란 개념도 서양인이나 일본인처럼 되어가는 것을 느낀다. 성인이 되고 독립하면 이제 각자 살아가는 것이다. 나는 현재 어머니를 모시고 살지만 그렇게 하고 싶어도 여건상 모시지 못하는 사람들이 많다. 또 자기 몸 하나 살아가기도 힘든 세상이 되어버렸다. 그래서 독거노인들이 많이 생기고 홀로 독립한 싱글들도 많이 생겼다.

전통적인 부모, 자식 간의 관계도 허물어졌다. 예전에는 '아들'이면 최고인 줄 알고 열심히 키웠는데 지금 와서 보니 '아주 잘나면 나라의 아들, 돈 잘 벌면 장모 아들, 못나면 내 아들'이란 말을 하며 푸념하는 노인들이 생긴다. 또 다 큰 아이들은 부모와의 대화를 거부하고, 자식을 학대하는 부모, 부모를 학대하는 자식들도 생겨난다.

이제 어떤 하나의 가치관과 규범이 사회를 지배하는 시대가 아니다. 미국의 예를 들면 이혼과 새 결혼을 여러 번 하다 보니, 아이들의 아빠 혹은 엄마가 단수가 아니라 복수가 된다고 한다. 첫 번째 아빠, 두 번째 아빠…… 혹은 두 번째 엄마, 세 번째 엄마 등등. 이제 한국에서도 그런 현상이 눈에 띄게 증가했다.

사회학자들은 우리 사회의 유교적인 성향이 너무 강해서 1990년대 이전에는 가족 구조, 상속법, 호주제 등의 변화를 상상할 수 없었다고 한다. 그런데 1990년대 이후 진행되는 가족 형태의 변화는 가히 혁명적이다. 여성들의 사회 진출은 가속화되었고 맞벌이 부부가 늘어나 가사와 양육도 남녀가 같이해야 한다. 1인 호주제가 등장했으며, 상속법도 개정되어 골고루 분배되게 되어 있다. 또한 외아들, 외동딸 등이 많아져서 친족 개념도 사라지고, 유교적인 관점에서 가문의 대를 잇고 재산을 상속한다는 관점은 희박해졌다. 현실적으로 대다수의 사람들은 자식에게 물려줄 재산보다는 자신들의 노후를 먼저 걱정해야 하는 상태다. 어머니의 모성애도 변화하고 있다. '어머니 되기'와 '자식에 대한 희생'을 삶의 목표로 삼았던 과거의 여성들과 비교할 때 현재의 여성들은 아이들에게 덜 매달리고 있으며, 자신의 삶과 노후에 점점 더 신경을 쓰고 있다. 포스트모더니티 학자들은 이미 '가족의 종언'이 시작되었다고 한다. 좀 더 정확히 말하면 과거의 가족에 대한 고정 관념, 혹은 획일화된 관념이 무너진 것이다.

물론, 이런 학자들의 얘기가 보편적인 것은 아니다. 나라마다, 문화권마다 다를 것이며 또 앞으로의 상황에 따라 어떻게 변할지도 모른다. 그러나 우리보다 앞서가는 선진국들과 현재까지 한국에서 진행되는 과정을 보면 우리도 그렇게 될 가능성이 매우 높다. 또 지방이나 서울 근교에 다문화 가정도 매우 많아졌음을 본다.

단란한 가족 속에 살고 있는 사람들, 혹은 아직 부모 밑에서 생활하는 젊은 사람들은 이런 상황이 실감나지 않을 것이다. 그러나 이런저런 인생 경험을 한 40대, 50대가 된 사람들은 아마 주변에서 이런 사례들을 수없이 들을 것이다. 그만큼 우리 가족의 상황은 급속하게 변하고 있다.

영혼의 결합은 둘째치고, 있는 가족조차 지키기 힘든 시대이다. 낱개로 살아갈 수밖에 없고, 자신의 생존을 위해 발버둥치기도 힘들어진 이 시대에 과연 결혼과 가족은 무엇인가? 또 현실에서 잘 적응하지 못하고, 고민하며, 어디론가 이동하면서 살아가기를 바라는 돌아온 여행자들은 어떻게 살아야 하나?

내 주변의 여행자들 중에는 남녀를 불문하고 30대, 40대들 중에 싱글들이 많다. 나도 그랬지만 여행을 하다 보면 금방 세월이 간다. 그리고 자유로운 생활을 즐기다 보니 특별한 이유가 없는 이상 쉽게 결혼하고 싶지도 않다. 그들의 의식은 늘 경계선에서 머물고, 한때의 황홀했던 자유에 대한 추억을 쉽게 버리지 못한다. 그러나 돈은 여기서 벌어야 하는 딜레마에 빠져 나이가 들어도 부모에게 신세지거나 나 홀로 가구가 된다. 그런 싱글들이 종종 나에게 묻는다.

"결혼해보니까 어때요?"

"좋아요. 좋은 사람 만나면 하세요."

이렇게 공식적인 답변을 하지만 사실은 신혼여행 때부터 싸우기 시작해서 온갖 문제가 많았다. 살 맞대고 살다 보면 부족함, 허점, 치졸함을 서로 보여주게 되는데, 문제는 자기 허물은 잘 안 보이고 남의 허물만 잔뜩 보인다는 것이다. 또 둘만의 문제가 아니라 집안 문제가 얽히다 보면 미지수가 너무 많은 고차 방정식이 되는 것이다. 그러다 보니 '결혼은 헤어진 영혼의 반쪽을 다시 만나는 것이다' 라는 말은 너무도 고전적인 말이 된다.

결혼은 이렇게 안갯속처럼 불확실한 세계로 뛰어드는 것이다. 그 불확실성 속의 세계에서 지금까지 함께 살아오게 만든 힘은 돈도, 밝은 미래도 아니었다. 그저 반성과 노력이었다. 확신은 없었지만 "결혼은 '관계' 라고 하는 신 앞에 '자아' 를 제물로 바쳐 하나가 되는 시련이자 영적 수련입니다"라는 말을 가슴에 새기면서 노력해왔을 뿐이다. 그래서 수많은 갈등과 다툼 속에 12년째 살아온 지금은 텔레파시가 통할 정도가 되었다.

아이를 낳을까 말까, 고민은 좀 했었다. 나이 40에 결혼을 하니 주변에서는 '왜 아이를 빨리 안 낳느냐' 고 질문들을 하다가, 몇 년 지나자 '혹시…… 고자?' 하는 눈치였다. 그렇지 않다. 아주 건강한 부부인데 이런저런 고민 끝에 우리 둘이 합의해서 선택했다.

그 이유는 아이를 낳은 상태에서 내 여행과 글을 동시에 밀고 나갈 수 없다는 판단 때문이었다. 그리고 무작정 저질러놓은 '여행하는 내 인생' 을 어떤 식으로든 마무리짓고 싶었다.

그러나 나는 아이를 낳고 키우는 사람들을 존경한다. 그들은 고생한

만큼 생명을 키우는 데서 보람을 얻을 것이다. 생명을 키우는 일만큼 보람 있는 것이 어디 있으랴. 수백 권, 수천 권의 책을 쓰는 것보다 생명 하나 더 키우는 것이 보람 있는 일이라고 나는 생각한다. 또한 아무리 가족, 부모 자식 간의 갈등이 부각되는 시대에도 '피붙이'에 대한 헌신, 애정은 본능이고 그것이 서로에게 힘이 된다. 그러므로 우리에게 가족의 힘은 쉽게 사라지지 않을 것 같다. 아무리 자유로워도 혼자 잘 먹고 잘 사는 것이 뭐 그리 즐거울까? 가족 구성원 간에 서로 사랑하고 배려하는 것만큼 삶에 큰 힘을 주는 것은 없다.

그러므로 나는 애 없이 산다거나, 싱글로 사는 것이 좋다고 남에게 떠들 입장은 아니다. 다만 사람마다 상황이 다르므로 이 시대에 누구나 따라야 할 가족에 대한 '모델'은 이제 없다고 생각할 뿐이다. 이미 '관념적 모델'은 소수들이 유지하고 있는 부분적인 모델일 뿐이며, 누구나 선택하고 그 선택에 대해 책임을 지면 된다고 나는 생각한다. 자유를 원하면 안정을 포기하고, 안정을 원하면 자유를 포기해야 하는 법이다.

지금도 그렇지만 앞으로 다양한 형태의 가족들이 등장할 것 같다. 싱글족, 싱글맘, 동거, 자식 없는 부부, 자식 대신 애완동물 혹은 로봇과 함께 사는 부부, 동성애 부부, 독거노인, 신앙이나 이상을 중심으로 무리지어 사는 공동체, 뿌리를 내리지 않고 이곳저곳 접속해서 살아가는 유목민 등등.

언젠가 지인과 이런 얘기를 나누었다. 그녀의 나이 40대 중반으로 아직 싱글인데, 예전 관점으로 보면 그녀에게서 결혼은 이미 물 건너간 얘기가 되었다. 아이를 낳기 힘든 나이가 되었기 때문이다. 그러나 생각을 바꾸면 전혀 다른 얘기가 나온다.

"애 없이 사는 사람도 많고 애를 입양해 키울 수도 있잖아요. 그렇다면 언제 결혼해도 마찬가지 아니에요? 그러니 결혼을 위한 결혼은 하지 않는 게 좋을 것 같아요. 후회하기 쉽습니다. 좋은 사람 만나면 50에도 결혼하고, 60에도 결혼해서 서로 노후 생활 즐기면 되니까요. 고령화 사회라는데 그렇게 만나서 몇십 년 살면, 좋잖아요. 멋진 노후 생활 위해서 즐겁게 살고 돈 많이 저축해둬요. 언젠가 좋은 사람 만날 때를 대비해서."

그것은 단순한 위로가 아니었다. 어차피 아이 다 키우고 나면 노후 생활로 들어가는데, 이 고령화 사회에 인생 경험 많이 한 후, 좋은 사람 만나 노후를 즐겨도 좋은 결혼 생활 아닐까? 정 아이가 필요하면 시험관 아기도 있고 입양을 할 수도 있다. 또 싱글로 산다면 좀 더 자유롭게 살되 허전함을 공동체, 연대 속에서 달랠 수도 있지 않을까? 일반화된 모델이 사라지는 이 시대에 타인과의 결합과 연대에는 수많은 방법이 있을 것이다.

결국 선택이다. 그리고 자신이 선택한 것에 대해서는 최선을 다하는 길밖에 없다.

심플 라이프의
당당한 자유

나에게 삶은 여행이고 세상은 수행의 장
이다.

여행을 자주 하는 사람들은 돈을 많이 모으지 못한다. 여행이란 게 소비
이기 때문이다. 그 여행과 글과 사진이 직업이 된 사람 중에서도 돈을 많
이 버는 사람들은 극히 일부다. 그럼에도 불구하고 '여행하는 삶'을 꿈
꾸는 사람들이 많다. 훌훌 여행 다니다가 돈 떨어지면 들어와 다시 돈을
벌어 또다시 떠나는 삶은 매우 낭만적이다. 나도 한때 이런 식의 삶을 살

II 현실을 여행처럼 살아가기

왔다. 자유가 좋아서였다.

그러나 어찌 되었든 돈은 벌어야 하는데 이렇게 들락날락하는 사람들이 할 수 있는 일이란 게 대개 계약직이거나 아르바이트 혹은 프리랜서 등으로 벌이가 시원치 않다. 물론 돈을 많이 버는 사람들도 있겠지만 피라미드꼴에서 정상은 극히 비율이 낮다.

거기다 한국은 어느새 고물가 사회가 되었다. 잘사는 나라를 여행하다 오면 싸게 느껴지지만 저개발 국가를 오랫동안 여행하다 오면 물가가 매우 비싼 국가다. 18년 전 첫 인도 여행을 마치고 돌아왔을 때 나는 카페에 들어갈 수 없었다. 인도에서 백 원 미만에 차 한 잔 마시다 보니 몇천 원씩 하는 커피를 도저히 마실 수 없었다. 그런 비교를 떠나서도 이제 한국은 함부로 돈을 쓸 수 없는 고물가 사회가 되었다. 예전에 서양이나 일본이 그랬다. 잘사는 나라인데도 그들은 절약하는 습관이 몸에 배어 있었다. 한국도 그렇게 된 것이다.

이런 사회에서 어떻게 살아가야 하나 하고 늘 고민했다. 내가 돈 벌기에 에너지를 집중했다면 지금보다 훨씬 윤택한 삶을 살 수 있었을 것이다. 그러나 나는 자유를 더 원했는데 '돈도 벌면서 자유롭게 살기'란 돈 많이 버는 것보다 더 힘든 일이었다. 거기에는 현실적인 테크닉 못지않게, 이 거센 물질의 유혹 앞에서 자신의 가치관, 세계관을 만들고, 내공을 쌓아야 하는 엄청난 노력이 필요했다.

사람들은 종종 나에게 20년 동안 직장 생활도 하지 않으면서 도대체 어떻게 여행하고, 글 쓰면서 살아갈 수 있느냐고 묻는다. 집에 돈이 아주 많은 사람이거나, 아니면 돈을 아주 많이 번 사람일 것이라고 추측한다.

그렇지 않다. 늘 생계에 대해 고민하면서 노력해야 할 처지다.

이런 상태에서 나는 어떻게 버텨냈을까?

물론 돈이야 이럭저럭 벌어오는 노력을 했지만 가장 큰 힘은 소비를 줄이는 데서 왔다. 나의 삶은 그야말로 심플 라이프 그 자체다. 그 말은 내가 포기하고 체념한 부분이 많다는 얘기다. 우선 아이가 없으니 육아비나 교육비에 대한 걱정이 없다. 사회 활동을 별로 하지 않으니 의복비 부담도 적다. 가끔 좋은 옷도 사지만 한번 사면 아주 오래 입는다. 음식도 검소하게 먹는 편이다. 자동차도 없고, 에어컨은 없이 살다가 병든 어머니가 무더위에 힘들어하셔서 얼마 전에 들여놓았다. 하지만 1년에 서너 번 정도 쓴다. 버스비도 줄일 겸 건강 차원에서 30분에서 한 시간 정도의 거리는 종종 걷는다. 담배는 원래 피우지 않는다. 술은 가끔 마시지만 대부분 집에서 홀로, 혹은 아내와 함께 반주로 막걸리나 소주를 마신다. 커피도 대부분 집에서 타 마신다.

그리고 요즘에는 사람도 꼭 필요한 일 이외에는 만나지 않는다. 나는 인간관계를 넓히려는 노력을 별로 하지 않는다. 때문에 내가 사적으로 사람을 만나는 횟수는 1년에 몇 번 정도도 안 된다. 안 만나니 돈 쓸 일도 별로 없다. 혼자 동네를 어슬렁거리거나, 한강변을 걷거나, 산길을 걷거나 벤치나 한강변에 앉아 햇빛을 쬐고 바람을 맞는다. 별다른 취미 생활도 없다. 그저 걷고, 책 보고, 생각하고, 글 쓰는 것 그리고 요가하는 것이 나의 생활이다. 요가도 2년 정도 배웠지만 요즘은 혼자서 한다. 달인이 되겠다는 목표 없이 기본적인 것만 하다 보니 여전히 초보자지만 마음은 편하다. 번잡한 것을 싫어하는 나로서는 그것만 해도 충분하다.

그 단순한 시간 속에서 오히려 풍요로움을 느낀다.

그러나 삶이 너무 궁색해지는 것은 싫었다. 그래서 가끔 심플 라이프를 깨뜨린다. 결혼 후에도 1년에 서너 달씩은 여행을 했고 1, 2주일의 짧은 여행도 했다. 홀로 다닌 적도 있었고 아내와 함께 다닌 적도 있었다. 해외여행도 했지만 국내 여행도 종종 했다. 이런 여행이 가능했던 것은 물론 절약하는 배낭여행이었고 대개 물가가 싼 나라였기 때문이다. 그러나 짧은 여행 때는 좋은 호텔에서 호사를 부려보기도 했다. 또 일상생활에서 가끔 외식을 즐기고 영화도 보며, 일주일에 한 번 정도 카페에 가서 음악도 듣고, 책도 본다. 커피 값이 비싸기는 하지만 일주일에 한 번 정도는 그런 분위기 속에서 긴장을 푼다. 그리고 어쩌다 사람을 만나 얻어먹을 때도 있지만 사기도 한다. 그래보았자 밥과 술이 곁들여진 몇만 원 정도의 자리이다. 이런 자리가 너무 잦으면 부담이 되겠지만 1년에 몇 번 정도라면 사람 만나서 궁상 떨 일은 없다.

그런데 목돈이 종종 들어갈 때가 있다. 명절을 치러야 하고, 가끔 병원비가 필요하다. 그중에서 가장 돈이 많이 드는 것은 역시 해외여행이었다. 그래도 그것이 경험이 되어 다시 글 쓸 재료가 되니 소모적인 것은 아니었다. 어쨌든 내 삶의 중심은 여행, 글, 책, 공부, 산책, 사색 등등이고 그 외에는 내세울 게 별로 없다.

이런 생활이 남들의 눈에는 어떻게 비칠까?

나보다 더 힘들게 살아가는 사람들은 이것도 부러워할지 모르고 이제 사회에서 중견 혹은 CEO가 된 친구들 수준에서 보면 궁색하게 보일지도 모른다. 그러나 그들보다 나는 자유가 많다. 선택인 것이다. 돈을 선택한 그들은 당연히 나보다 경제 상황이 좋아야 하고, 나는 그들보다 자유가 많아야 한다. 결국 세상 모든 일이 하나 얻는 게 있으면 하나 잃는 게 있는 법이다.

그러므로 내가 이 고물가 사회에서 생존하는 방법은 첫째는 욕망 줄이기, 둘째는 그 줄인 욕망 속에서 한적하게 살 수 있는 심플 라이프에 적응하기다. 그 속에서 자신만의 가치관, 세계관을 만들고, 비슷한 사람들끼리 글로, 메시지로, 혹은 만남으로 가끔이나마 소통하는 관계를 유지한다. 그리고 세 번째는 당연히 자본주의 사회에서 그 정도의 삶을 유지하기 위해 열심히 돈을 버는 것이다.

그것을 가능하게 해주는 가장 기본적인 것은 내 삶을 당당히 유지해나갈 수 있는 내공, 즉 가치관이었다. 나에게 삶은 여행이고 세상은 수행의 장이다. 물론 급변하는 한국 사회는 어디 하나 마음 붙일 데 없는 험한 곳이다. 그럴수록 마음을 다잡고 몸집을 줄인 상태에서 자유를 꿈꾸며 열린 마음으로 살아가는 것, 그게 내가 살아가는 방법이다.

카 페 는 도 시 속 의 오 아 시 스

도시는 문화의 비극이 발생하는 현장이고,
카페는 그 문화의 비극을 완화시켜주는 장
소다. 급변하는 세상일수록 나는 변두리의
누추한 곳, 세월의 때가 덕지덕지 붙은 곳,
이방인들이 모여 사는 곳에서 숨통이 트이
는 기분을 느낀다. 그때 내 영혼 속에 깃든
씨앗들이 꿈틀거리며 발아를 꿈꾼다.

나는 여행을 하며 수많은 카페에 들어가보았다. 유럽 도시의 세련된 카
페, 느긋하게 앉아 물담배를 피우던 이스탄불의 전통 카페, 이집트 시장
한가운데 있던 서민적인 카페, 인도의 허름한 찻집, 커다란 화분들이 늘
어선 낭만적인 베트남 카페 등, 종종 그곳으로 돌아가고 싶은 추억을 불
러일으키는 것은 그 도시의 유명한 관광지가 아니라 조그만 카페들이었

다. 그곳에서 여행의 피로를 풀며 일기를 쓰고, 거리를 구경하고, 사색을 하며 보냈던 시간들이 내 가슴에 진하게 남아 있기 때문이다.

　나는 서울에 살면서도 삶의 피곤을 풀기 위해 종종 카페로 간다. 서울에 카페가 참 많아졌다. 어딜 가나 카페다. 강동구 우리 동네에도 커피 체인점이 많이 들어왔고 빵집들도 카페화되고 있다. 시내나 대학 근처의 카페에서는 노트북을 켜놓고 뭔가를 하거나 책을 보는 젊은이들이 많은 반면, 동네 카페에는 중년 여인들이 모여서 수다를 피운다. 우리만 그런 게 아니라 미국, 유럽, 일본 등 선진국도 그렇다. 2년 전에 오사카와 교토를 가보니 곳곳에 수많은 카페가 들어섰고, 몇 년 전에 도쿄 갔다 온 사람은 "우아, 한 집 건너 스타벅스예요!"라는 말을 하기도 했다. 스타벅스를 크게 일으킨 회장 하워드 슐츠는 자서전에서 이렇게 말하고 있다.

> 미국인은 공동체 생활에 너무나 굶주렸다. 사람들은 직장이나 집에 대한 관심을 잊고 쉬며 이야기할 수 있는 장소가 필요하다.

　그런데 나는 그 의견에 동의하면서도 다른 이야기를 하고 싶다. 사람들은 공동체 생활이 그리워서가 아니라, 거기서 벗어나 홀로 쉬고 싶어서도 카페에 간다. 한때 홍대 앞의 카페들을 자주 드나들었는데 내가 좋아하던 곳들은 조용히 음악을 들으며 노트북에 글을 쓸 수 있는 곳이었다. 다른 젊은이들도 노트북을 켜놓고 뭔가를 쓰거나, 스케치북에 뭔가를 그리거나, 책을 읽고 있었다. 물론 대화하는 이들도 있었지만 홀로 있는 이들이 대부분이었다. 반면 동네 카페에는 아줌마들이 많이 보인다.

그들은 오후 2, 3시경부터 수다를 피우다가 5시쯤 되면 떠나기 시작한다. 또 스타벅스, 커피빈 등의 체인점에는 연인들이 데이트를 하며 얘기를 나누는 모습들이 눈에 많이 띈다. 물론 비즈니스 때문에 만나는 이들도 있겠지만 그런 이들은 소수인 것 같다.

커피 값도 만만치 않은데 사람들은 왜 이렇게 카페로 모여드는 것일까?

나는 이런 현상을 사회학자 짐멜이 말한 '문화의 비극'을 통해 분석해본 적이 있었다. 짐멜에 의하면, '문화란 영혼이 자신에게 이르는 길'인데 그 문화는 주관 문화와 객관 문화로 나뉜다. 주관 문화는 씨앗이 커서 과일나무가 되듯이 영혼 속에 이미 존재하는 씨앗이 외부에 발현되는 것이고, 객관 문화는 주관 문화가 실현되는 장이다. 영혼의 씨앗은 밖으로 표출되어 제도, 예술, 관습, 과학, 종교, 법률, 기술, 사회적 규범 등의 객관 문화를 통과해 자신을 드러낸 후 자신의 내부로 통합된다. 진정한 문화의 발전은 이렇게 주관 문화와 객관 문화가 적절한 속도로 결합되는 데서 이루어진다. 그런데 문제는 영혼 속에 존재하는 씨앗이 싹을 틔우는 주관 문화는 시간이 걸리지만, 현대 문명의 기술과 함께 객관 문화는 자체의 법칙 속에서 빠른 속도로 발전한다는 점이다. 결국 주관 문화는 객관 문화의 속도를 따라가지 못하고 극심한 결핍감과 소외감을 느낀다. 이것이 '현대 문화의 비극'이며 그 현장이 대도시라는 것이다.

나는 이런 '문화의 비극'을 극심하게 느낀다. 특히 여행을 마치고 돌아오면 객관 문화의 속도에 어지러울 정도다. 수많은 빌딩, 거리나 TV 속의 상품 광고, 급박한 뉴스, 빠르게 달리는 차들, 교통 신호, 급변하는 사회,

군중의 흐름에 나는 늘 쫓기며 소외감을 느낀다. 내 영혼은 자꾸 텅 비어가는 것 같고, 이 속도에 뒤처지며 낙오하는 것만 같았다. 언젠가 아침 일찍 방송 출연을 위해 시내에 일찍 나갔다가 출근하는 직장인들의 발소리가 '말발굽' 소리처럼 들려 쓴웃음을 지은 적이 있었다. 우리는 알게 모르게 이 사회와 도시가 만들어낸 규칙과 속도에 쫓기듯이 살아간다.

집도 완벽한 휴식처는 아니다. 계속 이어지는 삶의 속도에 맞추기 위해 뭔가를 해야 한다. 나는 글을 쓰고, 계획을 짜고, 살림을 하고, 어머니를 돌보고, 가끔 장을 본다. 항상 바쁘다. 다른 사람들도 마찬가지일 것이다. 학생은 숙제를 하고 공부를 하고, 어른들은 아이들 뒷바라지를 하거나 습관적으로 TV를 보며 가족 간에도 대화하지 않는다. 수많은 뉴스, 드라마, 광고……. 그런데 그것들은 시청자들의 흥미를 유발하고 시청률을 높이기 위한 정교한 기획이 개입된 객관 문화의 절정이다. 그래서 TV를 보다가 문득 머리가 텅 비는 느낌을 받기도 한다. 객관 문화의 빠른 리듬은 우리 가정과 내면까지 울리고 있다.

그렇게 일주일 정도 버티다가 카페로 간다. 문을 열고 들어가는 순간 커피 향이 스르르 코끝을 스치며 긴장이 풀린다. 할 일도, 집안일도, 세상일도 모두 잊은 채 안도감을 느낀다. 객관 문화의 열기에 달궈진 도시 속에 있는 촉촉한 오아시스로 들어온 것만 같다. 커피를 한 모금씩 마시며 자유를 느낀다. 아무것이나 해도 되고, 아무것도 하지 않아도 된다. 창밖의 지나가는 이들을 물끄러미 바라보거나, 책을 보거나, 음악을 듣거나 노트북을 들여다보며 뭔가를 쓰기도 한다. 그때 객관 문화의 속도에 쫓기는 영혼은 달콤한 휴식을 취하며 자신을 들여다보기 시작한다.

II 현실을 여행처럼 살아가기

객관 문화에 쫓겼던 주관 문화가 싹트는 순간이며 '문화의 비극'에서 받은 상처가 치유되는 순간이다.

친구나 지인들을 만나 수다를 떨며 소통하는 시간도 주관 문화의 복구를 꾀하는 시간이다. 그 수다에 목적성이 '없어야만' 더 즐겁다. 그래서 짐멜에 의하면, 사람들은 모임에서 무의식적으로 '상위 한계'와 '하위 한계'를 설정한다. '상위 한계'란 편안한 모임에서의 어떤 목적성, 계획성의 정도를 의미하는데, 편안한 친교의 자리에 슬그머니 비즈니스적인 목적을 과도하게 깔고 들어오는 사람, 즉 대화에서 '상위 한계'를 넘어가는 사람들을 싫어한다. 반대로 너무 사적인 얘기 즉 자기 집안, 자기 상처, 자기 성공, 자기 잘난 체 등의 주관적인 넋두리 혹은 음담패설 등을 너무 격식 없이 풀어놓는 사람은 환영받지 못한다. 이것은 '하위 한계'를 지키지 못했기 때문이다.

상위 한계와 하위 한계 속에서 서로 배려하고 누구나 참여하여 소통할 때, 참여자들은 문화의 비극과 소외감에서 벗어난다. 즉 삶 속에서 나온 진실된 경험과 감동을 겸허하고 성실하되 유머가 깃든 형식 속에서 소통할 때, 문화의 비극은 극복될 수 있다고 짐멜은 얘기한다.

카페는 홀로 가든, 함께 가든 이런 휴식의 시간을 제공한다. 한국의 대도시에서 카페가 많이 생기고 있다는 것은 그만큼 우리 세상이 빡빡하다는 것을 방증하고 있다. 그런데 이런 휴식의 공간도 이젠 객관 문화가 주관 문화를 압도하는 현장이 되어간다. 커피 값은 지나치게 비싸고, 딱딱한 나무 의자를 갖다 놓아 쉽게 피곤하게 만들거나, 에어컨을 세게 틀어대는 바람에 추워서 빨리 나가게 하는 곳도 있다. 즉 자리 회전율을 높이는 것이다. 또 너무 자리를 촘촘하게 만들어 닭장에 갇힌 기분이 드는 곳도 있다. 이런 현상들은 비싼 임대료를 내고 수익을 창출하려는 과정에서 나타난다.

거기다 시내 중심가 카페에서는 휴대폰 들고, 사장님, 사모님 외치며 비즈니스를 하는 사람들도 많아졌다. 이런 곳은 문화의 비극을 극복하는 현장이 아니다. 그래서 요즘은 번잡한 곳을 피해 변두리나 주택가에 여유 있고 한적한 카페들이 생겨나고 있다.

그런데 가끔 그런 곳을 드나들다가도, 종종 한 잔에 몇 루피, 즉 백 원 미만의 값으로 즐길 수 있는 인도의 찻집이 그립다. 아무리 물가가 싼 곳이라 해도 몇 루피는 그리 부담이 되지 않는 돈이기에 노동자도, 릭샤꾼도, 거지도 차는 종종 사 마신다. 또한 터키의 동네 찻집, 커피집들은 노인들 혹은 실업자들이 모여서 몇백 원 정도의 차와 커피를 마시며 게임도 한다. 베트남에서도 몇백 원 정도의 커피를 마시며 서민들이 즐기고 있었다. 그곳은 자본의 거품이 빠진 소박한 공간으로, 거기에서 문화의 갈등은 완화되고 치유된다.

나는 일주일에 한 번 정도 오아시스 드나들듯이 카페를 드나들지만, 이제 그 즐거움도 점점 바래고 있다. 가격도 부담스럽고 사람들도 너무 많아졌다. 그래서 횟수를 줄이고, 사람이 많이 안 오는 시간에 가서 잠시 즐기게 된다. 또한 자본의 침투가 점점 거세지는 카페를 보며 종종 새로운 개념의 소통 현장을 생각해본다.

사람 만나 한두 시간 한적한 길을 걸으면서 대화를 나누는 것은 어떨까?

비 오는 날 처마 밑에서 캔커피 들고 마시며 얘기하는 것은 어떨까?

82

공원에서, 도서관 로비에서, 대학 캠퍼스에서 이루어지는 친교 행위는 너무 삭막한가?

과도한 자본의 거품에서 빠져나와 인간과 인간이 만나, 상위 한계와 하위 한계를 지키면서 문화와 예술을 얘기할 수 있는 장소는 과연 어디일까?

요즘 나는 '산속의 카페'에 종종 간다. 20분 정도 동네 산길을 걷다 보면 탁자가 나온다. 동네 산이라 해도 나무들과 숲이 울창해서 등산하는 것 같다. 산책하는 사람들이 늘 끊이지 않지만 탁자는 종종 텅 비어 있다. 거기에 앉아 홀로, 혹은 아내와 함께 보온병에 담아온 따스한 커피를 마신다. 바람에 우수수 떨어지는 낙엽 속에서 커피를 마시는 그 시간에 영혼의 소외와 결핍은 없다. 걸어가니 돈 들일 일 없고 운동도 된다. 몇 년 전 한강변에 살 때는 한강 기슭에 앉아 그랬다. 흘러 가는 강물을 물끄러미 바라보며 커피나 맥주를 천천히 들이켜는 동안 상처받고 위축된 영혼은 조금씩 회복된다.

자연 속의 카페야말로 최고의 카페다. 그러나 나는 또 종종 동네 주택가에 있는 한적한 카페, 이주민 노동자들을 상대로 하는 허름한 음식점, 주점도 찾아다닌다. 세상의 중심이 아닌 주변부에는 한적함과 인간들의 체취가 남아 있다. 주변부일수록 문화의 비극이 발생하는 현장에서 슬쩍 비켜난 곳이다. 급변하는 세상일수록 나는 자연 속, 변두리의 누추한 곳, 세월의 때가 덕지덕지 붙은 곳, 이방인들이 모여 사는 곳에서 숨통이 트이는 기분을 느낀다. 그때 내 영혼 속에 깃든 씨앗들은 꿈틀거리며 발아를 꿈꾼다.

여 행 과 삶 을
풍 요 롭 게 하 는
나   눔

인간은 자기 자신을 사고파는 장사꾼이 아
니다. 남에게 무언가를 준다는 것은 자기
인격의 한 부분을 주는 것이다.

　　　　　　　　　　　　—게오르그 짐멜

나는 길을 가다 '우연히' 만나는 인연들을 소중하게 여긴다. 그때 돈이
좀 있으면 내가 사기도 하고 돈이 없을 때는 얻어먹기도 하는데, 누군가
가 사줄 때는 그의 피땀을 마신다고 생각하며 감사히 먹고, 누군가에게
살 때는 나의 마음을 주는 기분으로 산다.

　군대 전역 후, 복학해서 학교 다닐 때였다. 도서관에서 공부하고 있는

II 현실을 여행처럼 살아가기

데 웬 군인이 '충성' 하면서 거수경례를 했다. 같은 부대에 있던 후배였다. 대학의 같은 과 후배로 같은 중대에서 근무했던 후배였는데 휴가를 나왔던 것이다. 돈이 없었지만 일단 학교 근처 술집으로 데리고 가 술을 산 후 나의 시계를 잡혔다. 공교롭게도 다음 날 술집을 그만둔다는 주인집 아줌마는 평소와 달리 야박하게 대했다. 사정사정해서 시계와 학생증을 맡긴 후 그날 밤늦게 집에 가서 돈을 갖고 와 그것들을 찾았었다. 그때는 그런 일이 다반사였다. 돈이 있는 친구나 선배는 술을 사는 게 관례였고, 나중에 그 답례를 받아도 그만이고 아니어도 마음에 담지 않았다. 그런 정신적 여유가 있었다.

그런데 요즘은 젊은이들 사이에서 더치페이가 익숙해진 것 같다. 20년 전 일본을 여행할 때 일본 학생들이 10엔짜리 하나 갖고도 정확하게 따지고 분배하는 모습이 생소했었는데 이제 우리도 그렇게 되어가고 있는 것이다. 어쩔 수 없다. 고비용 사회여서 한 사람이 다 내기에는 부담스러울 것이다. 나도 지금은 더치페이에 익숙해졌지만 과거에는 그렇지 못했다. 20년 전 해외여행 초기에 일본 여행자와 같이 식사한 후 그의 음식 값까지 함께 낸 적이 있었다. 마치 한국의 친구에게 대하듯이. 그러나 그는 매우 당황해하면서 불편해했다.

"왜, 네가 내지?"

'친구니까' 라고 말하려다 이내 포기했다. 사실 언제부터 친구였는가? 그저 여행길에서 잠시 만났을 뿐인데. 헤어지면 그만인 여행자들이었다. 가만히 생각해보니 내가 살아오던 사회의 관습 때문이었다. 친구든, 선배든, 후배든, 오다가다 만난 사람이든 계산을 할 때 '내 것은 내가 내고,

네 것은 네가 내는' 더치페이를 해본 적이 없었기 때문이다. 그런데 그들은 이미 더치페이가 익숙했다. 또 여행길에서는 신세지고 나면 '자유롭고 평등한' 관계가 손상된다. 때문에 여행자들은 '심리적인 불편함'을 피하기 위해 칼같이 더치페이를 하고 있었다. 이것을 이내 터득한 나도 그다음부터 더치페이에 익숙해져갔다. 게다가 여행자들을 상대하는 음식점들은 계산서도 분리해서 가져오곤 했다. 물론 그렇지 않은 여행자들도 있었다. 파키스탄 어느 도시의 같은 숙소에 묵던 서양 여행자는 같이 버스를 타고 내리는데 내 버스비까지 냈다.

"어? ……왜 내 버스비까지 내요?"

"어, 뭐 비싼 것도 아닌데. 내가 내지요."

그는 이탈리아 밀라노 출신이었다. 그는 몇 년의 여행을 마친 후에 친구들과 학원을 운영하는 게 꿈이라고 했다. 자금을 모으기 위해 친구들과 별별 일을 다 했는데 한번은 바닷가 휴양지에서 레스토랑 웨이터를 한 적이 있다고 했다. 그때 온 관광객들 중에서 자기는 독일인을 정말 이해 못하겠다며 불평했었다.

"한번은 독일인 열댓 명 정도가 둘러앉아 식사를 했어요. 나는 당연히 계산서를 한번에 끊어 갖다주었지요. 그러자, 이 사람들이 항의를 하는 거예요. 이렇게 한번에 갖다주면 누가 얼마를 내야 할지 모른다는 거였지요."

"그래서요?"

"그래서, 너희들 한마을 사람들 아니냐고 물었더니 맞대요. 그래서 제가 화를 버럭 냈지요. 이거 다 해보았자 백 달러도 안 되는 거면, 한 사람이 내라고! 나중에 다른 사람이 다른 데 가서 내면 되지 뭐 쪼쫀하게 자기 것들만 내느냐고! 막 싸웠지요. 우리 이탈리아 사람들은 안 그래요."

"그들이 더치페이를 원한 거군요."

"네, 맞아요. 당신네도 더치페이란 말을 쓰는군요, 하하. 나중에 알고 보니 그 사람들은 부모 자식 간에도 자기가 먹은 것만 따로 낸다고 하더군요. 참 이해 못할 독일인들이에요."

그는 더치(네덜란드)와 도이치(독일)를 혼동하는 것 같았다. 그래서 따로따로 내는 '더치페이'를 '도이치페이'로 오해하는 것 같았다.

어쨌든 그에게 신세를 진 나는 나중에 커피를 샀다. 버스비나 커피 값이 모두 싸서 부담 없는 데다 오랜만에 이런 정을 나눌 수 있는 그가 정겨웠다. 그와 비슷한 이탈리아인을 우연히 크레타 섬에서 또 만난 적이 있었다. 같은 유스호스텔에 묵던 이탈리아인과 스위스인과 어울려 길거리에 있는 숯불구이 통닭집에 간 적이 있었다. 할머니, 할아버지가 이탈리아 사내를 반갑게 맞이하는 것으로 보아 종종 들렀던 것 같았다.

"이 집은 통닭이 맛있어요. 에, 그리고 레치나 와인을 마십시다."

레치나 와인은 크레타의 특산물이라는데 백포도주로 진한 송진 향이 났다. 알코올 기운이 서서히 몸에 돌자 술잔을 기울이는 길 친구들이 오래전부터 아는 사이처럼 정겨워졌다. 그런데 이탈리아 친구가 내 잔에 술을 따라주는 바람에 깜짝 놀랐다.

"야…… 난, 그동안 여행하면서, 서양 친구가 내 잔에 술을 따라주는 것은 처음이오."

"아니, 친구 잔이 비었는데 술도 안 따라주는 사람을 어찌 인간이라

할 수 있소?"

엉! 그 말을 듣고 다시 한 번 놀랐다. 순간 파키스탄에서 만났던 그 이탈리아인이 생각났는데 이 친구는 그보다 더 화끈했다. 자기는 가족과 떨어져 이탈리아, 그리스 등지를 떠돌았고 지금은 크레타 섬에서 일한다고 했다. 술기운이 올랐고 우리는 레치나 와인을 한 병 더 시켰으며 계속 술잔을 높이 들며 브라보를 연발했다.

"이탈리아 어디 출신입니까?"

내가 묻자 이탈리아 친구는 슬며시 웃었다.

"알아맞혀보세요."

"응…… 밀라노?"

"아니요, 거긴 이탈리아라고 할 수 없지요."

"그럼 로마?"

"어찌 거기를 이탈리아라고 하겠소."

"그럼, 나폴리?"

"후후, 거긴 조금 이탈리아적이긴 하지만 진짜 이탈리아가 아니지요."

스위스 친구가 알았다는 듯이 실실 웃었다. 그제야 나도 알았다.

"아하! 시칠리아!"

"그래요, 거기가 바로 이탈리아요!"

아, 시칠리아 마피아의 고향, 영화 「대부」의 촬영지! 갑자기 사내가 조금 무서워졌는데, 이 시칠리아 사내는 너털웃음을 터뜨리며 건배를 제안했다.

"브라보!"

그때 내가 "마피아를 위하여!"라고 덧붙이자, 사내는 껄껄 웃으며 내 등을 두드려댔다.

"마피아…… 그래, 마피아를 아는군요. 마피아는 우리가 낯선 곳에서 생존하기 위해 필요했던 것이오. 세상에 생존보다 더 숭고한 것은 없단 말이오!"

그는 계속 생존이란 영어 단어 서바이벌(survival)을 강조하며 마피아처럼 근엄한 표정을 지었다. 그리고 술자리가 파할 때쯤 이렇게 말했다.

"자, 이 술값은 내가 낼 테니, 다음은 코리안 친구가 내시오!"

"어? 예, 그럽시다!"

하는 행동이 어쩌면 이렇게 한국인과 비슷할까?

이런 문화에 익숙지 않은 사람이라면 이렇게 끌고 다니며 바가지를 씌우는 게 아닐까라는 의심을 할 만도 했다. 실제로 유럽의 관광지에서는 이런 일이 종종 일어나지만, 나는 이 마피아의 후손이 그런 짓을 하지 않으리라는 확신이 들었다. 1차, 2차는 우리 한국인에게 너무도 익숙한 문화 아니던가? 우리는 2차로 맥줏집에 들어갔다. 썰렁한 술집으로 카운터에 앉아 있던 그리스 사내가 하나밖에 없었다. 그런데 그 손님이 우리를 자꾸 흘깃거리며 본 게 탈이었다. 한참 동안 부어라 마셔라 하던 이탈리아 친구가 나중에 이런 말을 했다.

"저, 그리스 놈이 계속 우리를 기분 나쁘게 보고 있어. 내 저런 놈은 요절을 내야지."

이탈리아 사내가 벌떡 일어나더니 그에게 다가가 험상궂은 얼굴로 외쳤다.

"당신, 우리에게 무슨 불만 있어? 왜 그렇게 쳐다보는 거야?"

그리스 손님이 당황해하며 무슨 말을 했는데 심상치 않았다. 내가 나서서 말렸고, 돈을 낸 후 그곳을 나왔다.

이탈리아 사내는 다시 외쳤다.

"자, 우리 3차 갑시다!"

그러나 나는 피곤한 데다 이미 술을 많이 마신 상태여서 빠지기로 하고 유스호스텔로 들어왔다. 오자마자 곯아떨어진 후 아침에 깨어보니 스위스 친구는 쿨쿨 잠들어 있었고 이탈리아 친구는 일을 나갔는지 보이질 않았다.

그 후 크레타에서 묵는 며칠 동안 우리는 저녁마다 술을 마셨다. 친구의 잔에 술을 따라주던 서양인은 그가 처음이자 마지막이었다. 그러나 그 후의 여행길에서도 나는 더치페이를 해왔다. 같은 한국인을 만나도 그랬다. 늘 여비가 모자란, 넉넉지 못한 여행자였기에 늘 너와 나, 시간과 공간과 여비를 쪼개고 또 쪼갰다. 그러다 문득 그런 내가 답답해지기 시작했다.

이게 뭐란 말인가. 세상의 길을 벗어나 탁 풀린 마음으로 알 수 없는 인연과 사건으로 어우러진 모험적인 여행을 원했는데 가이드북을 보고, 실수를 하지 않고, 사소한 비용까지 쫀쫀하게 계산하는 이 가계부 같은 여행, 그리고 너는 너고 나는 나라는 식의 개인주의적인 여행에 몹시 회의가 들었던 것이다.

나는 어느 날 방콕으로 가며 결심했다.

앞으로 만나는 사람들에게 먼저 접근해 소통하리라. 그리고 그들에게

II 현실을 여행처럼 살아가기

종종 술과 밥을 사주리라. 그런 어울림 속에서 여행의 열정과 재미를 다시 찾으리라.

　방콕의 돈므앙 공항에서 카오산로드로 들어가는 버스를 기다리다가 마침 초행길의 한국 여학생들을 만났다. 같이 카오산로드에서 내려 숙소를 잡아주고 저녁으로 생선구이를 먹었다. 얘기를 들어보니 아버지나 주위 사람들이 '한국 사람을 더 조심하라'는 말을 해서 걱정했는데 나를 만나 다행이라고 했다. 그렇게 즐겁게 저녁을 먹은 후 나는 그들의 저녁값까지 냈다. 그런데 문제는 그다음부터였다. 카오산로드에 있는 동안 오다가다 그들을 만났는데 그들이 나를 불편해하는 것 같았다. 이유 없는 친절을 빚으로 느껴서일까? 아니면 나를 무슨 저의를 가진 사람으로 오해해서일까? 혹은 나이 먹은 아저씨여서일까?

　풀이 죽은 나는 어떻게 할까 고민했다. 다음 날에도 그런 일이 일어났다. 우연히 길을 가다가 어딘가를 찾는 젊은 한국 여자들 세 명을 발견했다. 다가가 도와주겠다고 물으니 멈칫거리며 경계했다. 그리고 건성으로 대답하다가 가이드북이 있으니 알아서 하겠다고 했다. 내가 빨리 사라져주었으면 하는 눈치였다. 또다시 풀 죽은 나는 이유를 알 수 없었다. 계속 겸연쩍은 일을 당한 나로서는 다시 외톨이가 되기로 결심했지만 이유가 계속 궁금했다.

　숙소로 들어가 거울에 비친 내 얼굴을 들여다보다가 문득 깨닫고 말았다.

　늘어진 피부, 눈가의 주름……. 전형적인 아저씨였다. 이래서 젊은 사람들이 부담스러워하는 것이리라. 그래, 내가 피해줘야 한다. 그게 예의

다. 외로움을 친구로 삼고, 다시 고독한 여행 속으로.

나는 현란한 카오산로드 밤거리에 홀로 앉아 맥주 한 병을 앞에 놓고 물끄러미 거리를 바라보았다. 그러다 문득 이탈리아 친구의 호기 있는 말을 떠올리며 그를 그리워했다.

"친구의 술잔이 비었는데, 술을 안 따라주면 그게 인간이오?"

그러나 나는 쓸쓸히 또 혼잣말을 했다.

"자기 술잔이 비었는데 술을 따라줄 사람이 없으면, 그 또한 인간인가?"

갑자기 '우리 모두 인간이 아니구나'라는 생각이 들어 서글퍼졌다.

독일의 사회학자 짐멜은 "인간은 자기 자신을 사고파는 장사꾼이 아니다. 남에게 무언가를 준다는 것은 자기 인격의 한 부분을 주는 것이다"라는 말을 한다. 특히 음식은 더욱 그렇다. 음악이나 미술은 같이 동시에 보고 즐길 수 있지만, 내 입에 들어온 음식을 남에게 줄 수는 없다. 그만큼 음식은 독점적이고 배타적이며 중요하다. 동물들은 음식을 앞에 놓고 으르렁거리며 싸울 정도다. 그런데 인간은 입안에 든 음식을 뱉어서 나눠 먹지는 않지만, 음식을 베풀고 나눌 줄 안다. 그러한 행위를 통해서 '우리는 매우 가까운 사이'라는 것을 확인하는 것이며 그것은 인격의 한 부분을 주고받는 것이다. 이런 교환 속에서 삶은 생성된다. 그것이 활발하게 이루어질 때 삶은 생기 있고, 그 소통이 시들해질 때 삶도 시들해진다.

그런데 더치페이를 주로 하는 여행길은 원시적인 상태다. 외로운 동물처럼 자기 것만 먹고 자기 것만 해결한다. 여행에 익숙한 베테랑들일수록 더욱 그런 경향이 있다. 이런 여행은 외롭다. 서로 주고받는 행위 속에 소통이 없기 때문이다. 오래된 여행자들이 종종 피곤하고 허전한 것은 이런 '더치페이' 정신에서 오는 건조한 인간관계에도 이유가 있다. '더치페이'형 인간은 너무 독립적이고 자족적이기에 남의 도움이나 말에 귀 기울여 들을 자세가 되어 있지 않다.

여행길에서도 '더치페이'의 정신은 외로움을 주는데, 하물며 '더치페이' 정신으로 살아가는 삶은 어떻겠는가?

그러나 우리 사회 구조는 그것을 강요하고 있다. 고물가 사회이고, 서로의 이익에 민감한 각박한 사회이기 때문이다. 특별히 친한 관계 외에는 아무에게나 베풀 수 없는 상황이 된다. 또한 일방적이고 의존적인 관계는 서로 부담이 되기도 한다.

이런 구조 속에서 현대인들은 외로움을 극복하기 위해 또 다른 방법을 만들어낸다. 그것은 공적인 모임이다. 돌아온 여행자들은 각자 비용을 내고, 혹은 각자 자기 음식을 준비해오는 포틀럭 파티 등을 통해 서로 나눠 먹으며 소통의 기쁨을 누리기도 한다. 비용은 적게 들이면서 함께 누리는 기쁨을 증폭시키는 것이다.

여행길에서도 이런 식의 파티를 종종 한다면 어떨까? 모르는 사람들끼리도 '오늘은 누가 온 날, 내일은 누가 가는 날, 한국 축구가 이긴 날, 누가 여행 백 일째 되는 날, 1년째 되는 날' 등등의 '건수'를 만들어 서로 '더치페이' 하면서 '함께' 즐기는 것은 어떨까?

생활 속의 명절이 그럴 것이다. 서로 외톨이로 바쁘게 살아가다가 잊고 지낼 때쯤 '명절'이란 관습으로 사람들을 서로 소통시키는 것이 명절의 의미 중 하나일 텐데, 여행에서도 작은 '명절'들을 만들어 즐긴다면 좋을 것 같다. 사람은 사람을 피곤해하지만 또 사람을 그리워하게끔 만들어져 있다. 이 두 가지 감정 사이에서 시계추처럼 왔다 갔다 하며 고민하는 것, 그것이 우리에게 지워진 평생의 굴레일지 모른다.

그럼에도 불구하고 나는 홀로 먹고, 홀로 마시는 시간을 즐긴다. 나이든 사람이 '사람을 찾아다니는' 모습이 스스로 상쾌하지 않기 때문이다. 길에서 만난 여행 초보자들이 무슨 '저의'라도 있는 듯한 아저씨로 여기고 피하는 것처럼, 삶에서도 그렇게 오해받기 때문이다. 또 비즈니스적인 관계 혹은 허례적인 만남은 피곤하다. 서로 인격을 주고받는 관계는 그렇게 흔한 것이 아니다. 술이 익듯, 오랜 시간이 걸리는 것 같다. 그리고 자본주의 극치를 이룬 요즘의 세태에서 '자기 자신을 사고파는 장사꾼'의 관계가 아닌 관계는 점점 희박해져가고 있다. 그래서 차라리 홀로 보내는 시간이 더 충만할 때가 많고 그럴수록 가끔 '인격을 주고받는' 시간은 너무도 소중하게 다가온다.

여　행　의
징　표　와
유　　　행

'나는 너희들 같은 의식을 가진 사람이 아
니라는 것을 보여주리라. 나는 앞으로 여
행의 징표를 달고 다니리라.' 다시 수염을
기르고 머리를 길렀다. 다듬지도 않았다.
거친 수염과 머리를 휘날리며 나는 야수
처럼 눈을 부라리고 다녔다.

언제부턴가 여행의 징표를 남겨야겠다고 생각했다. 나는 이 세상에 속한
사람이 아니라는 사실을 드러내고 싶었다. 그래서 수염을 길렀다. 나이
40을 넘어가던 무렵이었다.

　그전에도 수염은 길렀었다. 약 9개월간의 인도, 네팔, 스리랑카 여행
을 마치고 돌아온 30대 초반이었다. 콧수염과 턱수염은 물론 머리도 꽤

길었는데 왠지 깎기가 아까웠다. 또 그대로 여행의 기운을 살리고 싶어 몇 개월을 그렇게 하고 다녔었다. 그때 어떤 이는 기인이라고 여긴 듯 경외스러운 표정으로 바라보았고, 어떤 이는 경멸하는 표정으로 쳐다보았으며 친구들은 킬킬거리며 웃었다.

그만큼 그 시절 우리 사회는 획일성이 지배하는 사회였다. 수염보다도 더 나를 황당스럽게 했던 것은 목걸이나 반바지였다. 첫 여행으로 동남아, 일본을 6개월 정도 하고 돌아와 타이완의 란위 섬에서 산 뿔로 만든 목걸이를 하고 다닌 적이 있었다. 그때 술자리에서 친구들이 "새끼, 게이냐. 이런 걸 하고 다니게" 하는 힐난을 들었다. 란위 섬에서는 남자들도 다 하고 다니던 목걸이였다. 그리고 아직 군부 독재 세력이 정권을 장악하고 있는 이때에, 그따위 얼빠진 행태가 어울리냐는 준엄한 비판도 들었다. 1989년도였다. 또 그 당시에 여행기를 연재하던 조그만 레저 스포츠 신문사를 갈 때 반바지에 샌들을 신고 갔더니 여직원들이 '우아!' 소리를 지르며 난리였다. 지나다니는 사람들도 이상한 눈초리로 나를 쳐다보았다. 이것이 약 20년 전 우리 사회의 모습이었다.

한동안 기르던 수염을 몇 개월 만에 깎고 다시 실크 로드 여행을 시작했다. 약 9개월 동안 또 수염이 길었지만 이번에는 귀국하기 전에 크레타 섬의 한 이발소에서 단정하게 머리와 수염을 깎았다. 한국에 들어가 겪을 문화적 충돌이 피곤해서였다. 돌아와서는 모범생 같은 모습으로 살았고 종종 여행을 떠나서도 그런 모습으로 다녔다.

그 후 결혼하고 나서 돈을 벌어야 할 절박한 사정이 생겨, 싫었지만 월부 책 장수처럼 슬라이드 필름 파일을 들고 이런저런 잡지사에 출입을 한 적이 있었다. 얘기가 잘 통해 글을 쓰게 해주는 고마운 편집자들도 있었고, 가끔 원고료를 떼어먹는 곳도 있어 상처를 받기도 했다. 그러다 아주 황당한 경험을 했다. 어떤 조그만 잡지사를 찾아갔는데 중년의 사장이 이런 이야기를 하는 것이었다.

"몇 년씩 장기 여행 하는 여자들…… 틀림없이 몸 팔고 다닐걸요."

"네?"

"그렇지 않고서야 어떻게 몇 년씩 여행을 하고 다닙니까? 그 돈이 어디서 나옵니까?"

하도 어이가 없어서 멍하니 쳐다보다가 물어보았다.

"그럼 남자는요? 장기 여행 하는 남자는요?"

"남자들도 그럴지 모르지요."

이 사람이……. 나는 꾹 참았다. 장기 여행 하는 사람들이 한 푼이라도 아끼기 위해 얼마나 고생하는지를 설명해주고 싶지도 않았다. 물론 그 잡지사에는 글을 쓰지 않았다. 10여 년 전의 일이었다. 그때 나는 내가 생각하는 '여행자'와 세상 사람들이 생각하는 '여행자' 사이에 엄청난 차이가 있다는 것을 알았다. 여행 좋아하는 사람들이야 신문, 잡지에 글 쓰는 나를 부러워했지만 한 발짝 벗어나니 그것도 아니었다. 여행 작가, 여행 전문가는 맛집과 싼 비행기표 구입하는 방법과 어디가 싸고, 놀기 좋은 곳을 많이 아는 '서비스 업종'의 사람으로 아는 시선까지는 괜찮았다. 그러나 '몸을 팔다니', 이건 너무 왜곡된 시선 아닌가? 그때 이런 결심을 했었다.

'나는 너희들 같은 의식을 가진 사람이 아니라는 것을 보여주리라. 나

는 앞으로 여행의 징표를 달고 다니리라.'

다시 수염을 기르고 머리를 길렀다. 다듬지도 않았다. 거친 수염과 머리를 휘날리며 야수처럼 눈을 부라리고 다녔다. 수틀리는 사람들 만나면 직선적인 말을 날렸다. 그러자 사람들이 나를 무서워했다. 돌아서서 욕하고 경멸했을지언정 내 앞에서는 '함부로' 말을 하지 못했다.

지금이야 흔한 일이지만, 15~16년 전 젊은 중국집 배달원들이 머리를 노랗게 물들이고 다녔었다. 유행이려니 했는데 그들의 말은 달랐다.

"이렇게 하고 다니면 사람들이 깔보지 못해요."

머리를 샛노랗게 물들인 자신들을 '또라이'라 생각하고 무서워할지언정 깔보지는 못한다는 것이었다. 나도 그랬다. '나는 이 세상에 속하지 않은 사람이니 당신들 잣대로 나를 평가하지 마라. 함부로 대하다가는 다친다'는 경고인 셈인데 효과가 있었다. 하지만 또 다른 불이익도 많이 당했다. 사람들은 나에게 호의적이지 않았고 오해도 많이 했었다.

여행 중에도 그랬다. 인도나 파키스탄 같은 곳에서는 수염 기른 행색이 환영을 받았다. 길거리를 걷다가 내 콧수염이 멋있다며 만져보는 사람들도 있었다. 하지만 유럽 여행 중에 콧수염에 장발인 나는 슈퍼마켓에서 도둑놈 취급도 받았고 특히 9·11 이후에는 백인들 사회에서 콧수염 기른 이들에 대한 적개심을 느꼈다. 몇 년 전 뉴질랜드에 입국할 때는 테러리스트 취급을 받은 적도 있었다. 이민국 직원은 깐깐한 눈초리로 따지며 어렵게 입국을 시켰으나 길고 지루한 세관 검사를 거치게 했다. 마침 내가 'writer'라는 것을 안 공항 직원이 도와줘서 금방 나올 수 있었지만 짐 찾는 데서도 셰퍼드를 끌고 온 여자 경비원이 내 주변을 슬슬

II 현실을 여행처럼 살아가기

돌며 계속 뭔가를 잡아내려고 했다. 또 여행 중에도 현지인들은 왠지 나를 꺼리는 눈치를 보였다. 나중에 알고 보니 그들은 수염 기른 내가 인도네시아인인 줄 알았다고 했다. 오스트레일리아, 뉴질랜드인들에게 인도네시아인은 그리 환영받는 민족이 아닌 것이다. 그리고 수염 기른 나의 모습은 무슬림을 연상케 했을 것이다.

집에 와서 거울을 보니 수염을 기르고 바틱 옷을 입은 내 얼굴이 무슬림의 이미지와 비슷해 보이기는 했다. 예전에 인도 암리차르의 황금 사원 앞에서 '벙거지 모자'를 푹 뒤집어쓰고 찍은 사진을 보니 딱 아랍 사람 이미지였다. 특히 오사마 빈 라덴의 뒤를 이은 알카에다의 2인자 '알 자르카위'를 닮아 보였다.

고민되기 시작했다. 내가 언제까지 이렇게 세상과 불화할 것인가? 피곤했다. 그리고 언제부턴가 우리 사회에서 수염과 장발이 노숙자들의 이미지로 변하기 시작했다. 더 이상 수염은 여행자의 징표가 아니었다. 거기다 뒤늦게 대학원에 입학하게 되면서 나는 수염을 깎기로 했다. 이제 사회에 대한 분노와 불화 속에 있기보다는 평범한 사람으로 들어가 사회를 이해하고 싶었다.

시간이 지난 후 돌이켜보니 옛날에 남들이 하지 않던 목걸이를 하고, 반바지를 입고 수염을 길렀던 데는 어떤 유행의 심리가 있었다는 것을 알게 된다. 내가 유행을 퍼뜨렸다거나, 유행을 따랐다는 얘기가 아니라, 나 자신을 이 사회의 사람들과 차별화시키려는 심리가 있었다는 얘기다. 사회학자 짐멜에 의하면, 유행에는 균등화 심리와 차별화 심리가 공존한다. 유행은 집단의 외부에서 유래되는 것이 많은데, 앞서가는 사람들은 그것을 모방하면서 다른 이들과 자신을 차별화시키지만 사회는 거부한다. 여태까지 이어져 내려오던 관습을 깨뜨리는 것이기 때문이다. 그래서 충돌이 인다. 그러나 그 유행이 점점 번져나가면 사람들이 유행에 동참하면서 균등화 현상이 나타난다. 사람들은 이제 그 유행을 따르며 소속감을 느끼는데, 너무 많은 사람들이 유행을 따르는 순간 차별화는 이루어지지 않는다. 그때 유행은 유행이 아니며, 앞서 유행을 퍼뜨렸던 이들은 그 유행을 버리고 대다수 대중들과 자신을 차별화시킬 새로운 유행을 추구하게 된다.

내가 여행 초기에 수염을 길렀던 데는 그처럼 차별화하고자 하는 유행 심리가 있었던 것 같다. 그런데 나이 40에 수염을 길렀던 것은 유행 심리가 아니었다. 그것은 나는 이 세상에 속하지 않은 사람이니, 비굴하게 세상 사람들이 좇는 가치 주변을 기웃거리지 말자는 각오의 표현이었다. 사람들이 나를 멀리하고 배척할수록 나는 내 속으로 더욱더 파고들었다. 따라서 나에게 수염은 유행이라기보다는 사회에 대한 일종의 저항이었고 스스로를 세상으로부터 유폐시키기 위한 징표였던 셈이다. 그러나 수염과 장발이 보편화되고, 낯선 사람이 아닌 더러운 사람으로 보이기 시작했을 때 나는 그 상징을 더 이상 달고 다닐 이유가 없었다.

결국 나는 평범한 모습으로 돌아왔다. 너무 평범해서 이웃집 아저씨처럼 보이고, 여행과는 이미지가 잘 안 맞는다는 얘기도 들었다. 그러나 나는 또 종종 거기서 '유행의 심리'를 느낀다. 즉 사람들이 가진 '여행자'에 대한 보편적인 이미지를 깨뜨리는 것도 짐멜의 관점에서 보면 또 '유행의 심리'인 것 같다.

II 현실을 여행처럼 살아가기

20년 전에는 획일적인 가치관, 의복, 행태가 세상을 지배했다. 사소한 것이라도 깨뜨리는 것에는 충돌이 일었다. 그런데 어느샌가 이제 우리 사회는 튀고, 뒤집고, 비틀고, 깨는 것이 일상이 되었다. 옷이나 외모는 물론 말투도 거칠어지고 자기 멋대로 사는 세상이 되었다. 예전에 그것이 나에게 카타르시스를 주었다면 지금은 너무도 식상해서 피곤함을 준다. 그래서 평범한 외모와 바른 말투는 나에게 은둔의 모습을 띤 또 다른 차별화의 징표다.

지 도 를 보 는
여 행 자 와
거 울 을 보 는
여 행 자

애야, 세상에는 두 종류의 여행자가 있단
다. 하나는 지도를 보는 여행자고, 또 하나
는 거울을 보는 여행자지. 지도를 보는 여
행자는 떠나려는 여행자이고, 거울을 보는
여행자는 돌아오고 싶어 하는 여행자야.

—영화 「터치 오브 스파이스」에서

여행에서 돌아오면 늘 외로웠다. 학창 시절을 공유한 동창들을 만나도
아파트, 증권, 직장, 아이들 문제 등 내가 소통할 수 없는 얘기들을 했다.
또 나의 여행 얘기는 그들에게 별로 상관없는 주제였다. 사느라 바쁜 그
들에게 그 시절 여행은 너무도 호사스러운 행위였다. 그 차이를 메울 방
법이 없어 나는 침묵했다.

나는 조금씩 은둔형 외톨이가 되어가고 있었고 무시무시한 경쟁 사회는 나를 안으로 더욱 파고들게 만들었다. 하루에 은행 한 번만 갔다 와도 너무 피곤했다. 사람들을 만나거나 시스템과 접속해 무얼 하는 게 귀찮았다. 그저 나 하고 싶은 것만 하면서 살고 싶어 컴퓨터 앞에서 글만 썼고 가끔 여행을 떠났다. 그것만 나에게 익숙했고 나머지는 다 미숙했다. 나는 점점 일상생활의 부적응자가 되고 있었다.

나중에 이런 사람들이 일본에서 이미 나타났으며 한국에서도 나타났다는 보도를 본 적도 있었다. 경쟁에서 낙오한 20대 후반, 30대 초반 중에 히키코모리(은둔형 외톨이)가 늘어나고 있는데, 그들은 부모에게 의지해가며 미래에 대한 희망 없이 그냥 방 안에 틀어박혀 컴퓨터나 하면서 지낸다고 한다. 그 히키코모리들의 원인과 나의 원인이 같지는 않았지만 증세는 비슷해 보였다.

몇 년 전부터 거기서 빠져나오기 위해 무던히도 노력했는데 쉽지는 않았다. 그 과정에서 가끔 부시맨이 된 기분이 들 때가 있었다. 예전에 상영되었던 코미디 영화로 유명해진 부시맨은 아프리카 칼라하리 사막에 사는 원시 부족의 일원이었다. 서울을 방문한 그는 '한강 물'을 보고 공포를 느꼈다고 하는데 나는 사람들을 보고 공포를 느꼈다. 어쩌다 나갔을 때 마주치는 출퇴근길의 행인들, 대학 강의 혹은 강연회에서의 사람들, 혹은 어쩌다 모임에 나가 사람들을 만나 얘기를 나누고 나면 멀미를 느꼈었다.

몇 년 전에 처음 대학 강의를 하고 왔을 때였다. 교양 과목이라 수강 학생들이 80명 정도였는데 강의를 하고 오면 두세 시간 동안 나를 바라보던 시선들이 머리를 쿡쿡 찔러 꼭 술을 마시고 자야 했다. 몇 학기 계속되면서 차차 나아졌지만 부시맨이 한강 물 보고 무서워했던 것처럼 나는 사람들이 피곤했다. 예전보다 사정이 나아지기는 했지만 여전히 그런 성향이 있다.

결국 내가 가장 편하게 만나는 사람들은 여행자들이었다. 여행 얘기를 나누면 마음이 편했다. 그러나 여행자에도 여러 종류가 있었다. 새로운 것을 보고, 경험하는 게 너무도 신나서 모든 감각이 외부를 향해 열려 있는 여행자가 있는가 하면, 자신의 여행을 돌아보며 곱씹는 여행자들이 있었다.

비유를 하자면, 영화 「터치 오브 스파이스(A Touch of Spice)」에 나오는 대사를 인용할 수 있다. 이 영화는 그리스와 터키인 사이의 갈등 속에서 생기는 이별과 사랑 얘기에 스파이스(spice), 즉 향신료와 음식 얘기를 결합시킨 독특한 영화였다. 그리스인 아버지와 터키 어머니 사이에서 태어난 주인공은 어릴 때부터 이스탄불에서 살았는데 외할아버지로부터 향신료와 음식에 관해서 배운다. 할아버지는 특이하게도 향신료를 천체의 별과 비교하면서 가르쳤다. 후추는 태양, 소금은 지구 등등으로 비유한 후 거기에 의미를 부여했다. 또한 지리를 나타내는 카드에 향신료를 묻혀 기억을 하게 하면서 손자에게 향신료의 신비를 가르쳤다. 얼마 후 키프로스 분쟁이 일어나 그리스인은 터키에서 추방당한다. 결국 그 가족은 외할아버지를 떠나 그리스 아테네로 돌아온다. 그때 사귀던 터키 여자아이와도 헤어진다. 세월이 흘러, 주인공은 천문학자가 되어 이스탄불로 돌아온 후 그 여자 친구를 만났지만, 그녀는 이미 터키 군인의 아내가 되어 있었다. 우여곡절 끝에 가슴 아프게 헤어진 주인공이 쓸쓸하게 예전의 추억이 담긴 그 집으로 와서 향신료 가루를 훅 부는 순간, 공중에 향신료 가루가 퍼진다. 그 가루들은 마치 우주 창조의 순간처럼 성운을 그리면서, 태양을 만들고, 지구를 만들고, 금성을 만들고, 주인공은 희열에 찬 미소를 지으며 영화는 끝난다.

묘한 매력이 있는 영화였고 감동적이었는데, 주인공의 외삼촌이 청년이 된 주인공에게 한 말이 기억에 계속 맴돌았다. 그는 마도로스로서 전 세계를 여행한 사람이었다.

> 애야, 세상에는 두 종류의 여행자가 있단다. 하나는 지도를 보는 여행
> 자고, 또 하나는 거울을 보는 여행자지. 지도를 보는 여행자는 떠나려
> 는 여행자이고, 거울을 보는 여행자는 돌아오고 싶어 하는 여행자야.

마도로스인 외삼촌은 온 세계를 돌아다녔으나 지쳤다. 그래서 그리스 여자와 결혼을 하고자 한다. 즉 지도를 보는 여행자에서 거울을 보는 여행자가 되려고 했었다. 그런데 그리스 여자가 하는 요리라고는 달걀 프라이 정도였다. 이 여자와 결혼하면 외삼촌이 불행해지겠다고 생각한 주인공은 그 여자 식구들이 방문했을 때 장난친 음식을 만들어 난장판으로 만든다. 아쉽게도 그 외삼촌이 다시 여행을 떠났는지, 정착을 했는지는 안 나온다. 그걸 보고 나서 그 대사가 계속 내 머릿속을 맴돌았다.

나는 지도를 보는 여행자일까? 거울을 보는 여행자일까?

예전에 나는 지도를 보는 여행자였고, 또 한때는 거울을 보는 여행자

였다. 여행 시작한 지 몇 년 정도는 늘 지도만 보았다. 이 세상 끝까지 돌아다니고 싶었다. 나의 내면보다는 외부를 끝없이 탐험하고 싶었다. 하지만 나의 시선은 점점 내면을 향했고 거울을 보는 여행자가 되어갔다. 특히 본격적으로 여행기를 쓰면서부터 그렇게 변해갔다. 동시에 다시 지도를 보며 떠나고 싶어 하는 성향이 공존했다.

그 후 이런 생각들을 글로 많이 풀어냈는데, 그런 여행기는 진지하고 사색적인 면이 많다. 그렇게 여행과 삶을 곱씹는 글들은 떠난다는 생각에 흥분해 있던 사람들이 많은 시절에는 주목을 받지 못했다. 그런 상황에서 나는 글쓰기에 회의를 느끼기도 했었다.

도대체 누구를 향해서 쓴단 말인가? 사람들이 왜 글을 쓰고 싶어 하는가? 출판 행위는 무엇인가? 왜 사람들은 소통하기 위해 블로그를 하는가? 저자는 무엇이며 독자는 누구인가?

수많은 질문들, 고민들이 꼬리를 물었다. 아직도 그 질문들은 현재진행형이다. 그렇게 나는 나와 소통할 사람들을 찾았다. 그러니까 나와 비슷한 '아비투스'를 갖고 있는 사람들을 찾았던 것이다. 아비투스란 프랑스의 사회학자 부르디외가 널리 퍼뜨린 말로, 그는 아비투스를 이렇게 설명하고 있다.

> 실존의 조건에 근거하는 특정한 계급에 관련된 조건들이 아비투스를 생산해낸다. 아비투스는 지속적이면서 또 다른 성향의 체계로서 구조화된 구조이며, 또한 구조화하는 구조처럼 작동하는 경향을 띤다.

매우 복잡하고 어려워 보이는 글인데, 이것을 내가 이해한 만큼 쉽게 풀이한다면 실존의 조건, 즉 한 개인의 계급뿐만 아니라 생활 수준, 지역, 학력, 취향 등등 수많은 조건에 의해 우리의 성향은 내면에서 체계화되는데, 그렇게 체계화된 구조를 '아비투스'라고 한다. 그리고 이 아비투스는 수동적으로 고정되는 것이 아니라 세상이라는 장에서 확산되며 타인의 내면을 구조화시키려고 한다. 좀 더 쉽게 예를 든다면 왠지 모르게 잘 통하는 같은 성향을 가진 같은 과(科), 즉 같은 아비투스들은 끼리끼리 몰리며 세를 확장한다는 것이다.

결국 나의 행위는 나와 같은 '아비투스'를 찾는 행위였다. 그렇게 나는 대학에서 강의를 하며, 또 블로그에서 여행을 좋아하는 사람들과 이런저런 즐거움과 고민을 함께 나누며 힘을 주고받았다. 거기에는 나이도, 학력도, 지역의 구분도 없었다. 다만 이들과 나는 '여행, 방랑, 방황'이라는 성향을 갖고 있다는 점에서 비슷했다. 그런데 우리와 같은 '아비투스'를 가진 이들은 소수였고 파편화되어 있었다. 그래서 아비투스들의 쟁투가 벌어지는 사회라는 장에서 우리는 경계인으로 숨죽이며 살고 있었다.

그때 내 글쓰기의 목표가 분명해짐을 느꼈다. 나는 불특정한 대다수의 사람들을 위해서 쓰지 않고 같은 아비투스를 가진 사람들과 소통하기 위해 쓰기로 했다. 아비투스의 쟁투가 벌어지는 사회에서 그런 이들이 좀 더 당당하게 살아갈 수 있는 내면적 가치관, 세계관을 건설하는 것이 나의 행복이었다. 그리고 다행히도 세월이 흐를수록 나와 소통할 수 있는 아비투스를 가진 이들이 더욱 많아지는 것을 느끼고 있다.

여행을 좋아하되, 자기 성찰을 해가며 끊임없이 묻고 노력하는 이들은 모두 나와 같은 아비투스를 가진 친구들이다. 세상에는 육으로 만난 친구들도 있지만 영혼으로 만나는 동지들도 있다. 서로가 서로를 찾아내고 소통하면서 수많은 질문과 대답을 하며 전진한다면, 설령 그 해답을 찾지 못한다 할지라도 그 과정에서 우리는 힘을 얻고 행복해질 수 있다고, 나는 믿고 있다.

II 현실을 여행처럼 살아가기

인 간 은
오 랑
반 다 라 야

내가 보기에 현대 인간은 '오랑 반다라야'
다. 인간은 도시에 대해 투덜거리지만 그
편리함과 고마움은 험한 자연에 갔을 때
비로소 깨닫게 된다.

나는 시티 보이였다. 어머니 고향인 충청북도의 어느 시골에서 태어났지
만 세 살 때부터 서울에서 자랐다. 아버지는 집안 대대로 마포에서 살아
온 서울 토박이였다. 어릴 적 내가 살던 곳은 흑석동의 언덕에 있는 판잣
집이었는데, 근처 한강변에도 살았다가 여름 장마에 홍수가 든 적도 있
었다. 1960년대 그 시절이 거의 다 그랬지만 그곳은 서울이라 해도 대도

시의 분위기는 없었다. 그러다 서울의 이곳저곳을 이사 다니며 살아가는 동안 1970년대와 1980년대를 거치며 곳곳에 거대한 건물들이 우후죽순처럼 들어서는 것을 목격했다. 중년이 된 지금도 서울에 대한 나의 기억은 골목길, 판자촌 그리고 매연 섞인 공기 속의 회색빛 건물을 벗어나지 못한다.

그래서 나는 도시 밖을 그리워했다. 여행을 해도 도시보다는 문명의 흔적이 별로 없는 오지를 열망했다. 서역 지방의 메마른 벌판, 타클라마칸 사막, 북아프리카의 리비아 사막, 아프리카의 대초원, 시베리아에 펼쳐진 끝없는 지평선은 단지 멋진 풍경이 아니었다. 그것은 내 의식의 한계를 벗어난 태곳적 풍경 혹은 절대 세계의 이미지였다. 그렇게 나는 도시를 벗어난 자연, 오지를 열망했다. 그런 내 생각이 바뀌게 된 계기는 보르네오 섬 여행이었다.

보르네오 섬에 간 이유는 인간의 손때가 묻지 않은 대자연을 보고 싶어서였다. 사실 세상에 많이 알려진 유명한 오지는 관광지 못지않게 손때가 묻어 있다. 그런데 보르네오 섬의 밀림은 여행자들이 많이 가는 곳은 아니었다. 게다가 거북이가 알 낳는 모습과 숲 속에서 야생 오랑우탄을 볼 수 있다고 해서 호기심이 당겼다. 보르네오 섬 하면 사람들이 제일 먼저 목제 가구를 떠올릴 만큼 이곳은 원시림이 풍부한 곳이다. 섬 남쪽은 인도네시아령의 칼리만탄 주(州)고, 북쪽은 말레이시아령으로 사라와크와 사바 주(州)로 나뉘는데, 이 두 주 사이에 브루나이 왕국이 있다. 사바 주는 동쪽에 있으며 주도는 코타키나발루다. 코타키나발루의 공항은 한적했다. 야자나무 숲에서 불어오는 훈훈한 바람이 몸을 휘감았고

II 현실을 여행처럼 살아가기

그 순간 문명과 멀리 떨어진 곳에 와 있다는 느낌이 들었다. 그러나 도시는 현란했다. 대형 호텔, 쇼핑센터, 피자헛, 맥도널드 등이 보여 잠시 이미지와 현실의 차이를 느꼈다. 그래도 도시 곳곳에는 원시적인 풍경도 숨어 있었다. 저녁나절이면 길가의 가로수에 수백 마리의 새들이 앉아서 지저귀는 바람에 귀청이 떨어질 것 같았고, 시뻘건 낙조에 물든 이국적인 바닷가 풍경은 황홀했다.

코타키나발루에서 며칠 머문 후 나는 거북이가 알을 낳는 섬과 오랑우탄 재활지를 보기 위해 동부의 산다칸이란 도시를 향해 떠났다. 산다칸으로 가는 길 중간에 아시아에서 가장 높다는 키나발루 산에 들렀다. 2박 3일을 머물며 정상(해발 4,101미터)까지 등반을 마친 후, 다시 버스를 타고 세 시간 정도 달리니 산다칸이 나왔다. 그곳은 조용한 중소 도시였다. 거북이가 알을 낳는 섬의 이름은 플라우 셀링간(셀링간 섬)으로 개인적으로 갈 수 없어서 시내의 여행사를 이용하기로 했다. 그곳은 한 바퀴 도는 데 걸어서 한 시간 정도밖에 안 걸리는 조그만 섬이었다. 8월에서 10월 사이에 호크스빌 거북이, 녹색 거북이들이 낳는 알을 보호하기 위해서 말레이시아 정부는 특별 관리를 하고 있었다. 섬에 방갈로가 있으나 수십 명 정도로만 인원을 제한하고 여행사를 통한 사전 예약제로 운영해서 아무나 올 수 없게 만들었다.

섬의 해변에는 산호초가 많아 수영을 하기엔 곤란했다. 낮에는 자유롭게 돌아볼 수 있었지만 오후 6시부터 오전 6시까지는 개인적으로 바닷가에 나가지 못하게 했다. 밤에 새끼를 낳으러 섬에 상륙하는 거북이들을 보호하기 위해서였다. 저녁을 먹은 후 8시쯤 거북이가 상륙해 알을 낳는

다는 무전기 보고를 받고 모두들 바닷가로 나갈 수 있었다.

컴컴한 해변가에서 아이 몸집만 한 거북이가 자신이 파놓은 모래 구덩이에 탁구공만 한 알을 낳고 있었다. 경비원은 플래시를 비추고 우리들은 보았다. 청각이 약한 거북이는 자기 눈에 빛만 비치지 않으면 모른다고 했다. 툭툭 떨어지는 알을 관리인이 양동이에 주워 담았다. 알을 다 낳은 거북이는 네 발을 휘적이며 모래로 빈 구덩이를 덮었고 관리인은 양동이를 들고 부화장으로 갔다. 따라가보니 부화장에 수많은 구덩이가 있었는데 지붕을 설치해서 그늘로 지열을 낮춘 곳이 있었고 그렇지 않은 곳도 있었다. 지붕 밑 서늘한 구덩이에서는 수컷이 태어나고, 지붕이 없어 지열이 높은 곳에서는 암컷이 나온다고 했다. 관리인은 그중 한 구덩이에 알을 묻었다. 묻은 지 약 50~60일 후면 스스로 깨어난 거북이들이 모래를 뚫고 올라온다는 것이다. 그리고 관리인은 어디선가 가져온 새끼 거북이들을 사람들의 손바닥 위에 한 마리씩 올려놓았다.

"약 60일 전에 묻어놓았던 알에서 방금 깨어난 새끼 거북이들입니다. 이제 이걸 바닷가에 방생하러 갑니다."

손바닥 위에서 꼬물락거리는 새끼 거북이를 보며 우리들은 바닷가로 나갔다. 주룩주룩 비가 오고 있었고 거친 바람 속에 파도가 심했다. 관리인은 바닷가까지 두 줄을 긋더니 줄 사이에 거북이들을 내려놓으라고 했다. 땅 위에 놓인 새끼 거북이들이 본능적으로 뒤뚱거리며 파도치는 거친 바다를 향해 필사적으로 달려가기 시작했다. 사람들은 박수를 치며 그들을 응원했다. 그 모습을 보니 예전에 본 동물의 왕국 프로그램에서, 대낮에 죽을힘을 다해 바다로 달리는 거북이 새끼들을 갈매기들이 쪼아

II 현실을 여행처럼 살아가기

먹는 장면이 생각났다. 지금 이 거북이들은 인간의 환호성을 받으며 한밤에 검푸른 바다로 뛰어들고 있지만 그들의 생명도 보장된 것은 아니다. 이 중에서 3퍼센트 정도만 생존하여 다시 이곳에 알을 낳으러 온다. 그러니까 우리가 놓아준 20마리 중에서 3퍼센트라면 0.6마리다. 저 중에서 기껏해야 한 마리도 살아남기 힘든 것이다. 그 처절한 사실 앞에서 가슴이 뭉클해졌다.

그런데 잠자리에 누워 가만히 생각해보니 여긴 대자연이라기보다는 인간에 의해 잘 관리되는 곳이란 생각이 들었다. 자연 보호라는 명목과 관광이 기가 막히게, 긍정적으로 결합된 곳이었다. 그것이 나쁜 것은 아니었지만 진짜 대자연을 보고 싶은 나에겐 어딘지 미흡하게 다가왔다.

그다음에 간 세필록 오랑우탄 재활지도 사정은 비슷했다. 그곳은 산다칸에서 버스를 타고 약 한 시간쯤 달린 정글 지대에 있었다. 세필록은 세계에서 네 곳밖에 없는 오랑우탄 재활지 중 하나로, 상처입거나 어미 잃은 자생력이 없는 오랑우탄들을 보호해주는 곳이었다. 오랑우탄들은 숲속에서 자유롭게 살다가 오전 10시와 오후 2시에 인간들이 주는 먹이를 찾아 몰려든다. 정글로 들어가니 하늘을 찌를 듯한 원시림이 빽빽했다. 몇 분 정도 걷는데 어디선가 털이 긴 험상궂은 오랑우탄 수컷이 나타나 사람들을 따라왔다. 조금 위협감을 느끼기는 했지만 별일은 없었다. 숲속으로 더 걸어 들어가니 먹이를 주는 연단이 나왔고, 오랑우탄과 원숭이들이 이쪽저쪽에서 나타났다. 드디어 관리인이 과일이 든 양동이를 갖고 연단으로 올라가자 오랑우탄과 원숭이들이 모여들었다. 원숭이들은 관리인이 던져준 과일을 서로 뺏으며 방정맞게 싸웠지만, 먹이가 넉넉한 것을 알고 있는 듯한 오랑우탄들은 전혀 서두르지 않고 수박이나 바나나를 먹었다. 가끔 수컷이 먹고 있는 바나나를 암컷이 뺏어도 수컷은 물끄러미 바라보다 다른 것을 집어 먹었다. 마치 사랑하는 연인이 가져가면 그냥 내버려두듯이.

그런데 여기에 특이한 암컷이 한 마리 있었다. 그 오랑우탄은 사람들과 함께 앉아 건너편에서 바나나를 먹는 오랑우탄 무리를 서글프게 쳐다보았다. 뭔가를 생각하는 것만 같았다. 또한 자신을 사진 찍는 인간들을 우수에 찬 눈초리로 쳐다보았다. 눈빛이 고독하면서도 깊고 그윽했다. 묘한 오랑우탄이었다. 다음 날 다시 그곳에 갔을 때도 그 오랑우탄은 어제와 같았다.

이 오랑우탄은 인간이 되고 싶은 것일까? 진화하는 중일까?

말레이지아어로 '오랑'은 사람이고 '우탄'은 숲이란 뜻이니, 오랑우탄은 '숲 속의 인간'을 의미한다. 침팬지, 오랑우탄, 고릴라 등은 인간과 가장 가까운 유인원으로 진화론자들에 의하면 먼 옛날 공통 조상을 갖고 있었다. 공통 조상에서 천만 년 전에 오랑우탄이 분화되었고, 8백만 년 전엔 고릴라가 분화되었으며, 5백만 년 전에는 침팬지와 인류가 각각 분화되었다고 한다. 물론 창조론에서는 그 자체를 부정하고 있기 때문에 위의 사실들은 확정적이지 않다. 하지만 오랑우탄, 침팬지, 고릴라 등의 유인원이 인류와 매우 비슷한 특성을 가졌다는 것은 분명한 사실로 보였다.

싱가포르 동물원에서도 나는 그런 느낌을 받았다. 우리 안에 있던 오랑우탄에게 내가 악수하는 시늉을 하며 손을 흔들자, 그 오랑우탄도 나와 똑같이 손을 내밀며 악수하는 시늉을 했다. 그런데 관광객들이 와서 떠들고 손가락질을 하며 사진을 찍자 이 오랑우탄은 갑자기 옆에 있는 소쿠리를 들더니 머리에 푹 뒤집어쓰고 돌아앉아버렸다. 나와 소통했던 그 오랑우탄은 자신을 구경거리로 삼는 인간이 싫다는 표시를 한 것이 틀림없었다. 그런 오랑우탄을 보는 것은 나에게 흥미로운 일임에 틀림없었다. 그러나 여전히 나는 그곳에서 인간의 관리와 보호를 보았다. 그것이 나쁘다는 것은 결코 아니었지만, 거친 대자연을 원하던 나는 잘 조직되고 관광지화된 풍경에 조금 맥이 빠졌다.

그래서 더 깊고 거친 '있는 그대로'의 자연을 찾아가기로 했다. 산다칸 시내의 한 여행사에서는 아주 깊은 원시림 속에 캠프를 설치해놓고 여행자들을 묵게 하고 있었다. 관광객들이 가는 곳은 아니고 모험심 많은 여행자들이 한두 명씩 갔다 오는 곳인데, 나는 네덜란드 여자 둘과 함께 그곳으로 갔다. 우선 미니버스를 타고 1시간 20분 정도를 달려 숭가이 키나바탕간 강의 선착장에 도착했다. 그 강은 약 560킬로미터로 사바주에서 가장 긴 강이라고 했다. 보트를 타고 강을 달리는 동안 양쪽으로 우거진 정글이 이어져 있었고 인적은 뚝 끊겨버렸다. 2시간 30분을 달리는 동안 악어와 원숭이와 '혼빌'이라고 하는 커다란 새를 보았다. 드디어 오후 5시쯤, 강의 상류에 도착하니 웬 소년이 마중을 나왔다. 그를 따라 10여 분을 걸어가자 원두막 같은 가건물 몇 채가 나왔는데 문도, 창문도 없고 지붕과 난간과 거적때기 그리고 구멍난 모기장만 있었다.

짐을 푼 후 일행과 함께 캠프 주변을 돌아보았다. 단조로운 숲 속이었다. 동물도 보이지 않고 열대림만 우거져 있었다. 산책을 마치고 야외 식당에서 간단한 저녁 식사를 했다. 그곳에는 소년들 몇 명이 거주하며 가이드를 해주고 요리도 해주었는데 빵과 스파게티와 야채 그리고 차를 주었다. 식사를 마치고 나서 보트에 올라타 '나이트 리버 사파리'를 시작했다. 배는 고요한 어둠을 뚫고 강을 따라 상류로 올라갔고 가이드가 서치라이트 불빛을 강과 숲에 비추기 시작했다. 눈을 반짝이는 부엉이들, 불빛에 놀라 퍼덕이는 박쥐들 그리고 검은 강바닥에서 눈을 반짝거리며 머리를 내놓은 악어들이 보였다. 하늘은 청명했고 달빛은 밝았다. 시원한 바람을 타고 정글 어디선가 동물 우짖는 소리가 들려오고 있었다. 태곳적의 어둠과 원시림이 어우러진 풍경은 신비로웠고 낭만적이었다.

그러나 문제가 있었다. 식수가 없어서 미네랄워터를 사 마시거나 물이 더러워서 미네랄워터로 세면을 하는 것은 괜찮았다. 문제는 샤워였다. 씻는 물은 강에서 끌어들인 물이 있기는 한데 녹슨 드럼통에 담긴 강물은 거의 흙물이었다. 기생충 감염의 문제가 있다 해서 온몸이 땀에 절었어도 샤워를 할 수가 없었다. 잠을 자는데도 문제가 생겼다. 모기장의 뚫린 구멍으로 모기가 들어와 앵앵거려댔다. 말라리아 약을 복용하고 있던 나였지만 겁이 나서 바르는 모기약을 몸에 발랐다. 그런데 너무 발랐는지 속이 어질어질하고 기분이 안 좋았다. 그러지 않아도 말라리아 약을 먹어서 컨디션이 안 좋았는데 난감했다.

잠을 통 자지 못한 채 새벽에 다시 사파리를 했다. 피곤했지만 그래도 시원한 새벽바람을 맞으며 강을 돌아보는 시간은 즐거웠다. 강에서 새벽 물안개가 피어올랐고 이른 아침부터 나무 위의 둥지에서 깨어난 오랑우탄이 부스럭거리고 있었다. 문명에 방해받지 않고 이곳에서 수만 년, 수십만 년을 살아온 오랑우탄의 자손이었을 것이다. 그곳의 동물들은 야생

II 현실을 여행처럼 살아가기

그대로였다. 원숭이들과 야생 돼지들이 강변으로 물을 마시러 나왔고 악어들은 물속에 숨어 그들을 기다렸다. 악어는 멀리서 보면 나무토막 같았으나 보트가 소리를 내며 다가가면 허둥지둥 도망쳤다. 혼빌이란 새는 잘 울어서 '마이클 잭슨'이란 별명이 붙었다는 가이드의 너스레가 우리를 즐겁게 해주었다.

그곳에 거주하는 소년들은 친절했다. 가난해서 학교를 제대로 가지 못하고 이곳에 와서 일을 하며 밥을 얻어먹는 소년들 같았다. 아침을 먹은 후 1박만 한 네덜란드 여인들이 떠났다. 홀로 남아 할 일이 없던 나는 나무에 매달아놓은 그물 같은 '해먹'에 누워 책을 보았다. 이런 장면 자체는 매우 낭만적일 것이다. 실제로 처음에는 그랬다. 소년들은 막사에서 잠을 자는 것 같았고 동물의 울음소리조차 들리지 않는 곳에서 천천히 책을 읽었다.

그런데 차차 정신이 혼미해지기 시작했다. 아침 10시 정도밖에 되지 않았는데도 밑에서 뜨거운 지열이 올라왔다. 습한 공기가 달궈졌고 바람도 뚝 끊긴 상태에서 해가 높이 솟아오르니 숨이 막혔다. 장난이 아니었다. 거기다 모기까지 달려드니 위험스러웠고 짜증이 났다. 피할 데가 없었다. 막사 안이 시원한 것도 아니었고 모기장은 뚫려 있었으며 악어가 있는 강물에 들어갈 수도 없었다. 그렇다고 딱히 할 일도 없었다. 그때 식당 근처에 뭔가 나타났다. 몸집이 매우 커서 처음에는 악어인 줄 알았는데 소년들은 악어가 아니라 도마뱀의 종류라고 했다. 가까이 다가가서 보니 그놈은 순식간에 강가로 도망치고 말았다. 그리고 다시 적막해졌다. 너무 심심해 식당에서 일하는 소년과 함께 정글을 돌아보기로 했다. 그러나 볼 것이 없었다. 무더위 속에 동물들은 숨어 있었고 코끼리 똥은 보았지만 코끼리 역시 어디엔가 숨어 있었다.

"모두 다 더워서 휴가 중입니다."

소년이 농담을 던졌지만, 단조로운 풍경과 더위가 지겨웠다. 그런데 그 무더위에 조금씩 익숙해지자 차차 참아낼 만했다. 그리고 몸이 축 가라앉으면서도 의식이 맑아지는 것 같았다. 정글에서 가끔씩 들려오는 새와 원숭이 울음소리를 듣는 가운데 한낮의 더위가 지나고 오후 5시쯤 되자 천둥, 번개가 치면서 비가 쏟아지기 시작했다. 갑자기 기온이 떨어지며 시원해지자 살 만했고 정글 속의 동물들도 활개를 치면서 소리를 질러댔다. 원숭이들이 어디선가 캬악캬악거렸고 야생 돼지 떼들이 캠프 주변을 돌아다녔다. 갑자기 정글이 생기를 띠며 동물들이 합창을 하고 있었다. 내 몸도 컨디션이 좋아지면서 며칠만 견디면 이 불편한 정글도 좋아질 것 같다는 생각이 들었다.

그러나 다시 문제가 나타났다. 밤이 되자 골이 아파왔다. 진통제를 먹어도 아팠다. 그리고 한밤에는 갑자기 추워지면서 온몸이 덜덜 떨렸다. 스웨터를 입어도 오한은 수그러들 줄 몰랐고, 설사가 나오기 시작했다. 거기다 토하기까지 했다. 화장실에 가서 토하고 난 후, 캄캄한 정글의 어둠을 바라보며 내가 어쩔 수 없는 도시인이라는 것을 인정할 수밖에 없었다. 그리고 말라리아가 무서웠다. 말라리아는 한번 걸리면 고열에 시달리고 덜덜 떨다가 설사를 하면서 3일 만에 죽고 마는 병이다. 결국 1, 2주일 정도 머물 생각으로 왔던 나는 이틀 밤을 자고 도시로 돌아올 수밖에 없었다. 코타키나발루에 오자마자 병원으로 가 검사를 해보니 다행히 말라리아는 아니었다. 급격한 무더위 속에서 잠을 자지 못하다 보니 몸의 조절 기능에 이상이 온 것 같았다. 도시도 역시 더웠지만 피할 곳이 있었다. 나는 에어컨 바람이 감도는 시원한 카페로 가 커피 향기를 맡으며 일기를 썼다.

새벽에 고요한 적막 속에서 물안개를 바라보며 정글의 강을 미끄러진다거나, 한낮의 고요 속에서 적막에 귀를 기울이거나, 쏟아지는 비를 바라보며 정글에서 울려 퍼지는 동물의 울음소리를 듣는다는 것은 분명히 낭만적이다. 그 말만 적는다면 정글의 이미지는 그렇게 다가온다. 그러나 정신을 혼미하게 하는 무더위와, 그 무더위에 지쳐 경련을 일으키는 몸과, 구멍 뚫린 모기장을 통해 들어오는 모기와 말라리아에 대한 두려움……. 모기들도 어디 출신인지 아는 것일까? 정글에 살던 소년들은 모기들이 자신들은 잘 물지 않는다며 실실 웃었다. 정글을 이미지로 그리워하다가 정글의 현실에 견디지 못하고 2박 3일 만에 돌아온 나는 도시인이었다. 그것이 내 한계였다.

튼튼한 모기장만 갖고 갔어도 밤에 충분히 잤을지 모른다. 또 한낮 더위 속에서도 막사에 가만히 누워 낮잠을 잤을 것이다. 그런데 모기장이 부실하다 보니 잠도 충분히 자지 못했고, 몸에 바르는 모기약도 부작용을 일으켰다. 준비만 잘했다면 그곳에 더 오래 머물 수 있었고 오후의 스콜과 그 후 이어지는 활기찬 정글의 분위기를 충분히 맛보면서 더 좋은 경험을 했을지도 모른다. 그 점이 여전히 아쉬웠지만 그곳이 인간이 살아가기에 좋은 곳이 아니라는 것은 분명했다.

그동안 도시를 싫어하며 오지라는 곳을 많이 돌아다녔다. 가기도 힘들었고 기후나 환경도 열악했지만 그곳에서 나는 행복했다. 대개 사막의 오아시스나 거친 황야의 마을이었는데, 그곳은 더워도 습기와 무더위, 모기와 벌레가 들끓는 정글과 달랐다. 공기는 건조했고 그늘만 들어가면 시원하고 상쾌했다. 그런데 가만히 생각해보니 그런 곳도 기본적으로 잘 곳, 먹을 것, 마실 물이 갖추어진 곳이었으며 사람들이 모여 살고 있었다. 하지만 정글 속의 캠핑장은 '사람 사는 곳'이 아니었다. 마을이 될 수도 없었다. 먹을 것을 경작하지도 않고 식수도 없어서 도시에서 늘 식재료와 생수를 공급해야 했다. 즉 이곳은 도시로부터 그런 것들을 공급받으면서 '여행자'들이 정글을 체험할 수 있게 한 '관광지'였다. 그렇지 않은가? 이곳 주인은 도시에 살고 있다. 그리고 여기 근무하는 소년들도 몇 개월마다 교대를 시켜준다고 했다. 결코 '인간'이 살기에 좋은 곳은 아니기 때문이다.

내가 그 정글 캠프에서 몇 달을 지낸다 해도 결국 나는 도시로 돌아오게 되어 있었다. 그러므로 나는 도시를 무조건 미워하면 안 되었다. 나는 인간으로서, 인간이 살 수 없는 곳을 선망한 것이 아니라 인간이 머물기 좋은 곳을 선망했던 것이다. 내가 도시에서 염증을 느꼈던 것은 오염되는 공기, 물 때문만은 아니었다. 1970년대와 1980년대의 급격한 산업화 과정에서 오염된 우리나라의 물과 공기는 그동안 많은 노력 끝에 깨끗해진 것이 사실이다. 영국, 프랑스, 일본 등의 선진국들도 모두 그 과정을 겪었다. 내가 도시를 싫어했던 것은 과도한 밀도, 복잡한 체계, 바쁜 생활 때문이었다. 그래서 그곳을 떠난 한적한 자연을 그렸던 것이다. 그러나 사막의 오아시스든, 들판의 촌락이든 인간이 살기에 좋은 곳을 원했던 것이지 허덕이며 견디기를 원했던 것은 아니다.

쾌적한 카페에서 빵과 과일에 주스를 마시며 나는 일기장에 '인간은 오랑 반다라야' 라고 썼다. 도시로 돌아오자마자 호텔 지배인에게 물으니 도시가 그 지방 언어로 '반다라야' 라고 말했기 때문이다.

"그럼 인간은 '오랑 반다라야' 라고 부를 수 있겠네요? 숲 속의 인간을 오랑우탄처럼 부르듯이."

"하하, 그건 처음 들어보는 말이네요."

내가 보기에 현대 인간은 '오랑 반다라야' 다. 인간은 도시에 대해 투덜거리지만 그 편리함과 고마움은 험한 자연에 갔을 때 비로소 깨닫게 된다. 물과 식량이 부족하고 동물이나 전염병의 위협이 도사리는 곳에서 인간은 안전하고 쾌적한 곳을 원한다. 그러므로 도시는 인간이 생존하고 번영하는 과정에서 나온 자연스러운 결과물이다. 프랑스의 환경 철학자 오귀스탱 베르크는 에쿠멘(écoumén)이란 단어를 이용해 인간의 주거지와 도시에 대해 이런 얘기를 한다.

> 에쿠멘은 '주거지, 집'을 뜻하는 그리스어 오이코스(oikos)에서 유래한 단어로 지구 상에서 인간이 살고 있는 부분을 말한다. 하지만 에쿠멘은 단지 생태학적 차원에서만 접근할 수는 없다. 인간으로 산다는 것은 생태학적 차원에 속하는 동시에 상징적 차원에 속한다. 즉 물리적인 동시에 의미론적 영역을 가진다. 이것을 생태상징성이라고 한다.

즉 인간이 살고 있는 에쿠멘은 생태학적인 조건뿐만 아니라 수많은 가치와 의미와 윤리와 상징으로 채워져 있다. 그런데 근대화 과정에서 생태학적으로나 상징적으로나 에쿠멘이 훼손되었다. 생태학적인 파손과 오염은 물론이거니와 인간의 가치, 윤리, 상징의 세계가 효율성, 기능성, 생산성이라는 가치 아래 사정없이 무너졌다고 오귀스탱 베르크는 비판한다. 그런데 오귀스탱 베르크는 무조건적으로 개발을 반대하고, 동식물을 보호하자는 '교조적'인 자연보호주의자들도 비판한다. 인간이 인간인 이상 인간을 먼저 생각할 수밖에 없는 것은 당연한 일이며, 현재의 인간은 결코 헐벗은 채 자연 속에서 살아갈 수 없다고 본다. 이미 인간에게는 생태뿐만 아니라 상징적, 문화적 체계도 중요하기 때문이다. 그래서 그는 도시를 긍정적으로 보며 이렇게 주장한다.

> 이제 도시는 인간에게 모태와도 같다. 그러므로 인간은 인간의 거주지 중의 거주지인 도시를 존중해야 한다. 인간은 그 존재가 상징적 장에 소속되어 있음으로써 생물학적, 물리적 조건으로부터 자유로워질 수 있으며, 또한 육체의 물질성과 생명력에 의해서 그 상징적 장으로부터 자유로워질 수 있다. 이런 인간의 이중성 때문에 인간은 자연에 대해서 자유로울 수 있고, 동시에 문화에 대해서 자유로울 수 있는 이중적 자유의 조건을 갖게 된다.

그런 것 같았다. 나는 도시라는 공간의 상징적, 문화적 체계 안에서 살아왔다. 그 속에서 안정되게 살아왔지만 그것이 지루해지고 갑갑해질

II 현실을 여행처럼 살아가기

때, 상징체계가 사라진 드넓은 자연 속의 생명력을 원했다. 그것을 찾아가는 과정이 자유인 셈이다. 또한 그 자연 속에서의 생활이 힘들어질 때 문화적, 상징적 체계로 둘러싸인 도시로 '컴백' 할 수 있었으며 그 과정에서 또 자유로움을 느꼈다.

너무 당연한 얘기인데, 그동안 나는 그것을 인식하지 못했다. 큰 틀에서 보면 우리는 대자연 속에 있지만 우리가 살아가는 에쿠멘이 대자연 어디에나 있는 것은 아니다. 인간은 펭귄처럼 남극 대륙에 자연스러운 촌락을 형성할 수 없고, 타클라마칸 사막 안 아무 데서나 살아가지 못한다. 기본적으로 살아갈 수 있는 조건이 갖추어진 에쿠멘에서 살아가는 것이다. 나는 도시가 에쿠멘 중에서 가장 보편적이고 중요한 장소라는 것을 인정하기로 했다. 도시야말로 내가 평생을 살아갈 터전인 것이다.

하지만 여전히 나는 '도시 예찬론자' 가 될 수는 없다. 아무리 편리해도 그렇다. 도시 구석구석에서는 욕망들이 소용돌이치고 윤리의 타락이 발생한다. 또한 그동안의 무자비한 도시 개발 계획은 생태학적인 차원에서 환경을 파괴하고, 도시에 서린 역사, 윤리, 감정 등의 상징적인 차원도 파괴했다. 번듯번듯한 건물들이 우뚝우뚝 들어서고 아파트들이 올라가지만 그 이면에는 여전히 『난장이가 쏘아올린 작은 공』에 나오는 주인공들이 있고, 파괴된 삼림과 오염되는 하천들이 있었다. 생산성과 효율성을 앞세우며 개발된 후의 그 이익은 과연 어디로 가는가? 물론 이후에는 반성하여 점점 친환경적인 도시 개발도 이루어지고 있지만 우리 도시에서는 아직도 이런 파괴가 곳곳에서 일어나고 있지 않은가?

또한 도시민들의 편안함과 욕망의 극대화는 농촌과 전 지구의 자원을 블랙홀처럼 빨아들인다. 그 자원의 남용, 오염으로 인해 결국 자연은 보복을 가한다. 현재 보르네오 섬도 이미 그 물결이 뒤덮고 있었다. 그곳에서 만난 자연 보호 운동가는 보르네오 섬의 엄청난 벌목을 걱정하고 있었다. 그 품질 좋은 나무는 우리의 아름다운 가구가 되고 책상이 되고 있다. 아프리카, 남미의 아마존은 사정이 더욱 심하다는데, 그것은 다시 인간에게 영향을 미칠 것이다.

이런저런 생각을 하며 코타키나발루의 카페에서 달콤한 커피를 마시며 에어컨 바람을 쐬었다. 하지만 그 에어컨 바람으로 인해 오염될 공기와 커피 생산에 관련된 수많은 현상들을 생각했다. 아프리카 우간다에서 만난 한 청년은 이렇게 푸념했다.

"여기서 재배한 커피가 유럽으로 아주 싼 값에 팔려나가지요. 그것이 가공되어 멋진 상품이 되는데, 그걸 우리가 아주 비싸게 사 마시니 참 우스꽝스러운 일이지요."

그런 얘길 떠올리면 커피 한잔을 마시면서도 마음이 편치 않다. 어디 커피만이랴. 우리가 접하는 상품이 다 그렇다. 그렇다고 모든 것을 다 따져가며 살기에는 이미 우리 삶이 그런 그물망 속에서 살아가고 있다. 18, 19세기처럼 저 밖의 세계에 대해 전혀 모르고 살았다면 그런 고민은 없었을 것이다. 그런데 이제 나는 너무 많은 것을 안다. 앉아서 전 지구의 돌아가는 문제를 알고 있다. 그럴수록 생각은 많아지고 양심의 가책을 느끼는 일도 많아진다. 또한 다 같이 잘 먹고 잘 살자는 외침 아래 진군하는 사람들이 전 세계적으로 늘어났다. 그들을 비난할 수는 없다. 나도 그 속에서 살고 있고 그동안 서구 제국주의자들에게 침탈당했던 저개발

II 현실을 여행처럼 살아가기

국가들이 '너희들처럼 우리도 잘살아보자'는 외침을 외면할 수가 없다. 그런데 이 지구의 모든 사람들이 '다 같이' 잘 먹고, 풍요롭게 잘사는 순간이 왔을 때 그 자원은 어디서 충당하는가?

이 시스템 속에서 내가 덜 먹고, 덜 마신다고 남들이 금방 행복해지는 것도 아니다. 소비가 있어야 팔리고 거기서 일자리 창출이니, 소득이 생기는 자본주의 시스템 속에서 우리는 살아가고 있다. 인구가 줄면 지구 생태적인 측면에서 좋아지는 면도 많아지련만 경제적, 사회적으로 문제가 많다고 걱정하면서도 인구를 늘려야 한다는 주장이 힘을 얻는 세상이다.

어떤 현상을 생태적, 상징적 측면보다도 경제적, 정치적 관점에서 파악하는 이 사회에서, 그 성장 지향의 끝은 어디인가? 어디쯤 가야 인간은 '이제 그만 되었다'라고 말할 수 있을까? 인간의 욕망은 끝이 없다. 나는 해법을 알지 못한다. 그래서 나도 남들처럼 시류에 휩쓸려 먹고 마시며 살아간다. 이 상황이 아주 씁쓸하다.

2001년 9월 7일 오후 4시 30분 흐린 날, 코타키나발루 중심지를 인간들이 돌아다니고 있었다. 외계인이 지금 이 순간 찾아왔다면 이 '오랑 반다라야' 만큼 신기한 생물이 없었을 것이다. 자연의 입장에서 보면 우리는 사랑스러운 자연의 일부인가? 아니면 없애버려야 할 돌연변이인가? 과연 인간의 앞날은 어떻게 될까?

다시 한국이란 사회로 돌아와 사는 나는 여전히 대도시에 살고 있다. 그리고 늘 생태학적 차원과 상징적 차원의 삶이 조화를 이루는 에쿠멘을 그리워한다. 그것은 장소에 있을까? 아니면 이중적 조건을 왔다 갔다 하는 가운데 느끼는 마음에 있을까? 늘 고민할 수밖에 없다.

역 동 적
뿌 리 내 리 기

'역동적 뿌리내리기'의 궁극적 목적은 어
떤 목표 지점에 이르는 것이 아니라, 끝없
이 흔들리며, 타자와 소통하는 가운데 존
재를 싱싱하게 만드는 것이다.

여행자들은 언젠가 돌아온다. 그리고 다시 일상을 살아가야 한다. 그러
나 대부분의 돌아온 여행자들은 방랑의 추억을 되새기며 의식이 흔들린
다. 겉으로 보면 멀쩡하다. 그러나 종종 일상의 걱정과 권태 속에서 '내
삶은 무엇일까?' 라는 질문을 던지며 허전함과 불안감에 시달린다.

그들은 여행 중에 체험했던 희열을 그리워하며 온라인, 오프라인에서

자신들의 고민을 나누기도 하고 현지에서 맛보았던 음식을 먹으며 그때의 '추억'을 먹기도 한다. 하지만 그들은 다시 '그때 그 시절'로 돌아갈 수 없다. 그 장소에 다시 가보아도 그때의 그 감흥은 되살아나지 않는다. 시간이 흘러간 것이다. 게다가 물질적 생존의 조건은 더욱 열악해지고 있다. 전 세계를 휩쓸고 있는 세계화의 물결, 실업의 증가, 심해지는 빈부 격차의 현상 속에서 그들은 생존을 위해 자신들의 에너지와 시간을 바쳐야 한다. 그런 생존 경쟁 속에서 과거의 추억을 그리며 사는 삶은 피곤하고 괴롭다. 그때 추락의 위기와 모험의 기회가 동시에 다가온다.

방황하는 이들 중에 어떤 이들은 무의식 속에 꿈틀거리는 성적인 욕망에 몸을 맡긴다. 불멸의 삶을 갈망하지 않고, 가능의 영역을 탕진하는 탕자가 되는 것이다. 그들의 심정을 대변해주는 글이 니코스 카잔차키스의 소설 『그리스인 조르바』에서 잘 표현되고 있다. 삶을 욕망 속에서 불태우고 간 주인공 조르바는 이런 독백을 한다.

> 내가 조르바를 믿는 건, 내가 아는 것 중에서 아직 내 마음대로 할 수 있는 게 조르바뿐이기 때문이오. 나머지는 모조리 허깨비들이오. 나는 이 눈으로 보고 이 귀로 듣고 이 내장으로 삭여내어요. 나머지야 몽땅 허깨비지. 내가 죽으면 만사가 죽는 거요.

이런 행위는 방종처럼 보이지만 어떻게 보면 타자와의 결합 속에서 커다란 무아의 세계에 용해되고 싶은 욕망이기도 하다. 그들은 이 세상에서 자신의 영토를 구축하기보다는 욕망에 심취하고 술과 광란의 신인

'디오니소스'적인 열기에 빠져 자신을 소진한다. 그들에게 이 세상이 구축해놓은 수많은 가치와 제도는 이제 더 이상 의미 없을 뿐이다. 그러나 세상은 만만치 않다. 이런 행위는 무절제한 반복성 속에서 점점 생기를 잃어가며 추락한다. 욕망의 분출에서 오는 만족도는 점점 저하되고 허망함 속에서 생명의 불꽃은 점점 가라앉는다.

여기에서 빠져나오기 위해 여행자들은 '역동적 뿌리내리기'가 절실해진다. 마페졸리에 의하면 '역동적 뿌리내리기'는 뿌리를 내리면서도 그것을 거부하고, 떠돌면서도 또한 동시에 뿌리내리는 것을 의미한다. 우리는 이곳에든 저곳에든 뿌리를 내려야 한다. 뿌리를 내린다 함은 관계를 맺고, 그 관계를 통해 정체성을 만들고, 돈을 벌며, 보람과 의미를 찾으며 생활한다는 것을 의미한다.

그런데 이렇게 뿌리를 내리는 만큼 여행자들은 뿌리를 벗어나고자 하는 욕구에 시달린다. 이것이 존재의 비극이다. 그러나 이 비극적인 상황을 받아들이고 역동적으로 뿌리를 내릴 때 삶은 역동적이 된다. 역동적 뿌리내리기는 떠돎과 안주를 동시에 허락하지 않지만 두 가지가 서로를 필요로 한다. 움직이면서 뿌리내리기를 상상하고, 뿌리를 내리면서 또 떠나는 것을 상상한다. 그리고 때가 되면 그것을 실행한다. 그것은 음과 양을 오가는 태극처럼 움직임 속에서 파악되며 자각과 긴장이 수반되는 가운데 내면에 형성된 공(空), 즉 '텅 빈 충만함'이 중심이 된다.

역동적 뿌리내리기는 독일의 사회학자 짐멜이 얘기하는 '문'의 원리를 통해서도 잘 파악된다. 경계 없던 곳에 인간은 집을 짓고 문을 만들어 경계를 설정했다. 이전까지 그 공간은 자연 그대로였다. 그러나 이제 집에서 '문'을 열고 나오는 순간, 유한을 벗어나 무한을 접하는 느낌을 얻는다. 바로 여기에 역동성이 존재한다. 역동성은 인간이 만들어놓은 한계, 경계가 있음으로써 존재하고, 그것을 스스로 '여는 행위' 속에서 발견되는 것이다.

그렇지 않은가? 세상을 탈출하고 싶은 욕망은 인간이 만들어놓은 문명, 관습, 가치관의 억압이 있기 때문이다. 필요해서 만든 그것들은 어느샌가 인간을 억압한다. 본능에만 의지해서 사는 동물들에게는 생존을 위한 탈출은 있을지언정, '자유'를 위한 '이탈'이나 '방랑'은 볼 수 없다. 결국, 방랑과 방황은 인간만이 가진 특성이며 무한에 대한 본능적 갈망이되 그 강도를 높여주는 것은 인간이 만든 '문'과 같은 문명이라는 울타리다.

이런 역설적인 구조는 곳곳에서 발견된다. 현실에서 탈주하고 낯선 세상을 방랑하는 행위가 자유의 기쁨을 주기 위해서는 역설적으로 지금, 여기에서 자신에게 스트레스를 주는 답답한 공간이 있어야만 한다. 동시에 타국 땅에서 방랑하고 방황하는 사람이 행복하려면 돌아갈 곳, 터전이 있어야만 한다. 여기와 저기, 현재와 미래(혹은 현재와 과거)를 구분하는 '경계'는 자연이 아니라, 인간 사회와 인간의 의식 속에서 발생하며, 그 경계가 우리에게 고민과 갈등 그리고 해방과 자유를 동시에 준다.

그러므로 우리에게 자유를 주는 것은 '문 열기'이지만, 그것을 얻기 위해서는 '문 닫기'도 필요하다. 닫음이 있어야만 '여는 행위'도 존재하게 된다. 낮이 있어야 밤이 있고, 밤이 있어야 낮이 있듯이.

돌이켜보면 나는 늘 '열기'를 갈망해왔고, 그 열린 상태가 오래되자 오히려 권태를 느꼈다. 수많은 여행자들도 이런 딜레마에 빠져 있다. 문안에서 살다가 문을 열고 나가는 자유를 맛본 이들은 계속 그때의 희열을 추구한다. 하지만 그 만족도는 점점 떨어진다. 이때 그 희열을 회복하는 길이 역동적 뿌리내리기이다. 문을 닫고 들어와 이 세상 속에 살며 뿌리를 내려야만, 언젠가 다시 문을 열고 나가는 기쁨을 누릴 수 있다.

그리고 그것은 육체적인 차원에서 정신적인 차원으로 전이된다. 진정한 역동적 행위는 무조건 나가고, 들어오고, 다시 나가는 행위가 아니라 몸이 여기 있든 저기 있든 가치와 관계를 회복하고 그 속에서 뿌리를 내리고 가지를 뻗으며 열매를 맺되, 거기에 안주하지 않고 다시 그것을 떠나 새로운 뿌리를 내리고 줄기를 뻗는 행위를 의미한다. 그래서 역동적 뿌리내리기를 실행하는 인간은 늘 '깨어 있는 마음'이 필요하다. 자신의 의지로 자신을 구속하는 문을 만들고, 또한 그것을 스스로 열고 닫는 행위를 할 수 있어야만 한다.

산속에서 수행하며 영원한 자유를 구하는 이들이 구속과 규율 속에서 얼마나 부지런히 살아가는가?

떠남과 돌아옴, 고뇌와 희열, 유한과 무한은 하나가 없으면 하나가 존재할 수 없는 불가분의 관계로 공존하고 있으며, 이를 알아차리는 것은 '깨어 있는 마음'이다.

해방과 자유는 무조건 돌아다닌다고 찾는 것이 아니다. 무한의 세계는 저 멀리 하늘에만 있는 것이 아니라 바로 코앞에도 있다. 스스로 문을 상상하고, 문을 만들고, 문을 열고 닫는 행위에 의해 우리는 자유를 느낄 수 있다. 그것은 사소한 일상, 평범한 행위 속에서도 찾을 수 있다. 그것

II 현실을 여행처럼 살아가기

을 현재, 여기서 맛보는 사람은 떠나든 떠나지 않든, 또 어딜 가든 늘 사소한 것에서 기쁨을 맛볼 수 있다. 그것을 맛보려면 끊임없이 역동적으로 흔들려야 한다. '역동적 뿌리내리기'는 어떤 목표 지점에 이르는 것이 아니라, 끝없이 흔들리며 타자와 소통하는 가운데 존재를 싱싱하게 만드는 것이다.

III

꿈꾸는 삶의 기쁨

산다는 것은 힘들다.
아이도, 젊은이도, 중년도, 노년도 모두
그들만의 상처와 아픔을 갖고 있다.
생로병사의 아픔은 그 누구도 피할 수 없다.
그러나 인간의 위대한 점은 고민하고
슬퍼하면서도 자신의 나아갈 길을 모색한다는 점이다.
육체적으로든 정신적으로든,
앞으로 나아가든 물러서든, 도전하든 체념하든,
그 모든 것에서 인간은 길을 찾아내고야 만다.

1 0 대 의

반 항

아이들은 공부하는 기계가 아니고 서커스
단의 동물들이 아니다. 10대들의 해찰, 반
항, 이탈, 일탈은 그들이 아직 살아 있다는
건강함의 표시다. 자신들을 몰아치는 이
시스템에 반항도 못하면 문제는 심각하다.

내가 학교 제도나 부모에게 반항하기 시작한 것은 중2 때부터였다. 그러
다 중3 때 고모네 집에 갔다가 다섯 권짜리 전집 『김찬삼 세계 일주기』와
그 옆에 꽂혀 있던 쇼펜하우어의 『인생론』을 읽은 게 탈이었다. 읽고 나
니 심사가 아주 복잡했다. '공부가 다 무엇이냐, 인생은 헛되고 헛되도
다' 라는 허무감이 들었고, 당장이라도 학교를 그만두고 세상을 방랑하고

싶은 충동을 느끼기도 했다. 그리고 고등학교 1학년은 합기도라는 무술을 배우느라 정신없었고, 고2 때는 소설이나 불교 경전, 철학책들을 읽으며 공부를 등한시했다. 그리고 부모에게 반항했다.

"공부는 해서 뭐 합니까?"

그런 원색적인 질문에 아버지나 어머니는 어디서나 들을 수 있는 진부한 대답을 했다.

"공부? 대학 가기 위해서지."

"대학은 왜 가는데요?"

"좋은 대학 들어가야 이다음에 취직도 잘되고, 잘 살게 되는 거야."

"잘 먹고 잘 사는 게 인생의 다인가요?"

"네가 아직 사회를 몰라서 그러는데, 사는 게 다 돈이란다. 돈 없는 서러움이 어떤 건 줄 알아? 먹는 데도 돈, 집 사는 데도 돈, 공부하는 데도 돈…… 돈이 거저 나오는 줄 알아? 공부 잘해서 좋은 대학 가야, 취직도 잘되고 나중에 돈을 잘 벌 수가 있어."

10대 때는 이런 부모의 말을 이해할 수 없었다. 밥벌이의 서러움 속에서 자식을 희생적으로 키운 부모의 아픔을 알게 된 것은 내가 중년이 되고부터였다. 요즘의 10대와 부모들도 사정은 비슷한 것 같다. 자식들의 반항은 여전하고 부모들의 교육열은 더하다. 대학 입시 경쟁은 더욱 심해졌고 사교육비 부담은 부모들의 고통이다.

이것은 개인의 문제가 아니라 사회의 문제다. 왜 우리 사회는 이렇게 되었을까?

사회학자들은 부모들의 지나친 교육열에서 신분 상승 욕구, 자신의 못

다한 꿈을 자식들이 이뤄주기 바라는 '대리 만족', 혹은 좀 더 높은 계층에 안착하고 싶어 하는 조바심을 발견한다.

그런데 신분 상승 욕구에 대한 열망은 근대 이전의 역사와 맥락이 닿아 있다. 조선 전기에 양반은 10퍼센트 내외, 상민은 40퍼센트, 천민은 50퍼센트 정도였다가, 조선 후기에는 양반이 60퍼센트 정도, 상민은 33퍼센트, 천민은 1퍼센트로 변한다. 양반은 군역과 요역, 즉 병역에 대한 의무와 공사에 동원되는 의무를 면제받았다. 요즘 시대로 표현하면 양반은 군대를 안 갔다. 그래서 재력 있는 상민들은 양반 족보를 위조하거나 몰락한 양반들의 족보를 사서 양반이 되었다. 이들은 혼인을 통하여 양반 신분을 더욱 공고하게 만들었다. 조선 시대 6백 년간의 세월 속에서 양반 계급이 10퍼센트에서 60퍼센트로 늘어났다는 것은 요즘 말로 말하면 중산층, 서민들이 자식 군대 안 보내고, 공사에 동원되지 않는 상류층으로 편입되었다는 얘기다. 이런 과정에서 양반 문화는 대다수의 사람들에게 내면화되었다. 원래 양반이었던 사람들은 물론, 서러움을 당하다 양반이 된 사람들일수록 더 강력한 신분 상승 욕구를 가지면서 아래 계급을 깔보고 양반 문화를 선호하며 정착시킨 것으로 보인다.

그런데 이런 계급 질서가 일제 강점기와 6·25, 그리고 산업화라는 격변기를 겪으면서 엄청나게 변화한다. 양반, 상민의 계급 질서가 철저하게 파괴되면서 새로운 계층이 부각되었다. 산업화, 자본주의 물결 속에 돈을 많이 번 사람들은 새로운 상류층, 중산층이 되는데 여기서 가장 중요한 것이 교육이었다. 아무리 가난해도 소 팔고 땅 팔아 자식 교육 잘 시키면 권력과 명예와 돈을 잡을 수 있다는 사례를 접하다 보니, '조금

III 꿈꾸는 삶의 기쁨

만' 더 노력하면 중·상류층이 될 수 있으리라는 '신분 상승 욕구'가 온 국민에게 퍼지기 시작했다.

그와 함께 우리에게는 '평등' 의식이 있다. 지금까지 이어져 내려온 신분 질서가 무너진 상태에서 '별 볼일 없는' 옆집 자식이 성공하면 별로 인정하고 싶지 않은 것이다. 옆집, 친척 자식들이 잘되면 '우리라고 왜 못해' 하면서 강한 경쟁의식을 갖고 뛰는 것이다.

이런 경쟁 심리를 가속화시킨 데에는 IMF의 후유증도 있다. 세계화, 신자유주의 물결 속에서 IMF를 겪는 가운데, 중산층의 몰락과 빈부 격차가 심해졌으며, 이 새로운 계층이 편성되는 과정에서 낙오하면 그 대가가 얼마나 혹독한가를 체험했다. 그래서 사람들은 이제 신분 상승 욕구보다는 '신분 하락'을 두려워하며 과도한 교육 경쟁 속에 뛰어든다. 돈 있는 사람은 물론, 없는 서민들도 아이들 사교육은 시켜야 한다. 추락하지 않기 위해서다.

모두들 숨가쁘게 뛴다. 여기에 바른 가치관, 인간성 형성을 위해 조금 쉬고, 스스로 생각하고, 노력하는 시간은 뒤로 미루게 된다. 성적과 입시를 위해 그 모든 것이 '복무'해야 한다. 학생의 시간도, 부모의 시간도, 돈도 모두 입시를 위해 총동원된다. 이것이 분명히 비정상적이라는 것을 누구나 느끼지만 속도전에 합류하는 순간 거기서 벗어나기란 힘들다. 그래서 모두 스트레스가 쌓여 폭발 직전이다. 세상 만물이 다 '풀고 조이기'의 적절한 흐름 속에서 조화를 이루며 살아가는데, 한국에 사는 10대들은 과도한 '조이기'가 지속되다 보니 돌아버리기 직전인 것이다.

어느 중학교 사서 선생님으로부터 들은 이야기다. 점심시간이 되자마자 도서실로 와서 책을 읽는 남학생이 있었다. 처음에는 돈이 없어 급식을 못 받는 불쌍한 아이인 줄 알고 다른 선생님께 물어보니 그것도 아니었다. 그래서 어느 날 학생에게 물어보았다.

"넌 점심 안 먹니?"

"네. 책 보려고요."

"밥은 먹고 봐야지."

"전 집에 가면 책 볼 시간 없어요."

책을 보기 위해 점심을 굶는 아이. 그 얘기를 들으며 가슴이 울컥했다. 하지만 그렇게 배고픔을 감수하며 스스로 '바람구멍'을 찾는 아이들과 달리 분노를 속에 넣고 끓이는 아이들이 더 걱정이다. 자신들은 '부모들 명예욕의 도구'라며 부모에 대한 적개심을 드러내는 글들도 블로그에서 보았다.

물론 교육열을 너무 부정적인 측면에서만 볼 수는 없다. 그 덕분에 이렇게 급속한 발전을 이루었으니 말이다. 또 현재의 과도한 교육 열기는 신분 상승 욕구 못지 않게 '신분 하락에 대한 공포' 감에서도 기인하므로 쉽게 포기하라고 할 수도 없다. 자식 교육에 희생적으로 투자하는 부모들도 예전처럼 그 자식이 노후 보장 대책이 되는 것도 아니고 효도를 기대하지도 않는다. 결국 자신들의 명예와 이익보다는 자식들이 이 험난한 세상에서 행복하게 살아가기를 바라는 마음에서 그러는 것으로 보인다.

그런데 과연 행복하게 산다는 것은 무엇일까?

이 지점에서 근원적인 인생관, 가치관, 사회관을 돌아보게 된다. 왜 사는가, 왜 공부하는가'란 질문은 이제 아이의 문제가 아니라 부모의 문제

III 꿈꾸는 삶의 기쁨

가 된다. 아주 잘못된 가치관을 가진 부모라면 예외겠지만, 대부분은 자식이 올바른 인간이 되길 원할 것이다. 아무리 좋은 대학 가고, 돈 잘 벌고, 권력을 잡아도 부모 학대하고, 형제자매 우습게 보는 그런 '막돼먹은' 자식을 원하지는 않을 것이다. 그런데 문제는 입시 제도, 사회 시스템 속에서 경쟁하다 보니 인성 교육의 시간이 없다는 것이다.

이 딜레마 속에서 어떻게 해야 할까?

결국 크게 보아 두 가지 아닐까? 첫 번째는 이 경쟁 구조에서 물러나는 것. 이런 광기 어린 속도전에 휩쓸리지 않고 내 가치관, 내 라이프스타일대로 살며, 아이 교육도 그렇게 시키는 것이다. 아이를 믿고 스스로 공부하게끔 하거나 대안 학교를 찾는 방법도 있다. 그러나 이런 길은 낯설고 외로운 길이기에 쉽게 선택하지 못한다.

그래서 대개 두 번째 길, 즉 남들 하는 대로 학원을 보내고 과외를 받게 한다. 이런 길에서 학생들이 바른 인성을 획득하려면 부모의 세심한 배려, 관찰, 애정, 소통이 필요한 것 같다. 또 아이가 좌절하고 실패해도 다그치는 게 아니라, 인생은 결코 이것으로 끝나지 않는다는 희망과 용기, 그리고 거시적인 삶에 대한 긍정적 인식을 부모가 먼저 갖고 아이를 위로할 수 있는 힘을 가져야 할 것 같다.

세상은 잘난 사람들에 의해 발전하기도 했지만 대다수의 평범한 사람들에 의해 유지되어왔다. 거기에도 꿈과 희망이 있고 삶의 기쁨을 누릴 수 있다고 나는 믿는다. 물질적으로 잘살아야만 행복하다는 것은 철저히 이 신자유주의 시대의 이데올로기에 세뇌된 결과이며, 정신적 '트라우마'에 기인한 것이다. 살아가는 방법은 수없이 많고 욕망을 줄이면 길은 자꾸자꾸 트이게 마련이다. 사람은 공장에서 '브랜드'를 붙여서 생산되는 상품이 아니다. 좋은 대학 상표만 붙인다고 인생 게임이 끝나는 것은 아니다. 인생을 길게 보면 푸른 꿈과 열정 그리고 '바른 인성'을 간직한 사람이 결국은 행복한 삶을 산다고 나는 믿고 있다.

어느 길을 가든 바른 인성이 중요한데, 이를 위해 10대들에게 꿈과 상상력은 꼭 필요하지 않을까? 아이들은 공부하는 기계가 아니고 서커스단의 동물들이 아니다. 아이들은 너무 힘들면 책상 앞에서 다른 생각을 하게 된다. 나 역시 학창 시절에 생활에 지치면 잡념을 즐겼다. 부모는 몰랐다. 가만히 책상 앞에 앉아 있으면 공부하는 줄 알았지만 나는 머릿속에서 다른 세계를 여행했다. 시간과 꿈과 상상력을 빼앗긴 삭막한 아이들은 그렇게 본능적으로 자신의 피곤한 뇌를 방어하는 것이다.

고등학교 시절 나의 반항은 너무도 거세어서 부모는 손을 놓았었다. 반항과 방황은 재수하는 중에도 계속되었는데 어느 날 문득, '이대로 가다가는 내 인생 끝이다'라는 엄청난 두려움이 덮쳐와 독하게 결심했었다. 스스로 뼈저리게 '자신의 인생은 자신이 살아가야 한다'는 것을 느끼는 순간 무서운 힘이 솟았다. 부모들의 지나친 관리는 아이들로부터 그 '스스로의 결심'을 계속 유예시킨다. 타율적인 삶 속에 열정이란 없다. 내가 방황 속에서 헤쳐나올 수 있었던 것은 부모의 관리와 감독이 아니라 방황 속에서도 확인한 부모의 사랑과 믿음이었다.

물론, 아이 없는 사람이다 보니 내가 한가한 소리를 하는지도 모른다. 요즘의 현실을 보면 정말 여유 없는 것도 사실이다. 한두 시간이 아까운데, 방황하는 아이를 그냥 쉽게 둘 수도 없을 것이다. 하지만 아이가 어른이 되는 과정에서 언젠가는 겪어야 할 과정이다. 그 필연을 언제 감수할 것인가의 문제일 뿐이다. 그것을 중·고등학교 시절에 맞는 학생들도 있고, 대학 시절 혹은 30대에 맞는 사람들도 있다. 나는 좋은 대학에 들어갔지만 '바른 인성'이 형성되지 않은 아이들이 결국 긴 인생길에서 어떻게 무너지는가를 많이 목격했고, 또 들어왔다. 좋은 대학만 들어가면 학생이나 부모가 모두 행복해지는 것이 결코 아니라고 생각한다.

요즘은 나도 입시 열기를 느낀다. 얼마 전 아내의 조카가 수능을 보았다. 그런데 수능 점수가 생각보다 잘 안 나와서 풀이 죽은 조카에게 이렇게 말했다.

"이제 1라운드 끝낸 거야. 자기에게 맞는 과를 찾아서 열심히 해. 대학에 들어가는 것은 인생의 종착점이 아니라 2라운드 시작일 뿐이야. 매 라운드 이기는 것이 승리하는 게 아니라, 끝까지 12라운드를 뛰는 것, 그것이 승리야. 그런 사람이 진정 행복한 거야. 파이팅!"

10대들도 자신의 존재에 대해 고민한다. 지금의 부모들이 10대에 그랬던 것처럼. 얼마 전 인천의 어느 고등학교에서 수능이 끝난 3학년을 대상으로 강의를 한 적이 있다. 학교 선생님들은 아이들이 너무 공부하느라 지쳐서 주의 집중을 하지 못할까 걱정하고 있었다. 진지한 얘기 등을 하면 다 시큰둥하다는 것이다. 그러나 기우였다. 나는 오히려 더 깊은 존재와 사회의 고민에 대한 얘기를 해주었다. 그들은 다른 나라 여행 얘기에도 관심을 기울였지만 특히 인도에서 내가 겪었던 삶의 고뇌, 죽음, 그들의 비참한 삶, 초월적인 사상, 종교, 그리고 우리의 삶에 대해 얘기하는데 모두들 눈빛이 반짝반짝 빛났다.

10대들이야말로 가장 존재론적인 고민을 하고, 자신의 진로와 하고 싶은 일에 대해 고민하고 상상하는 나이다. 그런데 성적과 입시에 휘둘려 그럴 여유가 없다. 선생님들도 고민이 많다고 했다. 입시와 관련되지 않은 좋은 얘기를 해주려고 해도 진도를 나가자면 빡빡하다는 것이다. 그런 상황에서 10대들은 풀리지 않는 고민, 고뇌를 가슴 깊숙이 숨긴 채 한숨 쉬고 있다.

학생도, 학부모도, 선생님도 모두 힘든 시대다. 이 시스템에서 단번에 빠져나갈 묘책은 없어 보인다. 결국 방법은 계속 스트레스 받는 그들의 가슴에 '바람구멍'을 내주는 것이 아닐까? 내 경험에 비추어보면 그랬다. 그들과 존재론적인 고뇌를 자꾸 소통하고 영혼에 불을 붙여야 한다.

종종 나에게 중·고등학생들이 이메일을 통해 자신들의 진로 고민, 꿈들을 얘기하기도 하고, '세계 일주의 꿈'에 대해 물어오기도 한다. 그렇게 고민하는 아이들을 보면 내 가슴은 뭉클해진다.

그래, 나도 저런 시절이 있었지. 풋풋한 고민을 안은 채 어른보다도 더 큰 꿈을 꾸던 시절이 있었지.

요즘 아이들도 그럴 것이다. 어린애들처럼 보일지라도 그들의 가슴속엔 어른들보다 더 큰 세계가 있다. 영국의 시인 윌리엄 워즈워스가 말했듯이 '어린이는 어른의 아버지'이고, 청소년들은 늘 우리에게 역동적인 힘을 주는 존재들이다. 반항과 질문과 도전 정신으로.

8 8 만 원
세 대 와
백 수 의 세 계

한 걸음씩, 한 걸음씩 너무 발밑도 말고, 너
무 먼 지평선도 말고, 백 미터 전방쯤만 바
라보면서 꾸준히 걸어가는 것, 그 방법밖
에 없었다.

1년 전쯤 '20대 후반 백수 107만 명…… 39개월째 최대'라는 신문 기사
를 본 적이 있었다. 이런 상황에 있는 20대들을 보면 마음이 아프다. 약
3년 반 동안 시간강사로 몇몇 대학에서 여행과 문화에 관련된 강의를 한
적이 있었는데 학생들의 취업난은 심각했다. 그래서 학생들은 학점에 상
당히 민감했고 토플에, 토익에, 해외 언어 연수에 온갖 자격증을 따기 위

해 정신이 없었다. 그리고 얼마 전 50의 나이에 일반 대학원에 들어가 20대 학생들과 함께 공부하면서 그들이 얼마나 힘든 처지에 있는가를 또 실감했다. 88만 원 세대라는 말이 나오는 것처럼 그들이 취업을 한다 해도 비정규직이 많으며, 빈익빈 부익부 구조는 더욱 벌어지고 있다.

그런데 인터넷에서 방송 활동을 하는 어떤 대학의 신문방송학과 겸임 교수가 이런 20대들을 비판해서 논란이 된 것을 보았다. 선배인 386세대는 나라 걱정하며 시위도 많이 했는데, 20대들은 자신들을 백수로 만드는 이 사회의 모순에 대해 투쟁하지 않고 자기 살길만 찾는다며, '20대 너희들은 이미 늦었고' 차라리 촛불 시위에 참여하는 10대들에게 희망을 건다는 내용이었다. 그에 반발한 학생들은 386세대들이 시위를 하고 또는 놀면서 학교를 다녀도 졸업장만 따면 취업이 잘되던 시절을 살았던 반면, 자기들은 졸업하면 백수가 될 수밖에 없는 처지에 놓였다면서, 386세대가 자기들 처지에 있으면 과연 그랬겠는가 하는 식으로 항의하는 글들을 보았다.

사실 이런 종류의 얘기는 인터넷이나 시중에서 흔히 들을 수 있는 얘기지만 인터넷에서 '20대 개새끼론'이란 제목을 달고 떠도는 바람에 핫이슈가 된 것 같았다. 그런데 원문을 보니 그 교수는 20대에 대해 감정 섞인 용어로 비판하기는 했지만 '20대 개새끼'란 말을 쓰지는 않았었다. 그런데 어떤 연유에서인지 인터넷에서 '20대 개새끼'란 자극적인 제목을 달고 떠도는 바람에 더 주목받게 된 것 같았다.

이런 논란을 보면서 이런저런 생각이 들었다. 나는 사회학을 공부하고 있는 사람으로서, 또 한때나마 세대사회학을 공부한 사람으로서, 이런 현상을 정치적인 프레임보다는 사회학, 세대학적 프레임으로 보게 된다.

과연 우리는 세대를 일반화시켜 얘기할 만한 시대에 살고 있는 것일까? 20대는 전부 자기 살길만 찾고 386세대는 취업 걱정 하지 않고 모두 정치 투쟁에 나섰던 것일까?

386세대보다 바로 윗세대이면서 386과 함께 학교를 다닌 경험이 있는 나는 그 시절을 직접 체험했었다. 그 시절은 지금보다 시위가 많은 것이 사실이었다. 정치적 운동에 투신한 학생들은 학점이나 취업에 신경을 안 쓰며 나라 걱정한 것도 사실이었고, 또 많은 학생들이 정치에 관심을 갖고 심정적으로 투쟁에 동조한 것도 사실이었다. 그러나 그 시절에도 도서관에서 공부하고 취업 준비하는 학생들이 훨씬 더 많았다. 다만 시위에 참여하지 못하는 학생들은 '심적 부담감'을 가졌지만 졸업할 때쯤 취업에 신경을 쓰며 소시민이 되어갔다.

그리고 20대를 전부 정치에 관심 없다고 하는 얘기도 일반화시킬 수 없다. 얼마 전 대학교에 들어간 신입생과 얘기를 나누다 보니 3, 4학년들은 취업에 신경 쓰느라 정신없지만 1, 2학년들 중에는 정치에 관심이 많아서 농성 현장 찾아다니는 학생들도 많다고 했다. 그러면서 '20대 개새끼'론에 대해서 얘기해주니 이해가 안 간다는 듯이 고개를 갸우뚱거렸다. 또한 10대들이 촛불 시위에 나섰다고 하지만 그 아이들이 전체 10대 학생 중에 몇 퍼센트에 해당할까? 그러므로 386, 20대, 10대를 한번에 일반화시켜서 얘기하기에는 무리가 있는 것으로 보인다.

또 설령 20대가 취업에 신경을 많이 쓴다고 해도 나는 이해해주고 싶다. 20대들 중에는 IMF 이후에 무너지는 중산층을 부모로 둔 사람들이 많다. 요즘 20대 학생들을 보면 정말 한 푼도 벌벌 떨고 더치페이가 일상화되어 있다. 돈이 있건 없건 같이 어울리고, 함께 먹고 마시는 문화를 살았던 우리 세대와는 완연히 다르다. 또 우리 시각에서 보면 이기적인 면도 있다. 그러나 나는 자기들만 생각하는 그 '쫀쫀함'을 가혹하게 비판할 수 없다. 그들의 행태는 그들이 만든 것이라기보다는 시대적으로 축적된 결과이며, 다른 선진 자본주의 국가에서도 익히 볼 수 있는 행태이다. 거기다 금융 위기가 닥쳐왔다. 취업도 어렵다. 그게 싸워서 투쟁한다고 '금방' 해결될까? 이 거대한 신자유주의의 물결에 맞서서 새로운 체제를 건설하는 것은 '군사 독재 정권'과 싸우는 것보다 엄청나게 더 힘겨운 일이다. 어디로 어떻게? 단지 정권에 대한 저항? 그 정권 무너져도, 이 정권 바뀌어도 이 거대한 신자유주의 물결, 자본주의 체제는 쉽게 무너지지 않는다.

내가 보기에 뚜렷한 해결책은 보이지 않는다. 모델이 사라진 시대다. 20대 학생들은 본능적으로 그것을 감지한다. 눈앞에 적이 분명하고 해볼 만할 때 사람들은 투쟁하는 법이다. 그런데 적이 불분명하고 전선이 광범위하게 퍼져 있으며, 자신들의 생존이 위협받을 때라면 우선 급하게 자기 살길부터 찾는 게 생명의 본능 아닌가?

또한 아무리 시대적, 세대적 특성이 있다 하더라도 모든 게 빠르게 변하고 의식이 잘게 분화되는 이 시대에 20대, 30대, 40대 식의 세대라는 큰 묶음은 허술하다. 세대의 기간을 나누는 것도 예전 같지 않고, 또 같은 세대도 세분화된다.

독일의 사회학자 만하임에 의하면 세대는 세대 위치, 실제 세대, 세대

단위 등 세 가지 차원으로 이루어져 있다. '세대 위치'란 쉽게 풀이해 동일한 역사 문화권에서 동시대에 태어난 사람들이 공유하고 있는 객관적인 위치를 말한다. 즉, 한 나라 한 지역에서 살고 있는 비슷한 연령 세대를 의미한다. 여기까지는 아직 분명한 세대의식이 있다고 할 수는 없다. '실제 세대'란 특정한 '역사적 시간'을 경험하고 연대성 속에서 사회 변동을 만들어낼 수 있는 힘을 형성하는 세대를 말한다. 또 '세대 단위'란 이 실제 세대 가운데 내부적인 결속력을 강하게 가지는 집단으로 운동권을 말한다.

이렇게 세대라고 쉽게 말해도 분석적으로 보면 여러 집단이 공존하고 있음을 알 수 있다. 세상에서 흔히 말하는 '386'의 이미지는 운동권 조직에 몸담고 있는 '세대 단위'나 강력한 정치의식과 연대의식을 가진 '실제 세대'와 관련되어 있다. 그래서 사회 모순에 저항하고, 투쟁하는 이미지가 떠오른다. 그런데 이런 이미지의 386들은 전체 386세대에서 부분적이다. 386에도 지금의 20대 못지않게 이기주의적인 사람들도 많았고, 증권, 부동산에 손대며 자본주의 체제에 적응하면서 자기 살길 찾아간 이들도 무수히 많았다. 그러므로 386 모두가 '세대 단위'처럼 정치 투쟁에 나서고 '실제 세대'처럼 고민하며 살았던 것도 아니다. 또한 운동권 중에서 끝까지 그 길을 가거나 대안적인 삶을 살아가는 사람들도 있지만, 이 체제에서 온갖 욕망을 추구하며 변질된 사람들도 많았다.

만약 386세대 전부가 한 가지 정치적 성향을 띤 획일적 집단이라면 사회를 바꾸는 것은 간단하다. 취업에 노심초사하는 20대를 꾸짖기 전에, 사회에서 파워를 가진 그들 세대가 스스로 단결하여 행동하면 훨씬 더 빠르다. 그러나 그게 현실적으로 가능할까? 386에도 여러 부류가 있고 20대에도 여러 부류가 있으며 촛불을 든 10대에도 여러 부류가 있다고 나는 생각한다. 그러므로 10대니 386이니 하는 분류를 할 수 있고 또 세대별로 나름대로 특성이 있겠지만, 누군가를 비난하거나 충고를 할 때는 '하나의 이미지'가 별로 설득력을 얻지 못한다.

그리고 어떤 세대건 그 시대의 아픔, 고통에 의해 영향을 받는다. 그런 관점에서 386의 고민을 인정해준다면 20대들의 고민도 인정해주어야 한다. 20대들의 아픔과 고통에서 나온 행동 양태를 이제 중년이 된 386의 기준, 특히 '정치적 성향'으로 꾸짖는다면, 그것은 마치 6·25세대가 '반공'을 앞세우며 386들을 꾸짖는 것과 마찬가지가 된다. 6·25세대에는 전쟁이라는 아픔과 배고픔이 절실했고, 386세대에는 민주화가 절실했던 것처럼, 20대들에게는 생존, 취업이 절실한 것이다. 자기 세대의 아픔에서 나온 가치를 연역적이고 보편적인 것으로 신성시하면서, 남의 세대에서 나온 가치와 행동 양태를 꾸짖는 것은 너무 과하다는 생각이 든다.

나는 20대 학생들의 절박한 취업 준비와 학점에 전전긍긍하는 모습을 이해하고 싶다. 이미 오래전이지만 취업 때 힘들었던 기억이 아직도 생생하기 때문이다. 나는 1985년 8월에 졸업한 후 몇 달 정도를 백수 상태로 보냈었다. 재수를 하고, 휴학을 하는 바람에 늦은 나이였다. 부모님의 한숨 소리를 들으며 서류 전형에서 몇 번 떨어지던 그 좌절감은 지내놓고 보면 아무것도 아니었지만 그 당시는 가슴이 천근만근이었다. 그해 말 대기업에 취업을 했으나 도저히 안 맞아서 몇 달 만에 그만둔 후, 절에 들어가서 또 다른 취업 준비도 했었다. 그때는 배수진을 친 기분이었지만 목표로 했던 시험에 다 떨어지는 순간 엄청난 절망감이 밀려왔다. 나이 제한에 걸려 시험 볼 곳도 없다고 생각했는데, 운 좋게 나이 제한에 걸리지 않는 회사를 발견하고 시험을 쳐서 들어갈 수 있었다. 그곳은 좋은 직장이었다. 그러나 2년 반 만에, 나는 긴 여행을 떠나기 위해 다시 직장을 그만두었다.

백수가 되어 자유롭게 여행하던 시절, 나는 자유로움과 불안감을 동시에 맛보았다. 그리고 종종 여행에 돌아와서 정체성을 확립하지 못한 채 방황하던 시절, 돈 못 버는 백수 생활을 많이 했었다. 그래서 백수의 서러움과 무기력감, 불안감을 안다. 어쩌다 신문, 잡지, 방송에 여행가나 여행 작가로 소개되었지만 수입 면에서 보면 형편없을 때도 많았고, 또 집에 틀어박혀 몇 개월 동안 책 원고를 쓰거나 별 목적 없이 여행을 다닐 때는 완전 백수였다. 돈이 아쉬워서 아르바이트로 여행사 일을 몇 개월 해준 적도 있었지만 늘 잠재적인 백수 상태였다. 지금도 그렇다. 시간강사, 방송 활동, 신문·잡지에 원고를 쓰고 이런저런 여행기를 계속 내왔지만, 프리랜서라는 게 원래 늘 잠재적 백수 상태다.

그러나 나는 백수임을 부끄러워한 적은 없었다. 백수는 자본주의 체제의 가장 변방에서 저항하는 게릴라라는 의식을 갖고 있었다. 노자, 장자, 소크라테스, 부처, 예수가 모두 위대한 백수라고 생각했다. 그들이 밥벌이한 적이 있는가? 나는 그들처럼 평생 현실을 무시한 채 관념 속에서 살아가며, 수중에 있는 모든 것을 일하지 않고 야금야금 까먹으며 돈과 에너지를 '소모'하다가 소유가 제로(0)가 되는 순간 스스로 죽음을 당겨 맞으리라는 생각도 했었다.

세상을 변화시키느니, 모순을 타파하느니 하는, 정치적 관점에서 보면 아무짝에도 쓸모없는 한심한 생각처럼 보이겠지만, 자본주의나 사회주의나 공산주의나 서구의 산업화라는 모태 속에 출현한 이복형제 정도로 보는 나의 관점에서는, 그 모두가 물질적 가치에 가장 우선을 두는 '그 나물에 그 밥'인 세상들이었다.

나는 무능이 용서받을 수 있고, 적게 먹고 빈둥빈둥거리며 놀고, 사람과 자연이 소통하고, 상상 속에서 여유를 갖는 세상을 그리워했다. 그것은 현실에선 실현 불가능한 세상이었기에, 한때 이 세상으로부터 도피하여 빈둥거리며 놀기도 했다. 어쩌다 일을 해도 내가 하고 싶은 것만 하면서 살아왔다. 나의 에너지를 목적 없이 소모시키는 것이 지구 상의 온갖 생물, 무생물을 풀가동시켜 생산에 동원하는 이런 무시무시한 체제에 온몸으로 저항하는 나만의 방식이었다.

그런데 어느 날 세상 속으로 다시 돌아오기로 결심했다. '위대한 백수의 정신' 혹은 '무위자연'의 행위를 흠모했지만 나는 그럴 만한 인물이 아니라는 것을 인정했다. 내 소유를 제로로 만든 후 세상에서 아웃되기에는 삶에 대한 애착이 너무 강함을 뒤늦게 인정했고, 하고 싶은 일도 많았다. 그래서 삶을 연장시키기 위해 돈을 벌어야 했다.

그렇게 돌아온 나는 초라했다. 바닥부터 다시 기는 기분으로 사회생활을 했다. 여전히 '밥벌이'가 수치스러워 사회에 잘 적응하지도 못했다. 미래에 대한 전망도 없었다. 그래도 밥벌이, 돈벌이는 내 육체를 지탱해주는 치열한 행위며, 내 정신을 고양시켜주는 성스러운 행위라고 스스로를 세뇌시켰다. 눈물 젖은 밥을 먹어보지 않고선 인생을 말할 자격이 없다고 생각하면서, 그러나 여전히 이 사회 체제를 유지시키는 데 일조하는 것을 수치스럽게 생각하며 살아왔다.

그런데 그 허망, 체념, 수치는 이제 고통받는 이들에 대한 애정으로 전이되었다. 나는 밥벌이 때문에, 돈벌이 때문에 노심초사하는 이들, 시장 음식점에서 싸구려 국밥 한 그릇을 먹는 사람들의 뒷모습만 보아도 가슴이 저리다. 정치적 구호, 종교적 믿음 때문이 아니다. 밥벌이를 위해 수모당하는 그 모습들이 수치스럽고 안타깝고 성스러워서다. 생존 앞에서 이데올로기나 관념은 언제나 허약하다. 노동자의 투쟁도 중요하고, 자본주의 모순을 고치겠다는 투쟁도 중요하지만, 시장에서 물건 하나라도 더 팔려는 상인들의 악착같은 외침도 소중하고, 취업하려고 안간힘 쓰는 학생들의 발버둥도 소중한 것이라고 나는 본다.

그럼에도 불구하고 살아남는 것만이 삶의 전부가 되어버린 것은 또 서글픈 일이다. 그래서 종종 나는 백수의 정신으로 돌아간다. 아무것도 하지 않는 세계, 노는 세계에는 분명히 '부지런히 뛰는' 세계에서 얻지 못하는 광대무변한 세계가 있다. 세상의 어떤 이익과 기능에 연결되지 않은 상태에서만 '참 존재'가 보인다. 그 어떤 것으로부터도 거리를 둔 '무용지물'이 될 때 세상이 바르게 보인다. 그 백수의 세계는 바쁘게 돌아가는 이 세상에서 잠시 나의 도피처가 된다.

또한 나는 '존재하고 있음'만으로도 수행하는 역할에 대한 자부심을 가졌다. 나는 돈을 많이 못 벌어도 병든 어머니를 수발하는 아들이었고, 아내의 고민을 들어주고 소통하는 남편이었으며, 시장도 보고 살림도 했으며, 블로그를 통해 사람들에게 꿈과 희망을 주는 글을 쓰고, 또 그들의 고민을 들어주는 역할을 하고 있는 존재였다. 얼마나 돈을 버느냐, 얼마나 사회를 변화시키느냐, 얼마나 정치적인 효과가 있느냐는 '유용성'의 관점에서는 무능력한 행위였지만, 나에게는 그런 사소한 역할들이 더 중요한 것이었다.

그리고 선한 마음으로 과욕을 버리고 착하게 부지런히 노력하면 길이 뚫릴 것이라고 믿었다. 한 걸음씩 너무 발밑도 말고, 너무 먼 지평선도 말고, 백 미터 전방쯤만 바라보면서 꾸준히 걸어가는 것, 그 방법밖에 없었다.

언젠간 잘되겠지라는 생각은 너무 상투적이다. 그건 평생 달고 살 고민일 것이다. 다만 이 험한 세상에서 견뎌낸다는 것, 그게 인간 승리며, 가슴속에 자신의 세상을 키워나간다는 것, 그건 꿈이라는 이름의 승리다. 치열하게 밥벌이를 위해 고민하고 일하되, 가슴속에 자신의 세계가 있다면 결코 무너지지 않을 것이라고 믿는다. 백수들이여, 힘을 내자.

III 꿈꾸는 삶의 기쁨

제 2 의
사 춘 기 를 맞 는
직 장 인

불확실성 속에서 고민하고, 꿈꾸고 상상하
는 가운데 존재는 무한히 확장된다. 그 존
재의 확장 속에서, 현재가 힘들어도 우리
는 꿈과 희망을 찾는다. 그런데 직장에 들
어가 안정되는 순간 갑자기 미래가 덜컥
문을 닫는 것처럼 보인다. 그때 삶은 생기
를 잃고 서러워진다.

어쩌다 시내에 나가면 예전과 다른 풍경을 본다. 점심을 먹으러 우르르
나오는 직장인들이 그 직장의 소속임을 알리는 명패를 목걸이로 걸거나
가슴에 달고 있다. 요즘 취업난이 하도 심해서일까? 그런 모습이 취업난
을 통과한 이들의 '당당함'으로 다가왔다.

　그러나 막상 직장인들이 다 행복하고 당당한 것일까? 비정규직은 초

라하고 정규직은 폼 나는 것일까?

블로그 등을 통해서 보면 직장인들도 수많은 고민들을 하고 있다. 특히 IMF 이후 근무 조건이 가혹해진 것 같다. 최대한의 생산성, 효율성을 요구하는 분위기 속에 사람들은 정신없이 뛴다. 그리고 몇 년 정도 지나면 허덕이며 스스로에게 묻는다.

"나, 제대로 사는 거야?"

그렇게 고민하다 회사를 그만두고 여행 떠나는 사람들도 생긴다. 쉬고 싶은 것이다. 자신의 삶을 다시 한 번 가다듬고 싶은 것이다.

그런데 이런 현상이 단지 일이 힘들어서 그런 것일까? 아주 오래전에 동생 친구로부터 들은 이야기다. 그가 들어간 대기업의 비서실은 누구나 선망하던 곳이었다. 월급도 많았고 근무 조건도 좋았다. 그런데 첫 월급을 받고 며칠 되었을 때 그는 집에서 이불을 뒤집어쓴 채 엉엉 울었다고 한다.

나는 그 마음을 이해한다. 자신의 꿈 많은 청춘이 끝났다는 서러움, 이제 이 빡빡한 궤도를 따라가야 할 운명이란 것을 감지하는 데서 오는 서글픔이었을 것이다. 사람은 아무리 고통스러워도 미래가 열려 있을 때 가슴이 설렌다. 불확실성 속에서 고민하고, 꿈꾸고 상상하는 가운데 삶은 확장된다. 그 확장 속에서, 현재가 힘들어도 우리는 꿈과 희망을 찾는다. 그런데 직장에 들어가 안정되는 순간 갑자기 미래가 덜컥 문을 닫는 것처럼 보인다. 그때 삶은 생기를 잃고 서러워진다.

그럼에도 불구하고 그는 한동안 직장을 잘 다녔다. 결혼도 하고 애도 낳고 그야말로 잘나갔다. 그리고 15~16년쯤 뒤 동생으로부터 그의 소식을 전해 들었다. 캐나다 어딘가에서 바텐더를 하고 있다는 얘기였다. 동생도 직접 만난 것이 아니니 지금 그의 심정이 어떤지는 알 수 없다. 직장을 그만두고 어떤 길을 걸었는지, 지금 그것을 후회하는지, 혹은 술 집에서 술잔을 열심히 흔들며 또 다른 기쁨을 누리고 있는지 알 수는 없 다. 어쨌든 직장 생활이란 것은 영원하지 않다. 언젠가는 나와야 한다. 자의에 의해서든 타의에 의해서든.

가끔 나에게 이메일을 통해 '직장을 그만두고 긴 여행길'을 떠나고 싶 다는 고민을 털어놓는 이들도 있다. 예전처럼 호황기이고, 돌아와서 직 장 얻기가 쉬운 편이라면 나는 가급적 '떠나라!'고 용기를 주는 편이었 다. 그런데 요즘처럼 실업률이 높은 상황에서는 사람에 따라 답변을 다 르게 한다.

직장을 나오고 싶은 이유가 단지 지루함이거나 인간관계 때문이라면 그 안에서 그것을 극복하는 방법을 먼저 찾아보라고 권유한다. 자신을 돌아보고 고치면서 적응을 잘할 수도 있다. 또 휴가를 이용해 여행을 떠 날 수도 있고, 그 여행을 통해 책을 쓸 수도 있다. 한 나라 혹은 한 테마 를 정해서 꾸준히 공부하고 반복 여행하면서 쌓인 스트레스를 풀어내는 것도 자신의 삶에 탄력을 줄 수 있다. 또 언젠가 은퇴를 한 후 떠날 긴 여 행을 준비할 수도 있다. 그런 꿈과 희망을 안고 열심히 노력하면 직장 생 활도 한결 견뎌내기 쉬울 것이라고 나는 생각한다.

직장을 나오면 허허벌판이다. 자유롭지만 불안하다. 요즘같이 실업률 이 높을 때 직장을 그만두는 행위는 인생 궤도를 다 바꿔놓는 행위다. 그 길을 가자면 가치관, 세계관의 변화가 뒤따라야 한다. 이걸 감수할 각오가 없다면 차라리 직장 속에서 삶을 활기 있게 만드는 방법을 모색하는 것이 좋다.

그러나 도저히 견뎌낼 수 없는 사람들이 있다. 이유야 어쨌든 하루하루가 너무 고통스러워 병이 될 정도라면 나와야 한다. 세상에 몸보다 더 중요한 것이 어디 있겠는가? 내 경우가 그랬다. 나는 예전부터 세상을 마음껏 돌아다니는 것이 꿈이었으므로 기회가 왔을 때 나올 수밖에 없었다. 그런 나를 보고 어머니는 늘 아쉬워했다.

"네가 직장을 계속 다녔으면 지금쯤 편안한 삶을 살았을 텐데."

평생 어머니 속을 썩인 나는 이런 말을 들을 때마다 가슴이 아프다. 그러나 아마 직장 생활을 계속했다면 나는 온갖 병에 걸려 불행한 삶을 살았을 것이다. 이 정도로 간절한 사람들은 떠날 수밖에 없다. 돌아오고 나서의 삶은 그때 또 최선을 다하면 된다. 어디에 있든 죽기 살기로 노력하면 이 세상에 못 갈 길은 없다.

또 과욕만 부리지 않는다면 세상은 살아가기가 한결 수월해진다. 언젠가 어느 일본인 기업가의 삶의 철학이 '70퍼센트 인생'이란 얘기를 들은 적이 있다. 자기 이익의 최대치를 추구하지 않고, 자기 능력의 최대치를 인정받으려고 아득바득하지 않고, 70퍼센트만 얻었을 때 최대치로 생각하고 만족한다는 것이다. 20년 전에 그 얘길 들었는데 살아갈수록 고개가 끄덕여진다.

정확한 비율이야 측정이 어렵겠지만 자기 능력, 자기 이익의 최대치를 낮춰 잡으면 과욕을 부리지 않게 되고, 덜 인정받고, 덜 벌어도 그리 섭섭하지 않다. 70퍼센트만 받으면 최대치고 30퍼센트는 원래 내 것이 아니며, 주변 사람들 혹은 세상에 내는 세금 등으로 생각하면 편안해진다. 세상의 많은 화, 근심, 걱정은 물질적으로든 정신적으로든 백 퍼센트 혹은 그 이상을 얻으려는 데서 온다.

　그런데 최소의 비용으로 최대의 만족을 얻는다는 경제 원리를 교육받은 우리들, 특히 셈이 빠른 사람들은 늘 최대치를 추구한다. 돈, 일, 심지어는 사람 관계에서도 그렇다. 그걸 추구하다 보면 자기 삶의 무게 중심은 수레바퀴처럼 상황의 변화에 따라 올라갔다 내려갔다 흔들린다. 그래서 항상 머리가 복잡하고 불안하다. 그러나 30퍼센트 정도가 내 것이 아니라고 생각하면, 그 30퍼센트는 세상으로부터 자신의 중심을 보호해주는 완충 역할을 한다. 수레바퀴의 살이라고나 할까. 그래서 수레의 굴대는 그 30퍼센트의 바퀴살 때문에 바퀴가 굴러가도 변함없이 중심에 존재한다.

　직장, 사회 자체가 최대치, 최고의 생산성, 1등을 요구하는 시대에서 이런 이야기는 너무 한가하게 들릴 것이다. 나 역시 상황이 급박할 때는 70퍼센트가 아니라 120퍼센트의 에너지를 쏟으며 일을 한다. 그러나 그 결과에 대해서는 70퍼센트만 얻어도 좋다고 생각한다. 또 가끔 백 퍼센트의 욕심을 부리다가도 종종 70퍼센트 정도만 에너지를 투입하자면서 마음을 낮춰 잡기도 한다. 그게 건강상 훨씬 좋았다. 먼 길을 가려면 자기 페이스가 필요한 법이다.

인 생 이 모 작 이
필   요   한
중   년   들

자신의 삶이 너무 편하다, 익숙하다는 생
각이 드는 순간이 바로 위기다. 인생 이모
작, 삼모작은 머리가 아니라 땀을 통해 이
뤄지며, 희망은 언제나 땀 속에 있다고 나
는 믿는다.

몇 년 전 같은 직장에 있던 친구를 만났는데, 그는 걱정이 태산 같았다.
정년이 되기 전에 직장을 나와야 하는데 나와서 무얼 할지 모르겠다는
것이었다. 그 당시 40대 후반이었는데 모든 게 마땅치 않고 자신이 없다
고 했다. 직장인만 그런 게 아니다. 조직을 나와서 프리랜서의 삶을 사는
사람도 중년의 위기를 맞는다.

이런 경제적인 위기 못지않게 심리적인 위기도 맞는다. 열심히, 바르게 살아오던 사람들이 갑자기 '아, 세상이 이거였구나' 하면서 그 허구성에 몸서리치고, 갑자기 삶을 막 살아버리는 경우가 있다. 들은 이야기인데, 어떤 친구의 아버지가 참 바르게 살아왔다. 그러다 나이 50이 되면서부터 바람을 피우기 시작하는데 걷잡을 수가 없었다고 한다. 어떤 정신적인 상처를 받았거나 성실했던 삶이 헛것으로 느껴졌기 때문인지도 모른다.

우리 아버지도 위기를 겪었던 것 같다. 평생을 원칙대로 바르게 살아오던 아버지는 내가 한창 공부 안 하고 말썽 피우고 성적 떨어져 속을 썩이던 고2 때, 어느 날 무슨 충격을 받으셨는지 술에 취해 들어와 "이 사회는 결국 힘 있고 돈 있는 자들, 거짓말 잘하는 놈들의 세상이야. 내가 잘못 살아온 것 같아" 하며 한숨을 내쉬었다. 그때 아버지의 나이 50 무렵이었다. 평생을 고생하고 수모를 당하면서도 열심히 살아왔지만 암담한 시절이었다. 거기에 기대가 컸던 큰아들은 공부 안 하고 말 안 들으니, 사는 데 희망이 없어진 것일까?

내가 그 나이 되니 그 심정을 이해할 수 있다. 그런데 그때 고2였던 나는 아버지에게 "세상에는 그래도 돈보다 더 중요한 게 있고, 바르게 살아야 한다. 그것이 우리 인생에서 더 중요한 것"이라는 뜻의 말을 했다. 내가 뭘 알겠는가, 그저 학교에서 배웠던 대로, 아니 아버지가 나에게 늘 가르쳤던 얘기를 했을 뿐이었다. 그러자 아버지는 크게 감동한 얼굴로 나를 바라보다 내 등을 치며 이렇게 말했다.

"그래, 내 아들 장하다!"

아버지는 그 후 계속 바르고 성실하게 살았다. 나 역시 위기가 있었다. 30대 후반에서 40대 중반쯤, 여행도 삶도 시들해졌다. 내 인생의 황금기는 다 지나갔고 더 이상 여한도 없다는 생각이 들 때, 결국 내 인생은 이 정도로 끝나는 건가 하는 허탈감이 들었다. 또 진실되지 않은 인간들이 나대는 세상에 대한 냉소도 있었다. 그리고 앞으로 남은 생에 펼쳐지는 생로병사 등의 존재론적인 문제, 먹고살아야 하는 생존 경쟁의 굴레 속에서 뭐 하나 좋은 것이 없어 보였다. 젊을 때는 현재가 불안해도 미래가 열려 있다고 생각했는데, 40대, 50대가 되자 세상이 닫힌 기분이 들고 점점 내리막길만 보였다.

흔히 하는 말로 '사추기(思秋期)'였다. 극복하기 위해서는 단단한 결심이 필요했다. 우선 몸의 살을 빼기로 했다. 긴 여행길을 통해 단련된 나의 몸이 한동안 책 원고 쓴다고 컴퓨터 앞에 달라붙어 있다 보니 망가진 것이다. 체력도 저하되고 뱃살도 나온 데다 신경은 예민해져 있었다. 독하게 음식을 절제하고 매일 두 시간씩 걷고 운동했다. 또한 요가를 하며 마음을 다스렸다. 2년 사이에 8킬로그램 정도가 빠졌는데 정신에서도 기름이 빠져 쫄깃쫄깃해진 것 같았다. 주변의 상황은 변한 게 없었지만 자신감이 넘쳐흘렀다.

그때 내가 만약 나를 다시 조이지 않았다면 어찌 되었을까?

나는 술이나 퍼마시며 세상을 한탄하다가 성인병에 걸려 내리막길을 걸었을 것이다. 지금 생각해보면 나는 그 시절에 키위가 될 위험에 처해 있었다. 키위는 편한 상태에 안주하면 어찌 되는가를 보여주는 극명한 예다. 키위는 날개가 퇴화된 새로, 뉴질랜드에서 산다. 몇 년 전 약 2주일간 후배와 함께 북섬 오클랜드에서 남섬 밀퍼드사운드까지 차를 빌려 타고 여행하면서 그 새를 본 적이 있었다. 키위를 볼 수 있는 북섬의 로토루아는 백인들에게 밀려난 마오리족들이 모여 사는 곳으로, 뉴질랜드의 최대 도시인 북섬의 오클랜드에서 차로 두세 시간 떨어진 곳에 있었다. 그곳에 도착하니 갈색 피부에 몸집이 큰 마오리족들이 보였고 온천지에서 나오는 유황 냄새가 코끝을 스쳤다. 키위는 키위 인카운터에 있었다. 안으로 들어가니 컴컴한 공간에 약간의 나무와 숲 그리고 집이 있었다. 여자 안내원이 목소리를 나지막하게 깔며 속삭였다.

"키위는 어둠을 좋아해요. 그래서 늘 이렇게 불을 꺼놓습니다. 얘들은 뉴질랜드에만 살아서 우리나라의 상징 새지요."

키위의 모습은 희한했다. 날개가 없고 어깨가 좁아서 목만 죽 내민 것 같았는데 마치 팔 없는 사람처럼 보였다. 닭도 아니고 꿩도 아닌 것이 목을 죽 빼고 고개를 숙인 채 땅만 보며 돌아다니는 모습이 측은해 보였다. 뉴질랜드는 약 1억 년 전에 대륙에서 갈라져 독자적으로 생물의 진화가 이루어졌는데 이상하게도 포유류가 진화되지 않았다. 그런 상황에서 키위는 약 7천만 년 전부터 나타났고 자신들을 잡아먹을 포유류가 없어 엄청나게 번식했다. 그렇게 편하게 살다 보니 날개가 퇴화되어버렸다. 그러다 약 천 년 전에 이 땅에 들어온 마오리족, 그들을 따라온 개와 쥐 등의 포유류 등에게 잡아먹히기 시작했다. 또한 18세기부터 급격하게 들어온 영국인들에게도 잡아먹히다 보니, 그 많던 키위가 현재 7만 마리밖에 남지 않았다. 현재 추세대로라면 2015년에는 멸종될 것으로 알려져, 뉴질랜드 정부에서는 보호 정책을 취하고 있는 것이다.

안내원이 갑자기 낮은 목소리로 속삭이며 불을 켰다.

"불을 켜면 키위가 놀라서 후다닥 집으로 도망갑니다."

불빛을 보자 키위는 혼비백산하여 집 안으로 들어갔다. 키위는 극도로 빛을 싫어하고, 하루에 18시간을 잠잔다. 잠 속에 취해 사는 키위, 인간의 도움 없이는 이제 멸종의 위기에 처한 키위의 모습이 처량하기 그지없었다. 너무 편한 것, 그게 독이었던 것이다.

자칫하면 중년은 키위 처지가 된다. 직장에 다니는 이는 자기도 모르게 거기에만 맞는 인간이 되어가고 다른 능력은 퇴화된다. 직장을 다니지 않는 이들도 그렇다. 특별하게 자기 관리를 하지 않으면 나태해지기 쉽다. 자기가 잘 아는 것만 하려 하고 거기에 안주하고자 한다. 나 역시 그랬다. 키위가 땅에 안주하는 바람에 날개가 퇴화되었다면, 나는 하늘을 날고, 이동하고, 정주를 거부하는 행위 속에 너무 안주하다 보니 땅 위에서 살아가는 능력이 퇴화되었던 것이다.

그리고 한때 모든 걸 길에서 다 배웠다는 건방진 생각을 가진 적도 있었다. 언제부턴가 세상 다 산 것 같았고 다 안 것 같았으며 열정도 안 생겼다. 새로운 것을 보아도 호기심이 안 생겼다. 그때 내가 좋아했던 단어들은 '버림, 유유자적, 놀기, 유목, 초월, 명상, 해탈, 방랑' 등등이었다. 그렇게 살아가는 게 앞서가는 '삶의 방식, 태도'라고 생각했다. 물론 지금도 그렇게 살고 싶다. 그러나 생존의 문제들을 해결하지 않으면 모든 게 허약한 관념으로 추락하는 현실 앞에서 나는 다시 씨를 뿌리며 이모작 준비를 해야만 했다.

그런데 막상 뭘 할까를 생각하니 막막했다. 그렇게 고민하다가 선택한 것이 공부였다. 현재의 내 문제는 여행이나 체험이 모자라서가 아니라, 그것을 사유하고 해석하는 인식의 지평이 좁아서라는 것을 깨달았던 것이다. 나이 50이 되어 대학원 사회학과에 진학한다고 하니 주위에서 온갖 얘기를 들었다. 특히 공부하느라 고생했던 친구들은 경악을 했다.

"미쳤구나, 미쳤어. 너 사회학이 얼마나 어려운 줄 알아. 그리고 지금 그 나이에 석사 학위 정도 받아서 어디에 쓰려고. 박사가 되어도 교수 될 가능성은 거의 없는데, 지금 그거 해서 뭐에 쓰겠다는 거야. 몸이 얼마나 힘든 줄 아니? 또 돈은 있어?"

맞는 말이었다. 그렇게 힘들게 공부하고 난 후 얻는 게 확실치도 않았고 돈 문제도 있었다. 그러나 나는 했다. 이 시점에서 내 '인식의 지평선'을 넓히지 않으면 나는 몰락할 것만 같았다. 더 이상 물러설 곳이 없었다. 결과는 기대 이상이었다. 젊은 후배들과 같이 공부하며 30년 전의 학창 시절로 돌아간 것만 같았고 교수님들로부터 배우며 정신을 가다듬었다. 힘은 들었다. 교재 글씨가 너무 작아서 확대 복사를 해서 보기도 하고, 발제를 하노라면 머리에 쥐가 났으며, 등짝이 결려서 앓을 때도 있었다. 영어 번역하기도 힘들었고 번역해도 무슨 말인지 모를 경우가 허다했다. 사회학 훈련을 받지 않은 나에게 사회학 이론들은 대단히 어려웠다. 또 대학 입학시험 때도 너무 싫어서 포기했던 통계학을 듣는 과정은 매우 고통스러웠지만 재미도 느꼈다. 거기다 생계를 위해 신문·잡지 연재, 방송 출연, 강의 등등의 일을 해야 했고, 종종 지병을 앓는 어머니를 모시고 병원에 다녀야만 했다. 그리고 아내가 일하기 때문에 나도 살림을 같이해야만 했다. 특히 논문 쓰던 무렵에는 어머니의 급격한 발병 때문에 포기할까도 생각했지만 결국 해냈다.

그 과정에서 나는 내가 왜 그토록 떠나고자 했으며, 또 돌아와서 방황하며 끝없이 새로운 세계를 그리는가에 대해 알았다. 그리고 몸과 마음이 다시 싱싱해지면서 많은 의욕과 영감을 얻었다. 또 계속 배우는 자세로 살아야겠다는 각오를 한 것은 보너스였다. 이렇게 나는 중년의 위기를 탈출했고 이모작 준비를 했다.

그런데 내 친구는 나와는 다른 방법으로 멋지게 중년의 위기를 탈출했다. 초등학교 동창인 그 친구는 가정 사정 때문에 젊을 때 직장을 그만두었다. 돈벌이는 친구의 아내가 했고, 친구는 어머니 병을 간호하며 아이를 돌보는 생활을 십수년간 했다. 그런데 어느 날 친구로부터 3년제 대학의 간호학과에 들어갔다는 연락이 왔다. 40대 중반의 사내가, 그것도 간호사가 되겠다는 그의 계획은 꽤 낯설었다. 그 친구가 그런 것에 소질이 있는 것도 아니었고 평소의 꿈도 아니었다. 그가 간호사가 된 것은 이민용 자격증을 따기 위한 것이었다. 만나서 그의 계획들을 들었지만 막막해 보였다.

40대 중반에 환자를 간호한다는 게 쉬운 일일까? 거기다 외국에 나가서 취업을?

그런데 어느샌가 그는 졸업한 후 어느 병원에서 연수를 받고 있다는 소식이 들려왔고, 1년 후 다시 연락이 왔다.

"나 며칠 후에 노르웨이 간다. 우선 가서 3개월 동안 노르웨이어 연수받고 1년 안에 언어 시험을 통과할 생각이야. 그리고 병원에서 실습해야지. 그 과정을 다 통과하고 나면 정식으로 취업을 하는 거야. 거긴 살기 좋고 복지 혜택이 잘되어 있는데, 정년이 75세래. 그리고 자신이 원하고 조건이 맞으면 85세까지 연장할 수 있대."

친구가 정말 대단하다는 생각이 들었다. 한국에서 십수년 동안 직장을 다니지 않아 퇴화된 줄 알았던 그의 날개가 다시 솟아난 것이다. 75세의 할아버지가 될 때까지 일을 할 수 있으며 원하면 85세까지!

그리고 며칠 전 어느 비 오는 가을 아침, 그로부터 이메일을 받았다. 노르웨이 언어 시험에도 합격했고 새로운 직장에서 일을 시작했다는 기쁜 소식이었다. 잘되면 적절한 시기에 가족도 불러들일 생각이라고 했다. 한동안 일해왔던 아내가 이젠 살림을 하고, 자기가 일을 하게 되는 것이다. 주룩주룩 내리는 비를 바라보면서 나는 낯선 도시의 어느 병원에서 환자들을 돌보는 중년의 내 친구를 상상했다. 조금은 쓸쓸한 분위기에서 시작하는 그의 새 출발이지만 희망차 보였다. 그의 몸속에서 싱싱한 날개가 다시 솟았으니까.

세상은 계속 요동친다. 끊임없이 변화하고 노력하지 않으면 금방 도태되는 시대를 우리는 살고 있다. 어떤 환경에든 안주하는 것은 곧 키위가 되는 지름길이다. 조직을 뛰쳐나가든, 새로운 조직 속에 들어가든, 세상 밖으로 뛰쳐나가든 혹은 돌아와 살아가기를 새롭게 배우든, 꿈을 갖고 계속 자기 세계를 키워나가는 방법밖에 없다.

종종 주변에서 그런 걱정을 하면서도 '할 게 없다'는 얘기를 듣는다. 나 역시 글과 여행에서 조금씩 지쳐갈 때 막막했다. 계속 비슷한 여행 얘기를 하기도 싫었고 전혀 다른 일을 하고 싶은 의욕도 없었으며 모아놓은 돈도 없었다. 정말 할 게 없었다. 그러나 궁하니 통했다. 눈앞에 보이는 고통을 회피하지 않고 처음으로 돌아가 뜻을 세우니 길이 보였다.

자신의 삶이 너무 편하다, 익숙하다는 생각이 드는 순간이 바로 위기다. 인생 이모작, 삼모작은 머리가 아니라 땀을 통해 이뤄진다. 희망은 언제나 땀 속에 있다.

나이가 든다는 것은 기분 좋은 일이다. 과욕을 버리고, 자존심을 버리고, 내가 왕년에 어땠는데 하는 허세를 버리고, 어깨에 힘 빼고, 마음을 낮추기만 하면 소박해지면서 광대무변한 정신적 세계와 서서히 접속하게 된다. 결과를 떠나, 인생 이모작의 씨를 뿌리며 저 너머의 세계를 상상하는 과정 자체가 나에겐 행복이다.

세 계 일 주 를
하 는
장 애 인 들

휠체어를 타고 세계를 여행하는 장애인.
언젠가 그런 여행자도 나올 것 같다. 그들
의 꿈과 도전은 많은 사람들을 감동시킬
것이다. 그들의 영혼은 조금 불편한 몸에
일시적으로 거주하고 있지만 세상을 날고
있을 것이다.

어느 날 강일동 버스 종점에서 버스를 타고 시내로 나갈 때였다. 아침 출근 시간이 지난 직후였는데 상일역 부근에서 웬 휠체어를 탄 사내가 버스에 탔다. 뇌성 마비에 걸린 20대 중반의 장애인이었다. 그는 버스를 타고 몇 정류장 가다가 힘들게 스위치를 스스로 눌렀다. 그 버스는 운전기사가 스위치를 누르면 버스 바닥에서 철판이 나와 휠체어로 타고 내리기 쉽게 되어 있었다. 이윽고 버스가 서자 스스로 버스에서 내린 그는 버스 기사에게 고맙다는 표시로 얼굴을 찡그리며 손을 흔들었다. 그 모습이 너무 감동적이어서 가슴이 잠시 뜨거워졌다. 그런데 다음 순간 나는 "어!" 하면서 소리를 지를 뻔했다.

그가 뭔가를 힘들게 가방 속에 넣고 있었는데 로또였다. 그날이 토요일이었다.

그들도 로또 대박을 꿈꾸고 있는 것이었다. 그러다 잠시 부끄러워지며 깨닫는 게 있었다.

왜 그들이라고 그런 꿈을 꾸지 못하는가? 나는 무의식적으로 장애인은 남에게 보살핌을 받아야 할 대상이라고 생각했었는데 그게 아니었다. 그들도 우리처럼 살아가며 로또 대박을 꿈꾸는 사람들이었다. 너무도 당연한 일인데, 내가 잘못된 의식을 갖고 살아와서 몰랐던 것이다.

그 뒤 자세히 관찰을 해보니 내가 사는 강동구는 살아볼수록 좋은 동네다. 우선 자연이 좋다. 삼림이 우거지고 가로수 길이 좋고 한강이 있다. 그러나 그것 못지않게 마음을 넉넉하게 해주는 것은 장애인들을 위한 시설, 교육 기관, 그리고 요양소 등이 있다는 것이다. 가끔 길을 산책하다 보면 시각 장애인들이 길에서 훈련받는 모습을 볼 수 있고, 청각 장애인들이 수화로 얘기하는 모습도 볼 수 있다.

그들을 보면서 종종 생각한다. 이제 정상적, 획일적, 보편적이란 말들이 이 시대에는 힘을 잃었다. 물론 과거부터 죽 내려오면서 우리가 가진 기준이란 게 있다. 그러나 그것이 급변하는 사회 속에서 다 부서지고 있다. 또한 나는 여행하면서 한 사회에서의 정상이 다른 사회에선 극히 비정상이며, 한 사회에서의 보편적인 관습이 다른 사회에서는 터무니없는 것으로 취급되는 것을 수없이 목격했다. 종교적, 정치적 관념뿐만 아니라 행색도 그랬다. 단지 한국인이란 이유로 동남아에서는 대우를 받았지만 서양에서는 동양인이란 이유로 차가운 눈초리를 겪은 경험도 있었다. 똑같은 인간이지만 그들의 관념, 시선에 의해 다른 대접을 받는 것이다. 사람들의 고정 관념, 시각이란 그렇게 터무니없다.

장애인들이 자연스럽게 활동하는 모습을 보면서 숨통이 트이는 기분이 들곤 했다. 똑같이 걷고 똑같은 언어를 쓰는 인간들만 보다가 다른 방식으로 걷고, 다른 방식으로 소통하는 모습을 보며, 그 '다름' 속에서 획일적인 '하나'가 해체되는 것을 목격하며, 해방감을 느꼈다. 다르게 살아가는 '다양성'을 인정할 때 삶은 풍요로워지고 사회는 즐거워지는 것 아닐까?

예전에 여행하면서 보았던 장애인들이 생각난다. 한 사람은 16년 전 방콕에서 보았는데 뇌성 마비에 걸린 것 같았다. 그는 휠체어를 타고 말도 안 통하는 방콕의 현지 음식점에서 아주 어렵게 포크로 국수를 떠먹고 있었다. 혼자였다. 마음씨 좋은 주인아줌마가 웃으며 그를 바라보고 있었다. 그 후에도 두 번인가를 보았는데 그는 부지런히 길을 다니며 구경하고 있었다. 항상 혼자였다.

또 한 사람은 18년 전 인도의 뉴델리에서 보았다. 그도 휠체어를 타고 있었는데 손을 덜덜 떨어서 여행자 수표에 사인을 쉽게 못했다. 인도 여자 은행원은 아주 거만하게 그를 향해 꾸짖듯이 뭐라 말을 했고 그는 어색하게 웃으며 안간힘을 썼다. 그때 옆에 있던 서양 여자 여행자가 나서서 그를 도와주었다. 남들이 쉽게 하는 환전도 그에게는 그렇게 힘들었던 것이다. 그도 역시 혼자였다.

혼자 휠체어를 타고 비행기를 타고, 버스를 타고, 관광지를 다니고, 은행에 가고, 음식점에 들어가 낯선 나라의 음식을 먹고 있는 그들. 나는 그들의 고통과 어려움을 쉽게 가늠할 수 없었지만 그 마음은 조금이나마 느낄 수 있었다. 누구나 다 새로운 세계에 대한 호기심을 갖고 도전하는 것이다. 혼자 휠체어를 타고 세계를 여행하는 그들의 꿈과 도전은 많은 사람들을 감동시킨다. 그들의 영혼은 조금 불편한 몸에 일시적으로 거주하고 있지만 세상을 날고 있을 것이다.

그런데 내가 본 그 친구, 로또는 당첨되었을까? 그 돈을 타면 그는 어디에 쓰고 싶을까?

그는 매주 토요일, 러시아워를 피한 시간에 로또를 사는 것 같았다. 그 후에도 그 시간대에 근처 거리를 가고 있는 그를 보았다. 그의 뒷모습을 보며 로또 대박이 터지기를 기원했다. 그리고 언젠가 용감하게 여행을 떠나는 그의 모습을 상상했다.

III 꿈꾸는 삶의 기쁨

노 년 의
기 쁨

어차피 노인이 된다는 것은 이 사회에서
밀려나는 것, 나는 그 '무용지물'이 됨을
견딜 것이다. 그리고 그것을 '무위도식'으
로 끝내지 않고 '무위자연'의 상태로 끌어
올리기 위해 훈련을 할 것이다.

몇 년 전 아내가 TV에서 노후에 대한 프로그램을 보고 나선 수심에 잠겼
다. 노후 문제가 심각하다는 것이었다.

"우리가 노인이 되면 더 심각해질 거야."

"괜찮아. 사람은 다 살게 마련이야. 걱정하지 마."

말은 그렇게 했지만 보통 문제가 아닌 듯했다. 그때부터 고령화 사회,

노후에 대해 관심을 갖고 이런저런 자료를 살펴보았다. 2005년도 통계청에서 나온 자료에 의하면, UN은 65세 이상 노인이 전체 인구에서 차지하는 비율이 7퍼센트 이상인 사회를 고령화 사회, 14퍼센트 이상인 사회를 고령 사회로 규정하고 있다. 가장 고령화된 사회는 북유럽과 일본으로, 65세 이상 인구의 비율이 15~19퍼센트다. 한국은 2000년에 7.1퍼센트로 고령화 사회에 진입했고 2005년에는 9.1퍼센트가 되었다. 이런 상태로 가면 2018년 14.3퍼센트로 고령 사회에 진입하고, 2026년에는 20.8퍼센트로 본격적인 초고령 사회에 도달할 것으로 전망된다.

그러니까 내가 60대 후반쯤 되는 2020년에는 초고령 사회로, 다섯 명중 한 명이 65세 이상인 셈이다. 그렇다면 전 인구의 반 정도가 50대 이상 아닐까?

이제 90을 사네, 100을 사네 하는 소리가 들려온다. 70대 초반의 장인어른이 동네 경로당에 갔다가 80대, 90대 노인들이 '애' 취급하는 바람에 발길을 끊었고, 60대 중반의 장모님은 복지관에서 무료로 영정 사진 찍다가 80대, 90대 할머니들에게 '젊은 사람'이 벌써부터 영정 사진 찍는다고 야단을 맞았다는 얘기도 들었다. 그리고 출퇴근 시간을 피해 지하철을 타보면 노인들 천지다. 한 해 한 해가 달라짐을 나는 느낀다.

고령화 사회의 문제점은 매우 심각하다. 우선 노인들의 생계다. 90대 노인, 60대 노인, 30대 가장, 어린아이 등 4대가 공존하는 사회에서 30대 가장이 아이들과 함께 60대 아버지, 90대 할아버지를 동시에 부양한다는 것은 거의 불가능하다. 60대가 일을 하면 좋겠지만 요즘처럼 실업률이 높은 시대에 어디 일자리가 있나? 앞으로 더욱 자동화되고 생산성,

III 꿈꾸는 삶의 기쁨

효율성을 높이는 신자유주의 시대에 노인들의 일자리는 점점 줄어들 것이고 일자리가 생겨도 계약직이나 아르바이트 수준일 것이다.

젊은이들이 노인을 위해 내는 연금 문제도 심각해지고 노인들의 성범죄도 대두되고, 남자 노인을 상대로 하는 매매춘이 극성이다. '할머니 소매치기단'도 생겼다고 한다. 거기다 노인성 치매, 병들이 많이 생긴다. 노인들 병수발을 해본 사람들은 알겠지만 중풍, 치매 등은 한 사람이 옆에서 늘 붙어 있어야만 한다. 물론 간병인을 쓸 수도 있지만 한 달에 1백만~2백만 원씩 내는 간병인을 둔다는 것은 일반인들로서는 힘든 일이다. 또 독거노인들도 많이 생길 것이다.

이것이 우리만의 얘기는 아니다. 프랑스의 소설가 베르베르는 미래의 사회에 고령화 문제를 해결하기 위해 정부가 노인들을 은밀하게 어디론가 데려가 유기하고 죽이는 음모를 꾸미는 가운데, 이를 알아챈 노인들이 생존을 위해 무기를 구입하고 투쟁한다는 소설을 쓰기도 했다.

앞으로 우리는 이런 사회에서 살아야 한다. 또한 생로병사의 고통이 닥칠 것이다. 아버지 돌아가실 때 힘들었던 모습, 현재 투병 중인 어머니의 모습을 생각하면 불안감이 파도처럼 밀려온다. 욕심을 버리시오, 놓으시오 하는 말들은 스트레스를 완화시켜주지만, 욕심만 줄인다고 문제가 해결되지는 않는다. 결국 우리의 노후 문제는 생로병사에서 오는 존재론적 문제와 경제적, 사회 구조적 문제가 서로 얽힌 상태에 있다.

이런저런 고민을 하던 중에 우연히 친구와 콜라텍에 간 적이 있었다. 그는 이미 중년의 나이에 노인처럼 사는 친구였다. 40대 초반까지 직장생활을 하다가 그만두고 집에서 아이를 보며 살림을 했다. '개미군단'에 속한 그는 개인적으로 증권을 했지만 생계는 직장에 다니는 아내가 책임을 졌는데, 어느 날 전공한 철학책들을 다 버린 후 '관념적인 삶'을 청산했다. 그리고 미래 없는 현재를 즐기기 시작했다. 그는 중년의 나이에 살사 춤을 추느라 홍대 앞을 열심히 드나들었고 또 볼룸댄스(요즘에는 스포츠 댄스)장에 가서 '지르박, 차차차'를 배웠다. 그런 그가 어느 날 나에게 콜라텍에 가자고 한 것이다.

"콜라텍이라면 10대들이 콜라 마시며 춤추는 곳 아닌가?"

"그건 옛날 얘기고, 이젠 나이 먹은 이들이 노는 데지."

당산동에 있는 어느 콜라텍에 들어가보니 입장료는 2천 원. 안에서는 술도 담배도 안 되고 다만 천 원짜리 캔콜라는 사서 마실 수 있었다. 그리 어둡지 않은 조명 아래 넓은 홀에서 쌍쌍이 춤을 추는데 사람들로 꽉차 있었다. 대개 50대, 60대 정도였고 70대 할아버지도 보였다. 음악은 거의 트로트였다.

"있을 때 잘해, 있을 때 잘해……."

그런데 음악이 바뀔 때마다 춤이 달라졌다.

"조금 느리게 추는 것은 블루스, 그리고 빠르게 추는 것은 지르박이야. 댄스의 2대 장르라고."

콜라텍은 카바레나 나이트처럼 끈적끈적한 분위기가 아니었다. 사람들은 매우 열심히 추었지만 딱딱한 표정으로 파트너와 눈길도 마주치지 않는 사람들이 많았다. 가끔 종업원이 앉아 있는 남녀의 손을 잡아 짝을 맺어주면 그들은 정중히 인사를 한 후 점잖게 추었다. 춤 못 추는 나는 혹시 우리에게도 짝을 맺어주면 어떡하나 하는 걱정을 했지만 다행히 여

종업원은 우리 근처에 오지도 않았다. 친구와 한 시간 정도 구경을 마치고 나오다가 그날이 추석 다음 날인 것을 기억해냈다.

추석 다음 날 여기 나와서 노는 중년들과 60대 혹은 70대 노인들은 과연 어떤 삶을 사는 것일까?

아마 가족 없는 독거노인들, 혹은 집에 있으면 부담스러워서 밖으로 나도는 사람들이었을 것이다. 카페에서 커피 한 잔 마셔도 3천~4천 원, 술 한 잔을 해도 몇만 원인데 2천 원을 내고 열심히 춤을 추는 그들에게서 나는 유흥보다는 갈데없는 중년, 노년들의 필사적인 '생존 의지'를 보았다. 그런 노인들을 불쌍하게 보는 이들도 있겠지만, 나는 거기서 들풀 같은 민초들의 끈질긴 생명력을 보았다. 희망이 없는 가운데, 불안감과 허망함을 음악과 춤에 실어 보내며 하루하루를 버티는 모습은 비장미까지 풍겼다.

그러나 나는 노인이 되어도 춤추지는 않을 것 같다. 그런 것에 익숙하지 않아서이기도 하지만, 나는 노인이 되어 '무용지물'이 됨을 받아들일 것 같다. 그리고 그 '무위도식'의 상태를 '무위자연'의 상태로 끌어올리기 위해 도를 닦을 것 같다. 있는 듯 없는 듯, 햇볕을 쬐고 바람을 쐬며, 나무처럼 혹은 술기운에 취해 몽상가처럼 꿈꾸듯이 세상 너머에 있는 무한의 세계를 바라보며 살 것 같다.

이렇게 낙천적으로 생각하다 다시 발밑의 현실을 보면 우울해진다. 돈 때문이다. 적게 먹고 적게 써도 기본적인 돈은 필요한데 나 같은 프리랜서들은 연금이 없고 몇 푼 안 되는 국민연금은 노후 대책이 될 수 없다. 그러니 길고 긴 노후 생활을 위해 지금부터 준비해야 하는데 그게 어디

만만한 일인가?

또한 생로병사의 고통과 고뇌는 끝까지 나를 따라다닐 것이다. 젊을 때는 죽음이나 병이 무섭지 않았다. 그러나 중년이 되어 직접 병든 부모님을 일일이 수발하고 돌아가시는 모습을 보니 내가 전에 알았던 죽음은 그저 '관념'이었다. 젊을 때는 '까짓것, 한 번 죽지 두 번 죽냐'라는 식으로 생각했는데, 죽음이 아니라 '죽는 과정'이 두려운 것이다. 그 과정이 고통스럽고, 남의 신세를 져야 하고, 돈이 드는 것이다. 그런 냉엄한 현실 앞에서 나는 슬프고, 초조하고, 불안하고, 쓸쓸했다.

그러나 나는 순종과 체념을 통해 마음의 평안을 찾았다. 세상이 어떻게 되든, 내 삶이 어찌 되든 모든 것을 운명에 맡기기로 했다. 모든 생물과 문명들은 흥망성쇠를 거듭한다. 그리고 거기에는 초월적인 의지, 집단 무의식이 작동하고 있을 것이다. 저출산율, 고령화 문제, 경제 위기 등도 인간의 무절제한 탐욕, 번식 의지에 대한 '집단 무의식'의 브레이크인지도 모른다. 또한 생로병사의 고통 앞에서 체념하기로 했다. 누구나 그 고통을 겪어야 한다. 그걸 나만 피할 수 있겠는가? 모든 걸 하늘에 맡기기로 했다.

결국 해결된 것은 하나도 없지만 자기 능력 안에서 최선을 다하고, 그 모든 결과를 기꺼이 받아들이겠다는 결심, 그것이 나의 노후 대책인 셈이다. 또한 나는 노후의 행복한 삶을 장소에서 찾지는 않을 것 같다. 조그만 아파트에 기거하든, 초가집에 몸을 뉘든, 동남아에 있든, 인도에 있든, 한국의 시골에 있든, 시장 한가운데의 조그만 다락방에 있든, 인연 닿는 대로 형편 되는 대로 살아갈 것이다. 다만 어디에 살든 현재에 몰입하는 것, 그것이 나의 노후 전략이다.

스콧 니어링 같은 이는 단식으로 생을 마쳤고, 자이나교의 고승은 스스로 불태워서 자신을 소멸시킨다. 어쩌면 나도 적당한 시기에 단식을 할지 모르겠다. 그리고 소멸하는 시간을 거역하지 않을 것이다. 그 순간은 거대한 절대 존재에게 자신을 맡기는 순간이다. 내가 말하는 노년의 기쁜 꿈은 이런 것이다. 무한의 세계로 회귀하는 꿈, 바로 그것이다.

IV

노마디즘과 상상력의 세계

인간은 본능적으로 어디론가 떠나고자 한다.
여기보다는 저기, 오늘보다는 내일을 기대하면서 늘
'지금, 여기'를 뛰어넘으려고 한다.
우리 안에 깃든 그 노마드적 충동의 근원은 무엇이며,
상상력의 세계는 어떻게 관련되어 있는 것일까?

내 가 사 랑 하 는 여 행 자 들

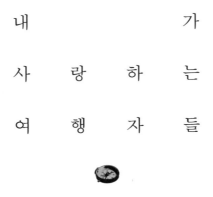

난 무능력자가 아니야. '미운 백조'지. 힘
내자. 언젠가는 내 세상을 찾아 훨훨 날아
올라갈 거야.

대학 시절인 1983년도에 교토에서 유학하는 사촌 형에게 편지를 쓴 적
이 있었다.

'형님, 이번에 휴학계를 낸 후 해외여행을 꼭 해보고 싶습니다. 여권
을 받으려면 초청장이 필요하다는데 꼭 보내주기 바랍니다.'

대충 이런 내용으로 간절하게 써서 보냈지만 답장은 부정적이었다.

'도쿄의 주일 한국 대사관에 가서 물어보니 내 초청장으로는 여권을 낼 수 없다는구나. 삼촌 이내라야 하는데 너와 나는 사촌이잖아.'

요즘은 누구나 여행을 떠날 수 있지만 1989년 1월 1일 이전에는 여권 얻기가 하늘의 별 따기처럼 힘들었다. 크게 낙담한 나는 휴학계를 낸 후 국내 구석구석을 걷고 걸으며 울분을 달랬다. 직장에 들어간 후에도 나는 종종 밤늦게 거리를 달리며 '언젠가는 떠나리라'를 속으로 외쳤다. 그러다 직장을 다니던 때인 1988년 7월 1일부로 만 30세 이상부터 여행 자유화가 되자 곧바로 여권을 낸 후, 8월에 휴가를 얻어 타이완으로 떠났다. 첫 번째 해외여행을 마치고 온 나는 두 달 후 사표를 냈고 지금까지 조직으로 돌아가지 않은 채 '여행하는 삶'을 살아왔다.

덕분에 해외여행 초기부터 지금까지 해외여행의 변화를 모두 목격할 수 있었다. 1989년 1월 1일, 마침내 해외여행 완전 자유화가 되었다. 그 시절의 열기는 대단했다. 그때는 해외를 배낭여행 했다는 사실 자체가 큰 화젯거리였다. 해외여행 자유화가 되기 전에 이미 몇 개월간의 유럽 여행을 마치고 돌아온 어떤 여학생은 여행기를 내자마자, 해외여행 자유화의 열기를 타고 화제가 되었으며 유명한 TV 방송 프로그램에 출연할 정도였다. 또 유럽과 동남아 등지를 여행하고 돌아온 학생이 연세대학교 노천극장에서 여행 설명회를 하면 그 넓은 곳이 다 꽉꽉 찼다. 배낭여행사에서 세종문화회관 소강당을 빌려서 여행 설명회를 하면 수백 명이 몰려들었고, 사람들을 모집해서 배낭여행을 떠나는 1인 여행사를 운영하던 여행자도 있었다. 또 대학생들은 서클을 만들어 여행 정보를 나누었다.

1980년대 후반, 1990년대 초반의 여행 선구자들은 가이드북, 인터넷 정보 하나 없는 막막한 시절에 맨몸으로 부딪치며 온 세상을 도전하고 극복했다. 대부분의 여행자들은 유럽과 동남아를 여행했지만 이미 인도, 중동, 중남미 등 세계 구석구석을 여행하고 돌아온 여행자들도 있었다. 그들의 생생한 정보는 입을 통해 전파되었고 사람들은 용기를 얻어 더 넓은 세계로 떠나기 시작했다.

나도 1990년도에 여행자 서클을 만들어 여행 정보, 문화를 확산시키는 데 잠시나마 일조를 했었다. 몇 개월 뒤 긴 여행을 떠나느라 활동을 접었지만, 이후에도 수많은 초기의 여행자들에 의해 여행 인구는 엄청나게 늘어났고, 1990년대 중반부터 배낭여행자들이 급속하게 많아지기 시작했다. 또 매스컴에 의해 오지 여행, 탐사 여행, 테마 여행, 횡단·종단 여행, 세계 일주 여행 등의 용어가 등장하고 그것을 강조하는 여행자들도 생겨났다. 사실 여행 자체가 이 모든 것을 다 포함하고 있었지만, 여행은 그렇게 분화되고 또 전문화되는 추세를 띠기 시작했다. 이때 여행은 '떠나라, 도전하라'라는 분위기였고 나라 수를 많이 늘리거나 남들이 안 가본 곳을 개척하는 것에 의미를 두었다.

1990년대 중반을 거쳐 후반에 들어서면서 한 곳에 체류하거나 한 지역, 한 나라를 파고드는 여행자들도 나타났다. 그들은 많은 곳을 여행하기보다는 자신이 좋아하는 지역을 장기간, 반복적으로 여행했다. 또 목적 없이 방랑하는 여행자가 있는가 하면 분명한 목적을 갖고 한 지역을 파고드는 여행자들도 있었다. 물가 싼 지역에 죽치고 앉아 마약과 쾌락에 몸을 던지는 이들도 생겨났다. 그리고 배낭여행이 상품화되면서 단체

IV 노마디즘과 상상력의 세계

배낭여행, 호텔팩 등이 생겨났고 많은 일반인들도 동참했다. 시간이 흐르자 초기의 도전, 개척 정신은 사라지고 휴식을 취하거나, 먹고 즐기고 쇼핑하는 여행이 인기를 끌기도 했다. 그리고 요즘은 그런 소비 지향적인 태도를 반성하며 현지인들의 입장을 생각하자는 '공정 여행'이라는 개념도 나타났다.

사실 여행의 이런 변천 과정은 이미 서구나 일본에서 나타나는 것으로 보인다. 원래 여행은 인간의 원초적 본능이며 자신을 찾아가는 행위였다. 그러다 근대 서양에서는 휴식과 요양을 목적으로 하는 부유층의 여행이 나타났고 1960년대부터 서양의 젊은 학생들이 배낭을 메고 세계로 나가기 시작했다. 그런 여행은 산업화에 저항하는 반문화적인 성격도 띠고 있었다. 특히 배낭을 멘 히피들은 물가 싼 인도와 동남아시아 등지로 몰려들었다. 그들은 사회로 복귀할 의지도 없이 시간에 쫓기지 않은 채, 물가가 싼 현지에서 헐벗은 채 돌아다니며 '노마드적(유목적)인 삶'을 살았다. 그리고 또 여행은 계속 분화되어갔는데, 우리 역시 그런 측면을 안고 있다.

그런데 내가 주목하는 부분은 돌아온 후의 여행자들의 행태다. 한번 '여행의 맛'을 본 여행자들은 늘 떠나고 싶어 한다. 정착하기가 힘들어지는 것이다. 첫 여행에서 맛본 그 달콤한 충격 때문이다. 그건 마약과도 같다.

"아, 속아 살아왔어. 이런 세상이 있는데……."

많은 여행자들이 첫 해외여행의 충격을 그렇게 표현한다. 나 역시 그랬다. 지구 위의 모든 세상 사람들이 다 우리와 비슷하게 살아가는 줄 알았다. 그리고 삶을 살아가는 방법은 하나인 줄만 알았다. 대학을 가고, 직장에 들어가고, 결혼하여 애를 낳고, 열심히 살다가 은퇴한 후 노후를 즐기다 가는 것, 그게 당연한 삶의 과정인 줄 알았다. 그런데 지구 위의 사람들은 제각각 다르게 살아가고 있었다. 다른 정치, 다른 문화, 다른 종교, 다른 윤리 속에서 살았고, 떠돌며 행복하게 살아가는 여행자들도 많았다. 그걸 보면서 내 안의 가치관이 우르르 무너졌다. 그때부터 나를 규정하는 그 모든 것이 사라졌다. 나에게 모든 것은 허용되었으며 국경을 넘는 순간 나는 무중력 상태에서 '자유인'이 되었다.

한국으로 돌아와서도 그랬다. 구름 위를 둥둥 떠다니는 것만 같았다. 몸은 여기 있어도 마음은 밖의 세상을 돌아다녔다. 그래서 돈이 마련되면 불빛을 따라가는 나방처럼 다시 여행을 떠났다. '내 인생, 케 세라 세라(될 대로 되라지)'를 중얼거리면서. 이런 사람들이 어디 나 하나일까? 20년의 여행 역사 속에 이렇게 돌아온 여행자들이 점점 늘어났다.

물론 이런 후유증을 이겨내고 다시 사회에 정착하는 이들도 있다. 그들은 여행을 통해 자기 계발을 한 후 더 업그레이드된 능력과 정신으로 무장한 뒤 사회에서 왕성하게 활동한다. 성실한 직장인으로 살아가면서 가끔 여행을 즐기는 이들도 있고, 여행을 매개로 사회적인 활동을 하는 이들도 있다. 이들은 초기에 누렸던 여행의 감흥보다는 그 여행을 통해서 나오는 '생산물의 수확'에 더 초점을 맞춘다. 즉 글, 사진, 혹은 자신의 비즈니스와 연관된 여행을 선호하며 여행을 '기획'한다. 이런 여행자들은 몸이 떠돌아도 정신은 떠돌지 않는다. 그들은 이 사회의 가치를 받아들이고 사회에 '컴백'해서 정착했다고 할 수 있다.

그런데 이와 달리 사회에 적응하지 못하고 몸과 마음이 부유(浮遊)하는 이들은 계속 방황한다. 세상의 가치를 내면화하지 못하고 새로운 가치도 형성하지 못했다. 계속 돌아다니고 싶지만 밥벌이는 여기서 해야 하는 딜레마 속에서 수동적인 태도로 흔들린다. 이들의 여행은 어떤 목적의식 아래 기획되지 않는다. 자연스럽게 마음의 흐름을 따라간다. 돌아와 결과물을 내는 것도 서툴고 의욕적이지 않다. 자신의 여행을 알리고 돈벌이를 하기보다 '자유롭게' 여행하면서 사는 것을 좋아한다. 또 직장 생활을 하더라도 늘 떠나고 싶은 마음을 달래며 살아간다. 젊은 사람들은 돈이 마련되면 훌쩍 떠나기도 하고, 현실이 그렇지 못한 이들은 가슴앓이를 하며 방황하기도 한다.

전형적인 두 번째 부류에 속했던 나는 여행 초기 약 5년간은 거의 대부분을 여행하느라 밖에서 보냈다. 돈이 마련되면 훌쩍 떠났고, 여행 작가니 여행 사진가니 여행가라는 정체성도 별로 없었다. 그 후에도 계속 여행하고 방황했던 나는 이 사회에 잘 정착한 이들보다, 나처럼 고민하는 이들에 대해 더 애정을 갖고 있다. 우리들의 고민은 단지 '생계'가 아니다. 생계 속에서 '자유'를 갈구하는 그 마음이 고민을 야기시킨다. 현실 속에서 무능력자였고 정체불명의 사람이었던 나는 그 힘든 시절을 극복하기 위해 늘 이렇게 자기 암시를 주었다.

난 무능력자가 아니야. '미운 백조'지. 힘내자. 언젠가는 내 세상을 찾아 훨훨 날아올라갈 거야.

유명해지고, 돈을 벌고, 성공해서 세상의 인정을 받자는 게 아니었다. 그저 세상의 가치와 욕망에 휘둘리지 말고, 나만의 세상을 찾아 즐겁게 살자는 각오였다.

그때는 많이 외로웠다. 1990년대 후반, 내 여행의 기쁨과 열기도 시들고 여행도 삶도 어정쩡한 상태였다. 대화할 사람도 없었다. 그때 막 떠나거나 돌아온 대부분의 여행자들은 여행과 삶에 대해 패기 넘쳤고 즐거워했다. 그들을 보고 나는 '잃어버린 나의 기쁜 시절'을 그리워하며 홀로 쓸쓸했다. 초기에 여행했던 또래들은 생업 전선에 뛰어들었기에 그 쓸쓸함을 나눌 친구들도 별로 없었다. 그런데 10여 년이 지난 지금, 과거의 나처럼 방황하는 사람들을 종종 목격한다. 나와 비슷한 과정을 겪고 있는 그들에게 내 과거의 고민과 노력들이 도움이 될 수도 있겠다는 생각이 들었다.

우리는 무능한 사람들이 아니다. 단지 여행 후유증에 시달리는 것도 아니다. 자유를 그리는 마음, 정착하지 못하고 어디론가 떠나고 싶어 하는 마음은 인간의 근원적 본능과 맞닿아 있고 근대 자본주의 문명의 억압적 상태에서 탈피하기 위한 본능과도 통해 있다. 그것을 극복하는 길은 분명히 있다. 그것은 단순히 몸의 떠남 혹은 구호에서 발견되는 것이 아니라 인식의 지평을 넓히는 가운데서 발견되었다.

뿌 리 줄 기 로
살 아 가 는
노 마 드 들

여행자들에게는 '삶이 어디에서 왔는가,
어디를 향해 가려 하는가?'라는 질문이
와 닿지 않았다. 어디에서 왔든 어디로 가
든, 지금, 여기서 살아가는 것, 즐기는 것,
만족하는 것이 중요했다.

나는 한때 '노마드'적인 삶을 살았다.

들판을 떠도는 삶은 얼마나 자유로워 보이던가?

그러나 노마드적인 삶은 멀리서 볼 땐 낭만적이지만, 가까이서 보면
생존을 위한 고투 그 자체다. 또 자칫하면 추락의 함정에 빠져든다.

한번은 파키스탄 페샤와르 부근의 아프가니스탄 난민촌에서 마약에

절어 있던 일본 여행자를 만난 적이 있었다. 난민촌의 한 집에서 기거하며 마약을 하고 있다는 그의 눈빛은 불안했다. 함께 갔던 일본 여행자가 그의 상태를 이렇게 설명해주었다.

"저 친구 처음에는 마리화나, 하시시로 시작했는데 지금은 코카인, 필로폰 등을 하고 있대요. 다시는 이 사회에 복귀할 수 없을 거예요. 여기서 그렇게 세상을 끝내겠지요."

캄보디아나 라오스 등에서 초라한 생계를 이어가는 50대, 60대 일본인 사내들도 있었다. 그들은 하는 일이 없었다. 일본에서 벌어놓은 얼마 안 되는 돈으로 물가 싼 나라에서 버티고 있을 뿐이었다. 그곳에서 도를 닦든, 보람 있는 일을 하든, 즐겁게 살든 생기가 있으면 좋겠지만 그들은 단지 마약을 하거나, 신참 여행자들 앞에서 허세를 부리거나, 싼 음식을 먹으며 연명하는 것이었다.

일본에 다시 돌아갈 수도 없고, 현지인이 되지도 못한 채 경계인, 이방인으로 시들어가는 저 모습들이 나의 미래 모습이라면?

끔찍했다. 나는 비록 궤도를 이탈했지만 그렇게까지 되고 싶진 않았다.

돈이 많아도 문제는 있다. 돈 좀 챙겨와 물가 싼 나라에서 하인, 하녀를 두고, 골프를 치며 사는 즐거움도 한때다. 그 한때가 지나고 나면 우리에게 중요해지는 것은 '일상의 삶'이 된다. 어디에서 살든, 돈이 있든 없든 중요한 것은 그 일상 속에서 삶과 세상을 바라보는 가치관이었다. 그 가치관 속에서 생기를 찾지 못하면, 노마드들은 변방의 초라한 이주민 혹은 타락한 경계인밖에 되지 않는다.

나 역시 그런 위험에 처한 적이 있었다. 나는 가치관과 정체성을 상실한 사람으로서 자유인 같았으나 그 세월이 점점 오래되자 '나는 누구인가' 라는 물음 속에서 부평초 같은 느낌이 들었다. 그때 뼈저리게 깨달았다. 이 단계에서 중요한 것은 몸의 떠돎이 아니라 인식의 지평선을 넓히고 새로운 정신세계를 찾는 것이라고. 그래서 필사적으로 나만의 삶의 방식, 그것을 지켜줄 가치관을 찾았다. 그 과정에서 나는 '노마디즘(유목주의)'을 접했다. 1990년대 후반부터 한국의 매스컴에서 서서히 노마디즘, 즉 유목주의란 말이 보이기 시작했는데 간단한 것은 아니었다.

노마드(nomad)란 개념은 그리스어 'nomos' 또는 'nemos'에서 유래했는데, 이는 '목초지에서 풀을 뜯어 먹다' 또는 '목초지에 데려가서 그곳에 풀어놓다'라는 뜻이라고 한다. 그런데 학자들은 노마드, 노마디즘을 여러 관점에서 접근하고 있었다. 프랑스의 학자 자크 아탈리는 인간을 '호모 노마드'로 보고 있다. 그에 의하면 인간의 탄생과 진화 자체가 노마드적이며, 그 힘에 의해 세상은 변해왔고, 현대는 그 노마드적인 삶이 극치를 이루고 있다. 한편 군둘라 엥리슈는 노마드를 직업(job)과 연관시키고 있다. 그는 컴퓨터와 휴대폰 등 현대 문명의 기술을 이용하여 한 장소에 얽매이지 않고 이동하며 사는 사람들을 현대판 유목민, 즉 '잡노마드(jobnomad)'라 부른다. 또 언제부턴가 '디지털 노마디즘'이란 용어도 많이 쓰이기 시작했다. 디지털 노마드들은 휴대폰, 인터넷 등을 이용해 타자와 접속하면서, 장소나 지배적인 하나의 관계에 얽매이지 않은 채, 열린 구조 속에서 탈중심화되어 살아간다. 산업화 시대에 물질적 재산, 소유가 중요했다면 현대에는 정신, 아이디어, 사색, 접속이 중심이 되었다고 말하는 이들이 많다.

그런데 위의 관점들은 어디론가 떠나고 싶어 하는 우리 같은 여행자들의 마음을 제대로 설명해주지는 못했다. 우리들은 더 나은 '일자리'를 얻기 위해 떠난 것이 아니었다. 오히려 안정적인 일자리를 포기하고 떠났다. 또 떠돎 속에서 소통이 아니라 고독을 즐기기도 한다. 우리들의 목표는 생존이 아니라 자유로운 삶이고, 우리들의 갈증은 물질적인 것이 아니라 정신적인 것이다. 이런 마음의 상태를 설명해주는 이론을 나는 프랑스의 철학자 질 들뢰즈의 유목 철학에서 발견했다.

그가 펠릭스 가타리와 함께 쓴 『천 개의 고원』은 매우 난해한 책인데, 나는 이 책의 번역판과 또 그에 관련된 책들을 몇 번씩이나 읽으면서도 전체적인 이해가 매우 부족함을 느낀다. 그런 와중에서도 '리좀' 개념에 크게 공감이 갔다. 들뢰즈에 의하면, 근대인들은 유일한 객관적인 진리와 체계적인 세계관을 찾고자 하는 수목(樹木)적인 관점을 갖고 있다. 즉 근대는 거대한 나무처럼 하나의 뿌리, 줄기 등으로 이루어진 고정된 세계관을 갖고 있었다. 이런 관점에서 보면 인간은 하나의 이데올로기, 하나의 세계관 등 거대한 나무 같은 체계의 어느 부분에 속해 있고 거기에 의거해 자신의 정체성, 삶의 의미, 방향 등이 설정된다.

그런데 현대인들은 리좀적인 행태를 보여주고 있다. 뿌리줄기란 뜻의 '리좀(rhizome)'은 원래 '땅속줄기'로 땅속에서 무방향적이고 다방향적으로 뻗어나가면서 줄기에서 새로운 뿌리가 나와 새로운 개체를 형성하는 양치류 등의 줄기인데, 들뢰즈와 가타리는 이를 형이상학적으로 사용한다. 하지만 그들의 철학적 리좀 개념은 식물의 뿌리줄기와 일치되지 않으며, 똑같은 개념으로 이해하면 오해가 발생할 수도 있기에 구분이

IV 노마디즘과 상상력의 세계

필요하다고 본다.

들뢰즈와 가타리는 서양의 정통적 형이상학을 거대한 수목으로 보고, 그것과 비교하여 자신들의 존재에 대한 새로운 관점을 뿌리줄기인 리좀을 통해 설명한다. 리좀은 줄기들의 모든 점이 열려 있는 상태에서, 접속의 원리에 의해 '제3'의 것을 만든다. 그런데 이 과정에서는 어느 하나가 다른 하나를 포함시키지 않는다. 그리고 새롭게 만들어진 '제3'은 주어진 선을 따라가지 않고, 무방향으로 횡단하고 접속하며 이질적인 것들과 결합하여 새로운 리좀들을 무한으로 만들어나간다. 그래서 리좀은 시작도 없고 끝도 없다. 리좀은 언제나 중간에 있으며 사물들 사이에 있다. 거대한 중심이 있는 수목적인 체계 속에서는 그 부분에 속해 자신의 정체성이 정해지기 때문에 '……이다'라는 동사가 중요하지만, 계속 수많은 줄기들과 연결되어 뿌리를 내리는 리좀에서는 '그리고…… 그리고…… 그리고……'라는 접속사가 중요하다. 때문에 수목적인 체계에서는 고정된 정체성이 중요하지만, 리좀에서는 하나의 정체성이 중요한 것이 아니라 계속 뻗어나가고 변신하는 가운데 '되기'가 중요해진다. 이런 상태에서 '어디로 가는가? 어디에서 출발하는가? 어디를 향해 가려 하는가?'라는 물음은 쓸데없는 물음이라고 들뢰즈는 얘기하고 있다. 전체를 설명해주는 하나의 체계, '일자(一者)'를 향한 회귀의 욕망을 버리고 어디서 시작되고 어디서 끝날지 모르며 어디로 갈지 모르는 수많은 자연 발생적 관계의 연결 속에 살아가고 있는 것이다.

나는 이런 내용을 내 체험 속에서 이해했다. 나는 이 사회의 울타리 안에서 살아갈 때는 거대한 나무, 즉 수목형 체계 속에서 한 부분이었다.

누구의 아들, 어느 학교 출신, 어느 직장, 직위, 어느 나라 사람 등등을 통해 나의 정체성은 규정되었고, 그 일관된 체계 속의 일부분으로서 삶의 방향과 목적이 설정되었다.

하지만 그 울타리를 벗어나 들락날락하는 삶을 살면서 나의 정체성은 툭 잘렸다. 다른 문화권에 가면 나는 낯선 곳에서 온 이방인이었고, 그들의 관점, 그들의 가치 체계 안에서는 줄기였지만 또 뿌리를 내릴 수 있는 가능성을 갖고 있었다. 그리고 계속 국경을 넘어 이동하다 보면 나에게 있어서 '나는 ……이다'라는 정체성은 사라지고 '나는…… 그리고…… 그리고…… 그리고'하는 식의 관점에서 존재했다. 그 상황에서는 정체성이 아니라 그들처럼 '되기'가 중요했다. 나는 늘 이동하고 변신하며 어디서든 뿌리를 내릴 수 있었으나, 뿌리를 내리는 행위도 잠시였고 다시 이동하고 뻗어나가는 줄기가 되었다. 즉 여행하는 나는 뿌리줄기, 리좀이었던 것이다.

돌아와서도 마찬가지였다. 나는 수많은 관계 속에서 이곳저곳에 뿌리를 내리며 일시적, 복수적 정체성을 확보했다. 신문·잡지와 접속하면 글을 생산하는 여행 작가, 방송과 접속하면 말로 여행 경험을 풀어내는 여행 전문가, 케이블 TV와 접속하면 여행 관련 프로그램 MC, 프로그램 대본과 접속하면 방송 구성 작가, 여행사와 접속하면 여행 인솔자, 대학의 학생들과 접속하면 시간강사, 집에서 살림과 접속하면 주부, 아무 일 없이 빈둥거리는 시간과 접속하면 백수 등 나의 정체성은 접속 대상과 상황에 따라 수없이 변신했다.

처음에는 벌이도 시원치 않은 이런저런 일을 하는 것이 불안했다. 세상에서의 대접도 좋은 편이 아니었고 주변의 시선도 불안하기만 했다. 나는 늘 용감하게 내 인생을 개척하며 살아가자고 다짐했지만 종종 주눅이 들었다. 엄청난 속도로 변해가는 사회, 빈익빈 부익부가 심화되고 있는 이 자본주의 세상에서 한군데 깊이 뿌리내려 정체성을 확보하지 않고, 늘 떠다니는 '리좀적' 삶이 가능한 것일까? 결국 이런 삶은 쉽게 얘기해서 돈 별로 못 버는 프리랜서, 혹은 고단한 비정규직의 삶이며 다만 철학적인 '관념의 유희' 아닐까?

당장 현실이 고단할 때는 리좀적 삶이고 뭐고 간에 솔직히 돈이 너무도 아쉬웠다. 자본주의 사회에서 여행은 물론, 움직이면 다 돈이 들었다. 그러나 우리 삶에서 '돈이 다가 아니다' 라는 사실 또한 분명했다. 아쉬운 돈을 벌면서도 '돈이 다가 아니다' 라는 태도를 지켜나가기 위해선 각별한 노력이 필요했다. 노마드적인 삶은 단지 떠도는 삶이 아니라, 어디서든 생존을 위해 뿌리를 내리되 하나의 시스템, 하나의 제도, 하나의 획일적 가치관에 얽매이지 않은 채 역동적인 삶을 살아가는 것을 의미했다. 나는 세상이 만들어놓은 틀 속에 갇히고 싶지 않았기에 나를 조여오는 딱딱한 껍질들을 내 안에서 용암처럼 끓어오르는 '생의 욕망' 으로 깨나갔다. 그러기 위해서는 '소유의 욕망' 을 제어하고 내 몸과 정신에 긴 기름기를 제거해야 했다. 그래야만 가볍게 움직이고, 어디서든 새로운 마음으로 접속하고 적응할 수 있었다. 그런 노력 속에서 내 삶은 다시 싱싱함을 되찾기 시작했다.

여행자뿐만 아니라 정착해 사는 사람들에게도 사회는 노마드적인 삶을 요구하고 있다. 급속한 사회 변동 속에서 하나의 이데올로기, 하나의 정체성, 하나의 윤리, 하나의 평생직장은 사라졌다. 이 혼란 속에서 주눅 들지 않고 자유롭게 살려면 어디서든 자유롭게 접속하여 생존하는 용기 있는 노마드가 되는 수밖에 없다. 그런 면에서 여행하는 노마드들이야말로 이 시대의 첨병들이 아닐까?

IV 노마디즘과 상상력의 세계

여 행 은
사 회 에 대 한
저 항 이 자 탈 출

여행은 자본주의, 근대화된 사회에 대한
저항이자 탈출이었다. 나는 존재를 수단으
로 대하며 속도전으로 몰아넣는 이 자본주
의의 속도로부터 탈출해 '나는 살아 있다'
를 외치고 싶었다. 그때 초월성의 세계가
눈앞에 번뜩였다.

사람들은 왜 그토록 울타리 밖으로 뛰쳐나가고 싶어 하는 것일까?

단지 먹고 마시는 게 좋아서라면 국내 여행을 해도 되고, 여행을 떠나
지 않아도 된다. 우리 주변에 음식점, 술집들이 얼마나 많은가?

그런데 자꾸 비행기를 타고 국경 밖으로 나가려는 것은 이 사회가 그
만큼 각박하게 느껴져서인 것 같다. 자본주의, 근대화 덕분에 우리는 물

질적으로 풍요로워졌고, 그 덕에 많은 국민이 비행기를 타고 해외여행을 즐길 수 있게 되었지만, 역설적으로 그 자본주의, 근대화가 또 우리를 힘들게 만드는 것 같았다.

"열심히 일한 당신, 떠나라!"

이런 구호는 우리에게 힘을 준다. 그러나 한 번 여행을 한 사람도, 두 번 여행을 한 사람도, 1년 여행하고 돌아온 사람도, 3년 여행하고 돌아온 사람도 이 사회에서 살아가노라면 다시 불쑥 '떠나고' 싶은 생각이 든다. 이 문제는 자꾸 여행을 떠나거나, 무조건 열심히 살거나, 정신을 무장한다고 해결되는 것이 아니다. 결국 자꾸 '떠나고 싶게 만드는' 우리 사회를 분석해봐야 하는데, 그 사회는 근대화된 자본주의 사회다. 흔히 자본주의를 비판하는 사람은 없는 사람에 대한 있는 사람의 착취, 빈부 격차, 기득권자들의 탐욕 등을 얘기하며 분노하지만, 그런 현상은 이미 봉건 시대에도 있었고, 공산주의 사회에서도 나타나는 현상이니 꼭 자본주의의 특성으로만 볼 수는 없을 것 같다.

자본주의의 특성, 자본주의 정신은 과연 무엇일까?

약 백 년 전에 활동한 독일의 사회학자 막스 베버는 이것을 매우 깊이 있게 연구했다. 카를 마르크스가 유물론적 관점에서 자본주의의 멸망과 공산주의 사회의 도래를 '예언'했다면, 베버는 겸허하게 자본주의를 분석했으며 학자가 '예언'하는 것을 경계했다. 그래서 내가 대학 다니던 시절에는 당연히 유물론과 계급 이론 등의 선명한 마르크스 이론이 인기를 끈 반면, 베버는 주목을 끌지 못하다가 공산주의가 붕괴되면서 그 진가를 드러내기 시작했다.

IV 노마디즘과 상상력의 세계

잘 알려진 바와 같이 카를 마르크스는 유물론자로서 물질을 중요시 여긴다. 모든 사회적 관계와 변화는 신기술, 생산 양식 등 물질적 토대에 기초를 두고 있다. 물질적 토대, 즉 하부 구조가 사회를 받쳐주고 있고, 거기에 맞는 사회적 관계, 원리, 관념, 정치 체제, 그리고 문화 예술 등의 상부 구조가 존재한다고 본다. 그런데 신기술에 의해 생산력이 변하면, 생산 양식이 변하고, 그에 따라 사회적 관계가 변하게 된다. 예를 들면 풍력 제분기(생산 양식)는 봉건 영주와 농노(사회적 관계)가 존재하는 사회를 낳고, 산업혁명에 의해 증기 제분기(생산 양식)가 발명되자 공업 노동자와 자본가, 즉 프롤레타리아와 부르주아지(사회적 관계)가 출현했다는 것이다. 이렇게 하부 구조는 역사 발전의 단계에 따라 계속 변하는데, 상부 구조는 기득권을 유지하기 위해 새로운 변화를 받아들이지 않고 저항한다. 결국 모순이 극대화될 때 밑으로부터의 혁명이 일어나게 되는데, 그 대표적인 예가 프랑스 혁명이었다. 그것은 새로운 사회관계와 변화를 받아들이지 못한 봉건 세력에 대한 신흥 부르주아지의 혁명이었다. 그런데 이번에는 자본주의 사회가 갖고 있는 자체 모순에 의해 프롤레타리아의 세력이 점점 증대하고 갈등도 심화된다. 이 변화를 받아들이지 못하는 부르주아지들이 프롤레타리아를 탄압하는 가운데, 마침내 혁명이 일어나 공산주의 사회가 도래한다고 마르크스는 주장했다. 물론 그의 예언은 현실에서 실현되지 않았다.

그런데 마르크스보다 조금 후세대 사람이지만 거의 비슷한 시대를 살았던 베버는 인간은 내면이나 욕망이 매우 복잡해서 이념에 의해 단선적인 행동을 하지 않고 수많은 요인에 따라 복합적인 행위를 보인다며 유토피아를 믿지 않았다. 베버는 마르크스와 달리 자본주의를 정신적인 관점, 즉 합리성에 기반을 둔 근대성의 관점에서 파악한다.

기독교적인 세계관으로 설명되던 우주와 세계가 뉴턴의 시대에 와서 과학적 세계관으로 대체되고 계몽주의가 나타난다. 사람들은 이제 세상은 신에 의해서가 아니라 과학적 법칙에 의해서 움직인다고 보았다. 그러자 그동안 유일신에 기초한 세계관 밑에서 숨죽이고 억압당하던 수많은 가치관들이 마법에서 풀려난 것처럼 부활했다. 마치 옛날 고대의 다신교 같은 상황이 벌어지는데, 그 주체는 신들이 아니라 가치들이었다. 베버는 이런 현상을 유일신의 주술에서 풀려난 '탈주술 사회' 그리고 '가치의 다신교'적인 상황이라고 표현했다. 이 다신교적 상황에서 다시 강력한 중심의 자리에 오르게 된 것이 합리성이었다. 이제 세계를 지배하는 것은 인간의 차가운 이성이 되었으며, 이런 현상 속에서 인간은 기계를 발명하고 산업혁명을 일으켰으며 관료적 근대 국가가 출현하는 것으로 본다.

그런데 베버는 유명한 『프로테스탄티즘의 윤리와 자본주의 정신』이란 책에서 자본주의가 출현하게 된 결정적 계기가 기독교의 개신교, 그중에서도 '칼뱅교(캘빈교)'의 등장이라고 보았다. 종교혁명이 일어난 후, 루터와 달리 칼뱅은 매우 엄격한 금욕적 경건주의와 '구원 예정설'을 내세웠다. 인간은 자신의 선행이나 노력이 아니라 신의 의지에 의해 구원을 받으며, 구원받을 사람은 이미 다 결정되어 있다는 것이다. 또한 인간은 하늘로부터 받은 달란트(재능)를 갖고 태어나는데 이걸 다 발휘하는 것이 하느님의 뜻을 실현하는 것이다. 그러므로 열심히 일하고 자신의 재능을 꽃피워야 한다. 또한 칼뱅은 금욕적이면서도, 그 당시 금지했던 고

IV 노마디즘과 상상력의 세계

리대금업과 이자를 허용했다. 돈을 빌려주고 이자를 받는 것은 정당한 행위로 보았기에 칼뱅 교도들은 경건하게, 금욕적으로, 시간을 아껴가며 일하고 거기서 생긴 돈을 낭비하지 않고 축적했다.

그런데 "아무리 구원받기 위해 선행하고, 노력해도 소용없다. 이미 신의 의지에 의해 자신의 운명과 구원은 예정되어 있기 때문이다"라는 구원 예정설 앞에서 칼뱅 교도들은 불안감을 느꼈고 의문을 가졌다.

'그럼 누가 이미 구원받았는가?'

그들은 알고 싶었으나 증명해줄 사람이 없었다. 결국 칼뱅 교도들은 이런 불안한 심리를 열심히 일하고, 돈 벌고, 재투자하여 다시 더 큰 부를 이루되, 검소하고 금욕적으로 살며 신의 영광을 찬양하는 것으로 달랬다. 이런 과정에서 그들은 차차 '부의 축적'을 신으로부터 구원받았다는 '증표'로 삼기 시작했다. 결국 칼뱅 교도들은 경쟁적으로 일하며 부를 축적했고, 이렇게 '축적된' 자본이 재투자되어 자본주의의 꽃인 기업이 출현했으며, 이를 통해 자본주의가 발전되었다는 사실을 증명하기 위해 막스 베버는 매우 꼼꼼하게 수많은 자료를 들어가며 설명하고 있다.

탐욕은 동서고금을 막론하고 인간 사회 어디서나 발견되었고, 부자들은 탐욕으로 축적된 돈을 탕진하거나 과시하거나 베풀었지, 그것을 축적하여 재투자하지 않았는데, 칼뱅 교도들은 재투자했다는 것이다. 베버는 현세적, 물질적 성공을 추구하면서도 금욕적으로 검소하게 사는 칼뱅 교도들의 사상을 '현세적 금욕주의'라고 불렀다. 칼뱅 교도들의 '현세적 금욕주의'는 훗날 영국의 청교도로 이어졌고, 그들은 메이플라워호를 타고 미국으로 건너갔으며, 성실하게 일하고 돈을 축적해서 자본주의를 발전시켰다. 백여 년 전 미국을 방문한 막스 베버는 벤저민 프랭클린의 이런 글을 인용하며 '자본주의 정신'에 대해 얘기하고 있다.

> 시간이 돈임을 잊지 마라. 매일 노동을 통해 10실링을 벌 수 있는 자가 반나절을 산책하거나 자기 방에서 빈둥거렸다면, 그가 오락을 위해 6펜스만을 지출했다 해도 그것만 계산해서는 안 된다. 그는 그 외에도 5실링을 더 지출한 것이다. 아니, 갖다 버린 것이다.
>
> 신용이 돈임을 잊지 마라. 누군가가 자신의 돈을 지불 기간이 지난 후에도 찾아가지 않고 나에게 맡겨두었다면 나에게 이자를 준 것이거나 내가 이 기간 동안 그 돈으로 할 수 있을 만큼의 것을 준 것이다.
>
> 돈이 '번식력을 갖고 결실을 맺는 성격을 가진다'는 점을 잊지 마라. 돈은 돈을 낳을 수 있으며, 그 새끼가 또다시 번식해 나간다. ……근면과 검소 이외에 모든 일에서 시간 엄수와 공정보다 젊은이를 출세시키는 것은 없다.

이 글에서 볼 수 있듯이, 베버가 본 자본주의 정신은 탐욕이 아니라, 시간을 아끼고, 검소하며, 돈을 중시하는 태도였다. 그런데 베버는 이런 건실한 태도 속에서 발생하는 현상을 우려하기도 했다. 경건한 청교도들의 '현세적 금욕주의' 속에서 피어난 근면함은 먹고살 만해져도 멈추고 즐기는 것이 아니라 경쟁, 효율성 그 자체를 중요시하게 했고 이것이 마치 '스포츠 게임'처럼 되었다는 것이다. 베버는 돈을 벌어도 쓰지 않고 저축하고, 투자하며 더 많이 생산하고, 더 효율적으로 시간을 아끼며

IV 노마디즘과 상상력의 세계

'더, 더, 더' 확대 팽창하는 사고방식이 브레이크 없이 질주할 것이라는 불길한 예감을 가졌다.

이처럼 막스 베버는 카를 마르크스의 유물론적 관점을 부정하지는 않았지만, 자본주의 발전에서 결정적인 역할을 한 것은 '관념의 힘'으로 보았다. 베버는 '관념은 이익의 전철수(轉轍手)'라는 말을 하는데 전철수는 궤도가 갈라진 지점에서 기차가 오기 전에 레일을 조작하는 사람이다. 즉 이 세상은 기차처럼 물리적인 법칙에 의해 움직이지만, '전철수'라는 인간의 정신, 관념이 방향을 설정하는 것에 따라 다른 길을 간다는 것이다. 그리고 일단 선택된 궤도에 들어서면 자동으로 물리적 법칙에 의해 기차는 달려가는데, 베버는 자본주의 발전에 있어서 칼뱅 교도의 관념이 전철수 역할을 했다고 본다.

베버는 자신의 이론이 하나의 '분석적 틀'이지 절대적인 것이 아니라며 겸손한 태도를 취한다. 사실, 세상의 모든 학문적인 이론은 분석을 위한 도구일 뿐이며 한계를 띠고 있다. 그러나 나는 내 체험 속에서 그의 분석에 많이 공감할 수 있었다. 그가 지적한 근대 자본주의 사회에서 나타나는 합리주의, 생산성, 효율성을 숭배하며 벌이는 끝없는 속도 경쟁과 관료화는 우리의 현실 아닌가? 특히 세계화, 무한경쟁이라는 구호가 나타난 IMF 시대를 기점으로 우리는 피부로 그것을 느끼기 시작했다. 기업이든 개인이든 더 높은 효율성을 지향하며 경쟁을 해서 이겨야 한다. 예전보다 물질적으로 더 못사는 것도 아닌데 우리는 늘 초조하고 바쁘다. 19세기 중반 폴 라파르그라는 사회주의자는 독일 작가 레싱의 글을 인용해 근대 자본주의를 이렇게 비판하고 있다.

게을리 하세, 모든 일을. 사랑하고 한잔하는 일만 빼고. 그리고 정말 게

을리 해야 하는 일만 빼고.

그는 초기 자본주의 시대를 지배하는 근면, 검약, 효율성, 생산성이란 가치가 결국 우리의 삶을 메마르게 하고 있음을 본 것이다. 그런데 2차 세계대전이 끝나고 후기 자본주의 시대에 부지런한 자본주의 정신이 물질적 탐욕과 결합하면서 전 지구의 자원과 인력을 풀가동하며 미친 듯이 돌아가기 시작했다. 검약보다는 흥청망청 소비, 그리고 부동산 투기, 투기 금융 자본들이 성행하면서 전 세계적인 금융 위기가 터졌으며 그것은 아직도 현재진행형이다.

그런데 자본주의를 깨부수자고 했던 공산주의는 어땠나?

공산주의 사회는 생산성, 효율성이 매우 떨어진 활력 없는 사회였지만 그들이 내세운 것도 여전히 생산성, 효율성이었다. 그들은 항상 '무슨 무슨 전투' 하면서 그것을 강조했다. 결국 어느 사회든 모두 경제 발전을 원했고 사람들에게 일하기를 강요하고 있었다. 또한 관료제는 엄청났다. 1992년도에 동유럽 국가들을 여행할 때 본 인민들은 관료들 앞에서 주눅 들어 있었고, 심지어 루마니아의 국경 관리는 내 콧수염이 진짜인지 가짜인지를 보기 위해 손으로 잡아 들었다 놓았다. 1993년도 베트남에 입국할 때 이민국 관리는 대놓고 '5달러'만 달라고 했는데 이런 관료들의 부패는 다른 저개발 국가에서도 나타났지만 공산주의 국가는 그 정도가 더 심했다. 나는 이 지점에서 공산주의, 자본주의를 이분법으로 보지 않고, 합리주의, 계몽주의, 관료제에 기초한 서구 근대 사회의 쌍둥이 자

식들로 보게 된다.

　서구에서 근대화의 시기는 여러 관점에서 잡을 수 있지만 계몽주의와 산업혁명이 본격적으로 일어난 18세기부터 본다면, 2백~3백 년에 걸쳐 서구에서 시작된 합리주의에 기초한 탈주술화, 근대화, 관료제는 전 지구적으로 확산되었고, 그것은 자본주의에 의해 더욱 가속화되었으며, 자본주의 모순에 반대한 공산주의 사회 역시 합리화를 추구하며 탈주술화, 근대화, 관료제를 확립했다. 단, 인도나 이슬람 문명권은 신의 힘이 아직까지 강하게 남아 있지만 여기에도 근대화, 자본주의 물결은 서서히 스며들고 있다. 결국 자본주의냐 공산주의냐, 개발 독재냐 민주냐 하는 차이도 전체적인 '근대성'의 관점에서 보면 오십보백보의 차이밖에 없어 보였다. 전 지구가 합리주의에 기초한 근대성의 물결 속에 잠긴 것이다.

　근대 사회는 우리에게 끝없는 생산성과 효율성을 요구하며, 그것을 위해 인간을 수단화한다. 또한 '합리화'란 정신 아래 '성스러운 세계'를 박탈하고 모든 것을 물질적으로 '속화'시킨다. 부르주아지와 프롤레타리아는 똑같은 '속의 세계'에 속해 있으며 그들 모두 물질적 세계관을 갖고 있다. 모두 다 생산물을 더 많이 차지하기 위한 투쟁을 하고 있을 뿐이다. 그런 점에서 본다면 부르주아지나 프롤레타리아나 '속(俗)의 세계' '생산성의 세계' '유용성(有用性)의 세계'에서 살아간다. 부르주아지나 프롤레타리아나 그들의 세계관에서 초월성은 배제되어 있다.

　물론 근대성의 장점은 많다. 그것은 왕정, 계급 사회, 부패 등으로 엉긴 '앙시앵 레짐(구체제)'을 혁명으로 깨부쉈고, 시민들을 역동적으로 사회에 참여하게 만들었다. 그리고 시민의 자유와 인권을 신장시켰고,

부패한 종교 권력을 해체시키며 밝은 이성의 세계를 만들었다. 특히 한국의 경우에는 긍정적인 측면이 많다고 본다. 모순과 비효율성에 발 묶여 있던 조선이 중국과 일본 사이에서 찢기고, 그러다 식민지화된 후 이데올로기에 의한 남북 분단, 전쟁 등으로 우리 사회는 폐허가 되었다. 사회의 구심점도 없었고 인재도 없었으며 축적된 자본도 없었다.

나는 30년, 40년 전의 깡마른 시대를 기억한다. 내 유년 시절에는 판자촌이 즐비했고 거지들, 한센병 환자들이 집집마다 돌며 밥을 구걸했으며, 부모 잃은 고아들, 구두닦이들도 많았다. 그 아무것도 없는 상태에서 약 40년 동안 근대화, 즉 산업화와 민주화를 이룩했고, 더 나아가 정보화, 세계화를 이룬 나라로 세계사에 유례가 없다. 서구에서 2백~3백 년, 일본에서 백 년 동안 이룬 것을 우리는 짧은 시간 안에 이룬 것이다. 일본의 경우는 이미 임진왜란 이후부터 국부가 팽창하고 있었지만 우리는 그때부터 국력이 쇠퇴했다. 그러니까 일본도 수백 년에 걸친 토대가 있었던 데 비해 우리는 이미 임진왜란, 병자호란을 거치면서 국력이 기울었다. 만약 우리 역사에서 빠른 속도로 근대화되지 않았다면 아마 지금쯤 다시 중국이나 일본 혹은 미국의 식민지가 되어 있지 않을까?

그렇지만 나는 학창 시절 '근대화'란 단어가 너무 싫었다. 1960년대, 1970년대 학교에서 국민교육헌장을 외웠고, 새마을 교육을 받았으며, 교련을 받고, 반공 궐기 대회에 동원되었다. TV만 틀면 대통령의 훈시를 볼 수 있었는데 그때 내 머릿속에 각인된 그 시절의 구호는 '조국 근대화'였다. 가난에서 탈출하기 위해 조국 근대화가 필요하다는 그 구호가 우리 아버지 세대에는 설득력이 있었다. 가난, 전쟁, 근대화 등의 단어는 아버지 세대의 키워드였다. 아버지는 TV를 보며 정부를 비판하는 고등학생 아들에게 늘 이렇게 말했다.

"네가 전쟁을 알아. 총탄이 날아오는데 말이야……. 그리고 다 폐허가 되었어. 거기서 먹고살기 위해 뼈 빠지게 일하며 여기까지 온 거야. 먹을 게 없는데, 가난한데 무슨 자유고, 민주주의야. 넌 아직 세상을 몰라."

당시 나는 그런 말이 지겨웠다. 사상 때문이 아니라 너무도 똑같이 반복되는 그 말들에 숨이 막혔기 때문이다. 나에게는 자유, 민주주의 그런 게 절실했다. 가혹한 정치적 탄압은 물론, 대학 들어와서도 장발 단속에 걸리면 경찰서에 잡혀가 머리를 잘리고, 미니스커트가 너무 짧다고 경찰관이 여자의 드러난 무릎을 자로 재는 사회가 너무도 숨 막혔다. 게다가 뼈 빠지게 일한 아버지 덕택에 먹을 걱정을 하지 않던 나였기에 배고픔을 몰랐다.

그 배고픔과 지독한 가난을 몰랐던 나는 늘 우리 사회를 비판적으로 보았는데, 그러다 동남아, 서남아, 인도의 현실을 보며 충격을 받았다.

배고픔과 절대 빈곤 앞에서 무슨 말을 해야 하나?

그들은 수십 년 전에는 우리보다 잘사는 나라들이었다. 그들 역시 서구에 비하면 가난한 나라였지만 그만큼 우리가 못살았기 때문이다. 내가 어릴 때 동네 친구 아버지는 '비율빈(필리핀)'에 갔다 올 때마다 온갖 진귀한 상품과 식료품을 사 가지고 왔었다. 지금 말로 하면 '보따리장수'였던 것 같은데 모두들 그 집을 부러워하던 시절이 있었다. 그때는 '비율빈'이 우리보다 잘사는 부러운 나라였다. 그런데 지금은 그들이 우리의 경제력과 민주화된 사회를 부러워하고 있다. 발전된 한국의 국력 때문에 나는 '대한민국 여권'을 갖고 자유롭게 여행했다. 뼈 빠지게 일하고 고생한 아버지, 어머니 덕택에 교육받은 나는 민주주의와 여행을 즐기고 있는 것이다. 결국 나는 우리 근대사를 인정할 수밖에 없었다. 근대화를 이룩하려면 우선 물적 토대를 구축하기 위한 산업화가 필요했고, 자본 축적이 필요했다. 남들이 수백 년 동안 이룬 그것을 수십 년에 하려니 온갖 부작용이 있었다고 볼 수밖에 없었다.

하지만 그것 때문에 우리가 살게 되었으니, 앞으로도 그런 정신, 그런 시스템 속에서 살자는 구호에도 결코 동조할 수 없었다. 산업화 세력만의 노력에 의해서 이 나라가 성장한 것은 아니라고 보았다. 그 후 전개된 민주주의 투쟁이 없었다면 그 근대화는 반쪽짜리였을 것이다. 산업화라는 물적 토대 위에 민주화가 결합하면서 젊은이들이 창의적으로 활동했고, 이를 토대로 정보화, 세계화로 나아간 것이라 생각하기에 나는 그 두 가지를 모두 인정할 수밖에 없었다.

그러나 문제는 여전히 남아 있었다. 그동안 너무도 가난해서 '먹고살기' 위해 숨 가쁘게 뛰어왔고 근면, 성실, 검약이라는 태도를 좋은 걸로 여겨왔다. 그런데 너무 지쳤다. 너무 바쁘게 일하고, 빈부 격차는 벌어지고, 고물가 사회가 되었다. 또한 완벽한 민주주의만 되면 모든 이들이 다 같이 행복하게 살 수 있을까? 그건 유토피아를 좇는 교조주의로 보였다. 우리보다 더 민주화되었다는 미국, 일본, 유럽이 그리 행복해 보이지도 않았다. 현재 우리의 머릿속에 그려진 민주주의는 산업화, 자본주의라는 토대 위에서 꽃핀 민주주의이기에 산업화, 자본주의, 근대화라는 그 토대에서 생기는 온갖 문제점을 완벽하게 극복할 수 없는 것으로 보였다.

IV 노마디즘과 상상력의 세계

문제의 본질은 근대화의 물결 속에서 우리 사회와 제도 의식 속에 깔린 자본주의라는 거대한 시스템인데 이 시점에서 그걸 극복하는 방법은 잘 보이지 않았다. 나는 마음 둘 곳이 없었다. 그래서 놀고 싶었다. 게을리 살고 싶었고 여행하고 싶었다. 무한경쟁을 강요하는 신자유주의에 그렇게라도 저항하고 싶었다.

　물론 사상가가 아니고 투쟁가가 아닌 평범한 시민인 나도 경제가 잘 돌아갔으면 좋겠다. 그리고 빈부 격차가 완화되고 사회 복지가 잘되어 모든 사람들이 행복하게 살았으면 좋겠다. 단, 모두모두 시간적으로 여유 있게, 추방된 초월성을 다시 끌어들여 자신의 영혼을 촉촉하게 하고, 주관 문화가 발전하는 모습을 보고 싶을 뿐이다.

　그런데 그게 가능할까? 모든 것을 효용성, 생산성 앞에서 '쓸모'로만 여기고 수단으로 대하는 이 사회의 시스템 속에서? 결국 인간은 잘게 쪼개지고 초월성은 증발된다.

　여행은 그런 면에서 자본주의, 근대화된 사회에 대한 저항이자 탈출이었다. 나는 존재를 수단으로 대하며 속도전으로 몰아넣는 이 자본주의의 속도로부터 탈출해 '나는 살아 있다'를 외치고 싶었다. 그때 초월성의 세계가 눈앞에 번뜩였다. 그것을 신이라 부르든, 무한의 세계라 부르든 그 순간 나는 존재 자체만으로 황홀해지는 경험을 했다. 그 황홀한 경험을 맛본 여행자는 다시 이 빡빡한 세상으로 돌아오기가 힘들어진다.

　그래서 한번 여행을 맛본 사람들은 자꾸 떠나고 싶어 한다. 나라가 발전하고 GNP가 올라가고 은행 잔액이 늘어날수록 더 떠나고 싶어진다. 초월성을 추방한 이 사회가 영혼을 메마르게 하기 때문이다.

바 람 구 멍 이
있   는
사   회

그 모순과 비합리에 지긋지긋해하면서도
문득 가슴에 '바람구멍'이 생기고 초월성
의 세계를 맛보면서 영혼이 흔들리는 것이
다. 이런 모습은 근대화된 국가에서는 볼
수 없는 것들이다. 젊은이들은 '명상과 깨
달음' 때문이 아니라 바로 이런 '바람구
멍' 때문에 인도를 좋아하는 것 같았다.

나는 일상에서도 여행에서도 하늘과 바람과 사람 너머에서 펼쳐지는 초
월성의 세계를 그리워했다. 세상의 존재는 죽으면 다 끝이고, 돌아서면
그만인 게 아니다. 우리는 이성에 의해 쉽게 판단되지 않는 수많은 원인
과 결과로 연결되어 있고, 눈에 보이는 존재들은 거대한 초월적 존재에
서 물거품처럼 잠시 일어나 파르르 떨다 사라지는 하나의 현상일지도 모

IV 노마디즘과 상상력의 세계

른다. 그 거대한 존재를 신으로 부르든, 연기의 법칙 혹은 카르마의 법칙으로 부르든 간에 나는 초월성을 믿고 있다.

그런데 근대 사회는 그 초월성을 추방했다. 전통 사회에서는 신화, 전설, 샤머니즘 등에서 그 초월성이 숨쉬고 있었다. 눈에 보이는 것들과 보이지 않는 것들이 뒤섞여 현실이 만들어졌기에 우리의 현실은 시공간을 초월해 무한히 드넓게 펼쳐졌다. 그러나 이성과 합리성은 현실에서 그런 것들을 분리시키고 축소시켰다. 우리는 견고한 제도 속에 기능적인 수단으로 일하고 생활하는 가운데 의식도 조각조각 분리되었다. 모든 게 따로따로다. 너와 나, 인간과 동물, 문명과 자연, 육체와 영혼 등은 초월성속에서 구분될 수 없는 '하나'인데 우리는 분리시킨다. 거기서 긴장과 소외는 늘 발생한다.

그래서 나는 인도를 좋아했던 것 같다. 더럽고 혼란스럽고 예측을 불허하는 그 대륙에 발을 딛는 순간 내 존재는 무한히 확장되었다. 바라나시의 갠지스 강변에서 '멍 때리는' 여행자들과 같이 앉아 유유히 흘러가는 갠지스 강을 바라볼 때, 나는 이 생(生)과 저 생(生)의 경계에 앉은 몽상가였다. 세상의 사물들은 경계를 잃고, 이름을 잃고 혼돈 속에 하나가 되었다. 그 하나 됨 속에서 나는 사라지고 꿈이 되었다.

인도는 주술 사회다. 신과 신화와 마법에서 풀려나지 못한 수많은 인도인들이 아침부터 저녁까지 수많은 신에게 절했다. 신, 신, 신. 어딜 가든 신들이 있었다. 인도의 힌두교는 하나의 신, 하나의 교리가 지배하지 않는다. 인도 땅에는 인류 역사상 발생했던 그 모든 관습, 신앙, 의례 등이 그대로 축적되어 있으며, 그걸 집대성시켜놓은 힌두교에는 교조도 없고 신화, 전설도 지방마다 제각각 다르다. 샤머니즘적인 요소들이 그대로 다 살아남은 것이다. 이런 것을 세월 속에서 창조의 신 브라흐마, 보호와 유지의 신 비슈누, 파괴와 죽음의 신 시바 등으로 구분하고 그 모든 신들을 흡수했으며 삼신일체(三神一體)의 사상으로 집대성시켜놓기는 했지만 지방마다 수많은 민간 설화 등이 조금씩 다르다.

사실 이런 다신교, 신화, 샤머니즘은 어느 지역, 어느 나라에나 있었다. 한국도 근대화 이전에는 무속 신앙, 전설, 민담 등이 생활 속에 깊이 뿌리내리고 있었다. 나도 어릴 때 어머니로부터 귀신 얘기, 도깨비 얘기들을 듣고 자랐으며 아이들끼리 모여도 그런 얘기를 많이 했었다. 또 종종 방학을 할머니 집에서 보냈던 아내 얘기에 의하면, 시골에는 샤머니즘이 많이 살아 있었다. 예를 들면 할머니는 피부병이 난 일곱 살짜리 꼬마 아이를 밤에 발가벗겨 부뚜막 위에 서 있게 하고 입으로 물을 내뿜으며 빗자루로 몸을 쓸어내렸다고 한다. 그래서 피부병이 나았는지 안 나았는지 아내는 기억 못하지만, 할머니나 아이나 그것을 굳게 믿었다.

이런 믿음과 행위들은 근대화가 되면서 '미신'으로 격하되었고 생활 속에서 추방되었다. 병이 나면 당연히 이성과 과학이 지배하는 병원에 가고, 모든 현상을 과학적, 이성적으로 분석하고 판단한다. 과학과 이성은 우리 삶에 도움을 주었지만 이런 과정 속에 '인간 존재'의 한계는 축소되었다.

그런데 인도에는 우리가 잊었던 수많은 신과 신화가 인간들 속에서 살아 숨쉬고 있었다. 물론 인도에도 요즘 근대화, 자본주의 물결이 거세게 침투하고 있다. 대도시를 중심으로 고층 빌딩들이 우후죽순처럼 들어서

IV 노마디즘과 상상력의 세계

고 외국 자본도 침투하고 있다. 또 중산층, 상류층들은 어느 정도 '탈주술화'가 되어 자본의 맛을 보았다. 그러나 여전히 수많은 사람들이 '주술화' 상태에서 살아가고 있다. 이런 나라가 또 있을까? 신화의 나라라는 그리스에는 이미 수천 년 동안 기독교가 지배한 터라 고대의 신들은 '이야기'로만 남아 있을 뿐 그들을 위한 제사를 지내고 축제를 벌이지는 않는다. 그래서 인도는 이 지구 상에서 매우 유별난 곳이다.

이런 나라를 근대화의 가치인 합리성, 이성, 효율성, 생산성 등이란 잣대로 접근하면 모순 덩어리다. 그래서 인도 사회의 빈부 격차, 계급 제도, 빈곤, 모순, 느림, 비합리성, 종교를 빙자한 착취 등에 대해 분노하고 비판하는 여행자들도 많다. 또 복잡한 힌두교 신화와 푸닥거리처럼 보이는 의례, 혼돈 같은 현실 속에서 여행자들은 혼란스럽다.

그런 인도가 좋으니, 우리도 인도처럼 살자는 얘기를 할 수는 없다. 그러나 내가 오랫동안 그곳을 여행하며 깨달은 것은, 나의 잣대가 철저히 '근대화' 시대의 잣대란 것이었다. 그 잣대는 인류 역사상 2백~3백 년에 걸쳐 등장한, 또 우리 사회에서 40~50년에 걸쳐 형성된 아주 '짧은 잣대'인 것이다. 인도 여행에서의 가장 큰 소득은 우리가 엄청나게 '짧은 잣대'를 갖고 살고 있는 사람으로서 겸손해야 한다는 자각이었으며, 그 짧은 잣대로 판단하기에는 인류 역사의 모든 것이 녹아 있는 혼돈 같은 인도 사회가 너무 거대하다는 사실을 알았다는 것이다.

인도를 좋아하는 사람들 중에는 잘사는 나라에서 온 이들이 많았다. 그들은 근대화가 지독하게도 완성된 빈틈없는 자신들의 사회를 답답해하다가 인도에 와서 빈틈을 보는 것이다. 그래서 1960년대, 1970년대 히

피들이 반문화 운동을 일으키면서 인도로 떠났고, 1970년대부터 일본의 젊은이들이 인도로 가기 시작했으며, 1990년대부터 한국에서도 인도로 떠나는 젊은이들이 많아졌다. 그런데 어떤 한국 여행자가 이런 비판을 하는 것을 들은 적이 있다.

"인도에 와서 좋다, 좋다 혹은 무슨 깨달음이니 하는데, 내가 볼 땐 사람들이 어떤 유행 때문에 그런 것 같아요. 여기가 솔직히 뭐가 좋습니까? 가난하고, 더럽고, 속이고…… 있는 놈들이 착취하고, 종교 사기꾼들이 득실거리고. 자기들보고 여기 와서 살라고 해봐. 살 사람이 있을까? 여행자 입장에서 잠시 들렀다 가면서 보면 낭만일지 몰라도, 여기 산다면…… 그러니까, 여기서 살아가는 사람들이 불쌍해요."

일리 있는 말이기는 했다. 나도 해탈이니 명상이니 하면서 강한 목적성을 가진 이들이, 인도를 '있는 그대로' 보고 느끼지 않고, 자신의 틀에 여행을 억지로 끼워 맞추는 것을 보았다. 또 반대로 인도의 현실을 자신의 '짧은 잣대'로 재단하면서 함부로 인도를 규정하고 판단하는 사람들도 보았다. 나는 이런 현상들 앞에서 여행자들은 겸손해야 한다고 생각했다. 여행자는 그저 여행자일 뿐이다. 여행자들이 과도한 목적성을 갖거나, 혹은 현실에 대해 목소리를 너무 높이면 '닫힌 마음'이 된다. 그저 겸손하게 '자기가 경험한 만큼' 솔직하게 얘기하는 것이 여행자의 바람직한 태도라고 생각했다. 인도를 어떻게 보았는가가 문제가 아니라, 본 것을 의도적으로 '과대 포장'하거나 자신의 작은 경험과 지식과 잣대로 너무 빨리 '결론' 내리는 태도가 문제라고 생각했다.

그런데 인도를 좋아하는 젊은이들은 단지 유행 때문에 좋아하는 것이 아니었다. 많은 여행자들이 인도의 자연스러움, 빈틈을 좋아했다. 특히 1980년대 중반 이후에 태어난 젊은이들은 우리가 겪었던 가난을 잘 모른다. 대신 학교에서 심한 경쟁에, 과외에 시달린 세대였다. 그들은 자라면서 늘 빡빡한 시간, 조여 있는 제도 속에서 살아왔다. 그리고 직장에 들어가도 그렇다. 그 빈틈없는 생활, 사회에 지쳐 있다가 대로에 소가 느긋하게 앉아 교통을 마비시켜도 그저 바라보기만 하는 사회, 과일을 먹는데 달려들어 빼앗는 원숭이들, 구걸을 하면서도 당당한 거지들, 혹은 빈곤, 비참한 죽음, 슬픔, 맨발로 춤추는 원시적이고 격렬한 종교 축제, 그리고 화장터의 연기를 보면서 숨통이 확 트이는 경험을 한다. 그 모순과 비합리에 지긋지긋해하면서도 문득 가슴에 '바람구멍'이 생기고 초월성의 세계를 맛보면서 영혼이 흔들리는 것이다. 이런 모습은 근대화된 국가의 여행에서는 볼 수 없는 것들이다. 많은 젊은이들은 '명상과 깨달음' 때문이 아니라, 억눌린 존재에 '바람구멍'을 내주며 존재를 무한히 확장시켜주는 경험을 할 수 있기에, 인도를 좋아하는 것 같았다.

나 역시 그랬다. 그곳에서 내 인식의 지평선은 무한히 확장되었다. 그런데 우리 사회에서도 종종 바람구멍이 곳곳에 생기는 것을 요즘 목격한다. 그것은 우리 사회가 근대(모더니티 사회)에서 탈근대(포스트모더니티 사회)로 넘어가는 과정으로 보였다.

포 스 트 모 더 니 티
사   회   를
바 라 보 는   방 법

틀에 집착하는 사람들을 세상은 '교조주의
자'라고 부른다. 나는 세상을 두루두루 돌
아보는 여행자 출신으로서 교조주의자가
될 수 없었다.

나는 1990년대가 쓸쓸했다. 물론 여행 중에는 좋았다. 그러나 삶의 현장
으로 오면 늘 외로웠다. 언제부턴가 세상은 증권이니, 부동산이니, IT니
하면서 흥청거렸고 그런 것과 거리가 먼 나는 뒤처지는 것만 같았다. 그
런 나를 더 외롭게 만든 것은 '포스트모더니즘'이란 단어였다.

포스트모더니즘이 뭐지?

IV 노마디즘과 상상력의 세계

나는 갑자기 매스컴을 통해 불어온 포스트모더니즘의 열풍 속에서 어리둥절할 수밖에 없었다. 내가 그것을 이해한 것은 세월이 지난 후였다. 19세기 말과 20세기 초에 영미권에서 발생한 모더니즘은 건축 및 문학 등 문화 예술계의 사조로 매우 광범위한데, 문학에만 맞춰서 본다면 작가들은 실재를 '있는 그대로' 재현할 수 있다는 '리얼리즘(사실주의)'을 거부하고 '작가들의 의식'을 통해 세상을 바라보았다. 버지니아 울프도 제임스 조이스도 D. H. 로런스도 모두 허무와 소외 속에서 자신 속으로 깊이 파고들며 자신만의 세계를 만들고자 했다. 그런 작가들은 나에게 '대단한 사람'들이었다. 여행기를 주로 쓰는 나는 대단한 사람은 아니었지만, 내면과 심리를 파고들면서 나만의 세계를 만들고 싶었고 여행기에도 그런 얘기들을 듬뿍 담고 싶었다. 팔리든 안 팔리든 그런 재미에 썼고 당연히 글이란 그렇게 쓰는 것인 줄 알았던 나는 모더니즘적인 사고방식을 갖고 있었다.

그런데 언제부턴가 변화가 왔다. 감각적 즐거움을 담은 현란한 여행기들이 우후죽순처럼 쏟아져 나왔고, 진지하게 깊은 의미를 추구하기보다는 '가볍게 풀어내는' 글들이 환영을 받기 시작했다. 물론 세상에 나온 여행기들이 다 그렇지는 않았지만 예전과는 다른 글들이 당당히 주류를 형성하고 있었다.

또한 세상살이도 변해가고 있었다. 진득함, 성실함, 일관성 같은 미덕은 무능과 비슷한 분위기를 풍겼고, 튀고 세상을 함부로 비틀고 까고 나대는 것이 새 시대의 기상처럼 보였다. 컴퓨터, 인터넷이 발전하면서 젊은 세대들은 자신들의 언어와 사고방식을 공유하기 시작했고 그것을 이해하지 못하는 기성세대를 '꼴통'이라 불렀다. 꼭 정치만이 아니라 문화 전반에 걸쳐 그런 현상이 나타나면서 세상은 핑핑 빠르게 돌아갔다. 또 한 치열한 창작의 고뇌를 통해 나오는 작품을 비웃기라도 하듯이 '패스티시(혼성 모방)'기법, 즉 남의 작품들의 부분들을 짜깁기해서 만든 작품들이 나타나기 시작했고, 패러디 작품들은 인터넷을 타고 널리 퍼져나갔다. 상업성과 결탁된 이런 경향이 포스트모더니즘이란 말로 미화되는 가운데 이런 외침이 들려왔다.

하늘 아래 새로운 것 없다.

아, 얼마나 나를 힘들게 했던 말인가? 그렇다. 틀린 말은 아닌 것 같았다. 하늘 아래 새로운 것은 없어 보였다. 서구에서 2차 세계대전 이후에 등장했다는 포스트모더니즘(postmodernism) 입장에서 보면, 작가는 대단한 존재가 아니었다. 문학이든 다른 예술에서든 작가가 아무리 독창적이라 해도, 이미 앞서간 이들의 생각과 언어로부터 영향을 받았다는 것은 부정할 수 없는 사실이었다. 이런 입장에서 본다면 작가가 힘들게 만든 작품이나 '패스티시'기법으로 짜깁기한 작품이나, 패러디한 작품들이나 큰 차이가 없는 것이다.

또 사실과 현실의 경계가 모호해지며 팩트(fact)와 픽션(fiction)이 결합되어 '팩션(faction)'이 등장하는 포스트모더니즘 시대에 과연 여행기란 무엇인가? 팩트인가, 픽션인가, 팩션인가?

나는 여행기를 쓰며 없는 사실을 만들어내지는 않았지만, 글을 통해 현실을 '있는 그대로' 전달한 것도 아니라고 생각했다. 언어와 실재 사이에는 늘 건널 수 없는 그늘이 있었다. 바다에 가서 출렁이는 파도와 바람의 냄새를 아무리 잘 묘사해도 그것을 전달할 수는 없었다. 다만 언어를 통해 형성되는 '이미지'만 전달되는 것일 뿐, 언어는 늘 사물 위에서 겉돌았다. 불완전한 감각을 통해 형성된 것은 '부분적 이미지'였으며, 그 이미지를 불완전한 언어로 옮기는 행위는 이미 허구적이었다. 그리고 그 허구 같은 언어에서 연상되는 이미지를 '읽는 이' 역시 자기만의 이미지를 형성한다. 그때 최초에 내가 목격한 현실과, 거기서 형성된 나의 이미지와 또 내 글을 읽는 이가 갖게 되는 이미지는 달랐다. 결코 사물은 재현되지 못했고 우리는 모두 복제품 속에 둘러싸여 살고 있다는 느낌도 들었다.

결국 텍스트는 텍스트요 현실은 현실이었다. 텍스트는 수많은 이미지들의 유희장이요, 현실은 따로 노는 세계였으며, 또 현실 너머의 세계는 알 수가 없었다. 그래서 나는 허구를 생산하기보다, 그 허구를 생산하는 과정과 심리에 대해서 쓰고 싶었지만 그런 글은 여행기가 되지 않았고, 썼다 한들 그런 여행기를 읽어줄 사람들이 없었다.

나중에 알고 보니 언어에 대한 회의, 이미지와 허구성, 작품이 만들어지는 과정에서 생기는 작가의 심리와 행위 등을 다루고자 하는 성향들도 바로 포스트모더니즘의 특성들이었다. 결국 나도 모르게 나의 내면에 포스트모더니즘적인 특성이 생성된 것이었다. 이런 상황에서 표류하는 나의 위치를 찾고 방향을 잡기 위해서, 포스트모더니즘이나 포스트모더니티 사회를 알아야만 했다. 포스트모더니즘은 한때 경박스러운 유행처럼 보였을지 모르지만, 분명히 우리 사회에서 포스트모더니즘적인 혹은 포스트모더니티적인 요소가 일상화되고 있는 것은 분명해 보였다.

그런데 처음에 모더니즘이나 포스트모더니즘이란 단어들이 모더니티와 포스트모더니티란 단어와 헷갈려서 혼란스러웠다. 나뿐만 아니라 많은 사람들이 그런 것 같았다. 나중에 알고 보니 모더니티(근대성)나 포스트모더니티(탈근대성)는 역사적, 사회적 개념으로, 문화 예술 사조인 모더니즘, 포스트모더니즘과 다른 개념이었다. 모더니티 사회를 언제부터 잡는가에 대해서는 여러 기준이 있을 수 있다. 모더니티 사회(근대 사회)의 출발점을 16세기 말로 잡을 수도 있고, 혹은 계몽주의, 산업혁명, 프랑스 대혁명이 일어나면서 합리주의, 이성, 효율성을 중시하는 사회가 형성되던 18세기로 잡을 수도 있는데, 어쨌든 모더니티 사회는 19세기 말, 20세기 초에 일어난 모더니즘보다 약 2백 년 혹은 3백 년이 앞서 있다. 이렇게 모더니즘과 모더니티는 시대도 다르고 개념도 달랐다.

반면 포스트모더니즘과 포스트모더니티 사회(탈근대 사회)는 대략 비슷한 시기를 점유한다. 둘 다 2차 세계대전 후에 서서히 태동되고 프랑스에서 1968년 5월 혁명 이후에 본격적으로 거론되기 시작되었으며 정보화, 세계화가 진행되면서 두드러지게 나타났다. 하지만 그 개념과 다루고 있는 분야, 발생 과정은 다르고, 다만 시기가 비슷하다 보니 서로 영향을 주고받았을 뿐이다.

또 모더니티와 포스트모더니티의 특성도 많은 학자들이 다른 관점에서 접근하고 있어 한마디로 말할 수는 없다. 그중에서 이런 문제를 깊이 연구하고 있는 프랑스의 사회학자 미셸 마페졸리는 『부족의 시대』라는 저서에서 양쪽 사회를 이렇게 비교, 분석하고 있다.

모더니티 사회는 기계적 구조이다. 개인들은 기능에 의해 빈틈없이 연

IV 노마디즘과 상상력의 세계

결되어 있는데, 그 토대는 이성적인 사회 계약이며 정치 경제적인 제도가 중요하다. 또한 정체성(identity)이 명확한 개인(individual)이 중요시되고, 직선적인 시간관 속에서 목적을 추구하는 삶을 살아가고 있으며, 생산성, 효율성, 목표 달성이 중요하다. 또한 어떤 행위나 사건이 기승전결로 이어지며 궁극적으로 목표, 의미를 향해 가다가 괜찮은 결말로 끝나는 '드라마적'인 요소를 강조했다. 현실이 어떻든 드라마는 늘 닫힌 구조로, 결말을 인위적으로 강조하는 구조다. 우리 의식은 현실의 사건들에 대해 그런 구조 속에서 의미를 부여하고 개념화시킨다는 것이다.

이러한 설명은 쉽게 납득이 된다. 나는 1960년대에 소년기를 보냈고 1970년대와 1980년대에 청년기를 보냈는데, 그때 학교나 매스컴에서는 늘 국민을 계몽시켰다. 우리에게는 이성과 정체성이 중요하며, 생산성, 효율성을 높여 우리 사회를 근대화시키자는 정치, 경제적인 목표가 끊임없이 제시되었다. 그에 따라 개인들도 기계적 구조 속에서 기능과 수단으로 파악되고 그것을 정체성으로 보았다. 또한 사람이라면 모름지기 '비전(vision)'이 있어야 하며 이를 위해 목표를 분명히 세우고 진군하여 성공하는 인간이 바람직한 인간이었다.

이런 성향은 여행에서도 나타났다. 초기의 배낭여행은 도전, 극복, 개척을 중요시하면서 '몇 개국을 여행했다' '세계 일주를 했다' '남이 안 가본 오지를 갔다 왔다' 등의 '성취'를 중요시했고, 사회에서는 그런 잣대로 여행을 평가했는데 그것은 근대적인 가치였다. 또한 여행을 통해 '자기 계발'을 하고, 사회에 돌아와 더 열심히 살고 목표를 성취해 성공적인 삶을 살아야 한다는 '드라마적'인 요소를 강조했다.

그러다 1990년대 들어오면서 차차 변하더니 2000년대 들어 매스컴과 인터넷의 발달로 인한 급격한 사회 변화 속에서 포스트모더니티의 특성이 보이고 있었다. 포스트모더니티 사회에서는 거시적인 정치, 경제적인 구조, 제도, 이론, 이성보다는 '감성, 감정'들이 중시된다. 또한 기능과 정체성(identity)에 의해 분리되는 개인(individual)보다 그때그때 타인과 융합하면서 수행하는 역할에 근거한 사람(person)이라는 개념이 중시된다. 여기서 말하는 사람(person)은 마치 무대 위에서 공연할 때 역할에 따라 가면(persona)을 바꿔 쓰듯이, 일상의 삶에서도 수많은 역할(role)을 수행한다. 이런 역할에 의해, 계약이 아닌 감정과 이미지에 따라 사람들은 타인과 어울리고, '목적 없는 어울림' 속에서 새로운 '부족'을 형성하고 끼리끼리 몰린다. 근대 민족 국가라는 울타리 안에서 형성된 모더니티 사회에서 하나의 가치, 하나의 이데올로기가 강력했다면, 포스트모더니티 사회에서는 정서적으로 잘게 부족화되면서 정치, 경제적인 이데올로기로부터 벗어나 '일상생활'이 중시된다.

권력은 연약해 보이는 대중을 계몽하고 자신들의 목적에 맞게 제도 속에서 훈육하려고 한다. 모더니티 시대에는 전 국민이 그것을 잘 따랐다. 민족, 이데올로기를 앞세우며 '하일 히틀러'를 외친 독일 국민, '천황폐하 만세'를 외친 일본 국민뿐만 아니라 영국, 미국 등의 국민들은 물론, 공산주의 국가의 국민들도 결국 모두 민족과 이념을 내세우는 구호에 동참했다. 한국 국민 역시 마찬가지였다. 그런데 이제 포스트모더니티 시대에 오면 대중은 잘 따르지 않는다. 또 따르는 것 같으면서도 속으로는 다른 생각을 한다. 들은 척 만 척하고 '나는 상관하지 않겠다'는 '오불관

언(吾不關焉)'의 태도를 견지하며 뒤에서 권력을 풍자하고 조롱한다. 그렇게 대중은 이중성을 갖고 길들여지지 않다가 어느 순간에 대중의 힘, 역능(力能, puissance)을 격렬하게 폭발시키기도 한다.

그리고 포스트모더니티 사회는 드라마틱이 아니라 비극적이다. 어떤 목적과 기획 속에서 삶의 성공을 위해 노력하는 것이 아니라 삶의 비극성을 인정한다. 어차피 삶은 죽음으로 끝난다. 이 비극 앞에서 사람들은 드라마틱한 성공의 헛됨을 보면서 '지금, 여기서'를 즐기고자 한다. 즉 '카르페 디엠(현재를 잡아라, 현재를 즐겨라, 현재에 몰입하라)'을 외치는 것이다.

현재 여행자들의 세계에서도 이런 포스트모더니티적인 현상은 종종 목격된다. 해외여행 역사가 20년이 지난 지금, 얼마큼 많은 나라를 돌아다녔고 얼마큼 오래 있었다고 내세우는 건 매우 촌스럽게 비친다. 수치는 별로 중요치 않다. 자기 마음 가는 대로 자유롭게 가고, 좋은 데 있으면 눌러앉아 즐기면서 자기만이 느끼는 순간과 감정을 좋아한다.

장기 여행을 마치고 돌아온 여행자들은 대개 비정규직이거나 아르바이트 혹은 프리랜서로 활동하며 하나의 정체성보다는 여러 역할을 한다. 또 그들은 각종 이벤트를 만들어 춤추고 놀고, 파티를 하며 여행지에서의 추억과 경험을 나눈다. 예전에 해외여행 초창기의 모임은 뭔가 '공익성' 혹은 '목적성'을 중요시하며, 그걸 통해 비즈니스적인 이익을 창출하려는 사람들이 종종 보였다. 그러나 현재의 모임들에서는 그런 것이 사라지고 있다. 그들은 '목적 없는 어울림' 속에서 이성보다는 감정의 융합을 경험한다.

그런데 한국 사회는 모더니티, 포스트모더니티가 딱 구분되지 않는 것 같다. 한국과 프랑스는 분명히 다르다. 한국은 남북 분단하에 여전히 정치, 경제적인 이데올로기가 큰 영향력을 행사하고, 생산성, 효율성 등 모더니티적인 가치가 지배하고 있다. 그러나 동시에 포스트모더니티적인 현상이 보이는 것도 사실이다. 또 개인의 내면에도 여러 가지 특성이 혼재되어 있다. 나이 먹은 이들은 여전히 전근대적이고, 30대와 40대들은 모더니티적인 관점에서 자기 정체성, 나라, 사회 공동체에 대한 고민을 하면서도, 포스트모더니티적인 특성을 보이기도 한다. 또 10대와 20대들은 포스트모더니티적인 특성을 많이 가진 채 전혀 다른 행태를 보인다. 그러나 이조차 세대별로 확연히 구분되는 것도 아니고, 서로 영향을 주고받으며 개인마다 다른 것 같다. 결국 전근대 사회에서 40~50년 동안 급속하게 근대, 탈근대로 오다 보니 혼재할 수밖에 없는 상황이다.

이런 데서 산다는 것은 피곤한 일이다. 거기다 포스트모더니티 시대의 특성인 이미지의 부상은 소비와 욕망의 세계뿐만 아니라 정치, 사회에도 엄청난 영향력을 행사한다. 이미지에 의해 진실과 허위의 구분이 모호해지고 의식이 잘게 파편화된 사람들은 그것을 따져보기도 전에 이미지와 감정에 휩쓸린다.

장 보드리야르 같은 학자는 이미지로 이루어진 가상 현실이 진짜 현실을 지배하는 현재의 상황을 매우 비관적으로 보지만 마페졸리는 이미지와 대중의 역할에 대해 긍정적으로 본다. 그는 모더니티 사회를 일을 열심히 하는 '프로메테우스의 신화'가 지배하는 사회로 비유하고, 포스트모더니티 사회를 광란의 신, 파괴의 신이자 술의 신인 '디오니소스(바쿠

IV 노마디즘과 상상력의 세계

스)의 도래'로 비유하는데, 이런 파괴적인 대중의 힘, 즉 '아노미(무규범)적 폭력'이 딱딱한 모더니티적인 제도와 권력을 파괴한다는 것이다. 이 파괴를 통해서 새로운 삶의 양식, 새로운 시대가 열린다고 보기에, 그는 일관성 없고, 파편적이고, 논리적이지 못한 대중의 행태와 힘을 긍정적으로 보고 있다. 그런데 그 대중의 힘은 어느 한편에 속해 있지 않다. 정치적, 사회적 세력은 자신들의 목적에 그 열기를 이용하려 하지만, 영원히 그들의 편에 있지 않고 자꾸 손아귀를 빠져나간다. 어제는 월드컵 응원전의 '대한민국' 함성 속에 눈물 흘리고, 오늘은 촛불 시위에서 '반미'를 외치며 함성을 지르다가, 내일은 록 뮤직 콘서트에서 몸을 흔든다. 이렇게 모더니티적인 궤도를 벗어난 대중의 열기는 딱딱한 사회에 숨구멍을 낸다.

반면 뒤랑은 '디오니소스'적인 대중의 무질서에 대해 비판적이다. 특히 이미지의 생산과 유포에 끼어드는 권력과 자본, 이미지를 이용하는 상업성, 거기에 조종당하는 대중의 상황, 그런 과다한 정보와 이미지 속에서 질식되는 상상력에 관해 경고를 하고 있다. 그런 가운데 뒤랑은 점점 이 시대가 변하고 있다는 희망찬 예측도 하고 있다. 즉 일만 하는 프로메테우스도 아니고, 파괴하는 디오니소스도 아닌 변신과 유목의 신인 '헤르메스'가 도래하고 있다는 것이다. 모든 다양성이 공존하면서 획일적인 하나의 가치에 함몰되지 않는 헤르메스적인 특징을 가장 잘 보여주고 있는 이들은 시인들, 예술가들, 학자들이라고 말하며, 뒤랑은 상징과 상상력을 통해 인식의 지평선을 넓히고 모더니티 사회에서 추방된 '초월성'을 현실로 끌어들여 새로운 세계관을 보여주고 있다.

과연 어떤 의견이 맞을까?

나는 모르겠다. 다만 그 모든 설을 세상을 분석하는 틀로 대했다. 그동안 너무도 '정답'을 찾는 행위를 훈련받았던 나는 이제 '하나의 틀'을 정답으로 찾는 태도가 지겹다. 세상에는 수많은 학설이 있고 수많은 분석틀이 있다. 나는 틀을 다만 틀로 보고 이런 틀, 저런 틀 혹은 이런 뗏목, 저런 뗏목을 이용해 강을 건너자고 생각했다. 틀에 집착하는 사람들을 세상은 '교조주의자'라고 부른다. 나는 세상을 두루두루 돌아보는 여행자 출신으로서 교조주의자가 될 수 없었다. 하지만 그런 태도로 교조주의자들의 구호가 난무하는 사회를 산다는 것은 힘들었다. 그것을 벗어나는 길은 상상력에 있었다.

IV 노마디즘과 상상력의 세계

수 평 선   너 머
상 상 력 의   세 계 를
향   해

이 세상 그 어디에도 기댈 데가 없었다. 다
만 저 푸르고 무한한 바다의 욕망과 에너
지가 내가 기댈 곳이었다. 그 비릿한 바닷
바람과 펄떡거리는 싱싱한 물고기들이 이
분법적, 교조적 폭력에 상처받은 나를 치
유해주었다.

여행을 마치고 돌아오면 나는 우리 사회가 혼란스럽게 느껴졌다. 나의
개인적인 감정도 있지만 분명히 세상이 옛날 같지 않았다. 특히 정치, 사
회적인 문제들은 나를 혼란스럽게 했다. 그것들은 기존의 이분법적인 틀
로는 잘 판단이 되질 않았다. 약 40년 전의 프랑스 사회도 그렇게 혼란스
러웠다고 한다. 1968년 5월, 프랑스의 칸 대학과 파리 대학 낭테르 분교

에서 일어난 68혁명은 그것을 잘 보여주고 있다.

　프랑스의 1960년대 교육 환경은 열악했다. 비좁은 강의실과 기숙사, 대학교수들의 권위와 나태함에 실망한 학생들은 남녀 기숙사의 자유로운 왕래를 주장하는 등의 시위를 일으키다가, 프랑스의 낭테르 대학에서 미국의 베트남 침공에 항의하는 정치적인 시위가 본격적으로 일어난다. 그 시위는 전국적으로 번져나갔고 그 과정에서 경찰들의 과격한 진압이 전 국민들을 흥분시켜 노동자들이 파업하고 각계각층의 시민들이 참여하기 시작했다. 결국 드골이 사임하면서 운동은 끝났지만 그해 6월 말 의회 선거에서 사회 안정을 바란 국민들은 우파에 70퍼센트의 의석을 차지하도록 표를 던지면서 68혁명은 실패로 끝났다.

　그런데 68혁명의 과정은 이전의 시위와 전혀 달랐다. 시위는 처음에는 학내 문제, 반전 운동, 계급 갈등에 초점이 맞춰졌으나 점점 도덕과 권위주의, 여성 억압, 인종 차별, 자본주의에 대한 전면적인 항거로 문화 운동적인 성격을 지니면서 이런 구호가 난무한다.

　　금지하는 것을 금지하라.

　　나는 섹스를 하면 할수록 그만큼 더 혁명을 하고 싶다.

　　혁명을 하면 할수록 그만큼 더 섹스를 하고 싶다.

　　절대로 일하지 마라! 소비 사회 타도!

　　서른이 넘은 사람은 그 누구도 믿지 마라.

　　도망처라, 동지여! 낡은 세계가 너를 뒤쫓고 있다.

　　모든 권력을 상상력에게!

IV 노마디즘과 상상력의 세계

주도자와 거대 조직, 이데올로기 등이 큰 힘을 발휘하지 못하는 상태에서 시위는 제방을 넘치는 홍수처럼 무질서하게 전개되었고, 심지어 마약, 환각제의 자유 등도 외쳤다.

68 시위는 한국의 촛불 시위와 어떻게 비교될 수 있을까?

여러 관점에서 분석이 가능하겠고 당연히 정치적인 관점이 우선적이겠지만, 그 외의 관점에서 본다면 68과 촛불의 공통점 중 하나는 참여한 사람들의 계급이나 직업이나 성향이 다양하고, 광장에 모인 군중의 열기 속에서 왜소한 개인들은 거대한 존재로 초월하는 듯한 해방감과 감동을 받은 것으로 보인다. 다른 점은 프랑스의 68은 목적이 뚜렷한 조직에 의해 학내 문제, 정치적인 문제에서 시작되었으나 차츰 시위가 확산되면서 '정치권 전체' '권위주의 자체'를 거부하며, 소비 사회 타도, 권위주의 타도, 섹스 해방 등을 외치는 문화 운동으로 옮겨간 반면, 촛불 시위는 처음에 정치적인 이유와 매스컴의 이슈화시키는 보도로 인하여 확산된 점도 있지만, 자신들의 건강과 관련이 되는 '소고기' 이슈에 의해 시민들이 자발적으로 광범위하게 참여하다가, 차차 정치적인 구호들이 흐름을 장악하고 조직의 깃발이 나부끼면서 '정치'로 수렴되어 나갔다. 그래서 촛불 시위가 끝난 지금, 그 후에 이루어지는 논의들도 대부분 '정치적인 관점'에 머물러 있는 것으로 보인다. 앞으로 더 많은 논의가 이루어지겠지만 우리 사회에서 정치적 이분법은 지배적인 역할을 하고 있음이 분명하다.

그런데 프랑스의 68혁명은 실패로 끝났지만 운동 자체가 정치를 넘어서다 보니, 그 논의도 정치를 넘어서 문화, 철학, 사회적인 것으로 퍼져

나갔다. 프랑스의 지식인들은 이 운동을 보며 '이전의 사회'와 다르다는 것을 실감했다. 프랑스의 철학자들은 그 후 언어, 권력, 욕망, 생성과 사건의 문제 등에 관심을 가지게 되는 이런 철학을 '후기 구조주의'라 부른다. 이 후기 구조주의의 이론들을 영미권의 포스트모더니즘 학자들이 흡수하고 사용하면서 포스트모더니즘 이론은 크게 확산된다. 사실 후기 구조주의 학자들은 영미 문화권에서 유행하는 '포스트모더니즘'에 대해서는 들은 적도 없어서 철학자 푸코는 "포스트모더니즘이 뭐냐?"고 되물을 정도였다고 한다. 이런 과정을 통해 확산되는 포스트모더니즘 이론을 우리가 받아들이다 보니 혼란스럽게 된 것이다.

여행을 하는 동안 세상의 수많은 문화권을 넘나드는 체험 속에서, 이 세상을 지배하는 '확고한 틀'에 대해 회의하던 나는 '68혁명'의 영향을 받은 후기 구조주의 학자들의 이론에 많이 공감했다.

프랑스의 철학자 미셸 세르에 의하면 무질서, 즉 구름, 바다, 천둥 치는 비바람, 잡다한 사람들의 무리와 군중, 카오스, 혼란은 언제나 존재하며, 합리적인 구조는 그 무질서한 바다 위에 일시적으로 솟아난 섬 같은 것이다. 즉 이전의 유럽 사회는 '합리적인 구조'로서 인간과 세계를 분석하고 설명했지만, 그것은 다만 부분적인 것이며 그보다 더 깊고 근원적인 것은 무질서, 카오스, 욕망 같은 것이다. 그렇다면 68혁명은 합리적인 유럽 사회라는 섬을 뒤덮은 무질서한 욕망의 바다가 일으킨 파도가 아니었을까?

그전까지 유럽 사회를 지배한 것은 좌우를 나누는 정치, 경제적인 이데올로기나 주체를 중요시하는 실존주의 혹은 주체의 역할을 인정치 않

IV 노마디즘과 상상력의 세계

는 구조주의였다. 그들은 모두 이성과 합리주의 전통에 있었고, 특히 구조주의자들이 본 사회는 질서 있는 언어(랑그) 체계처럼 합리적 구조로 이루어져 있었다. 그러나 68혁명을 지켜본 후기 구조주의 철학자들은, 비유를 통해 말하자면 구조에 의해 지배당하는 합리적 사회를 다만 우리의 무의식과 욕망 위에 떠 있는 '작은 섬'으로 보았다. 후기 구조주의자들은 '합리적인 섬'에서는 구조가 작동함을 인정했으나 시대에 따라 형성된 수많은 섬들의 구조는 다르다고 보았다. 푸코는 각 시대의 '에피스테메(시대를 지배하는 무의식적 인식 구조)'는 인류 사회의 보편적인 것이 아니라, 시대에 따라 다르고, 불연속적으로 갑자기 돌출한다고 보았다.

후기 구조주의 학자들은 이제 섬의 '합리적인 구조'에 초점을 맞추지 않고, 섬 주변에 있는 광대무변한 욕망이라는 바다를 화두로 삼았다. 그들이 보기에 우리의 삶을 근원적으로 지배하는 것은 카오스 속에서 꿈틀거리는 욕망이라는 에너지로, 이것이 합리주의, 산업화, 효율성, 생산성이라는 틀에 의해 너무 압박되자 용암처럼 세상으로 분출되어버린 것이다. 그들은 후기 자본주의 시대에 들어서 무의식적 욕망이 우리 사회에 어떻게 분출되고, 어떻게 표현되고 개념화되며 의미를 획득하는가, 그리고 욕망의 덩어리인 신체가 사회의 훈육과 규제 속에서 어떻게 분절되고 '주체화'되는가를 분석한다.

무질서, 욕망이라는 바다에서는 언어가 필요 없다. 그러나 '섬'이라는 합리적 질서가 지배하는 사회에서는 언어를 통해 사물과 행위가 표현되면서 의미를 띠게 된다. 들뢰즈에 의하면 그 욕망을 길들이는 것은 코드인데 그 과정에서 언어는 필수적이다. 언어가 없다면 사물은 의미 없이 나열된 그 무엇이며, 사건은 흘러가는 시간 속에서 의미 없는 희미한 흔적일 뿐이다. 언어가 있어야만 사물과 사건은 표현되고 개념화되며 의미를 띤다.

그 과정에서 '에피스테메'가 형성된다. 그런데 이것은 객관적으로 존재하는 것이 아니라 권력의 영향을 받는다. 푸코는 권력이 지식을 생산한다고 말한다. 우리가 알고 있는 지식, 가치들은 절대 불변의 것이 아니라 권력관계, 권력 효과 속에서 생산된 것이며, 에피스테메 역시 시대를 초월한 것이 아니라 한시적으로 권력에 의해 생성된 것이다. 우리는 그 인식 속에서 세상을 볼 뿐이다.

그런데 전통적인 관점에서 본다면, 권력을 갖고 있는 지배자가 자기들에게 유리한 지식과 인식 체계를 퍼뜨려 피지배자를 세뇌시키고 지배한다고 볼 수 있지만 푸코의 관점은 이와는 다르다. 현대에 이르러 권력은 '소유'하는 것이 아니라 관계 속에서 발생하며 어디에나 편재한다. 즉 '권력관계'는 지배자와 피지배자 사이, 지배자들 사이, 피지배자들 사이, 그리고 일상생활 속의 우리 모두 사이에 미시적인 그물망처럼 펼쳐져 있으며 거기서 '권력 효과'가 발생한다. 그 과정에서 누구나 권력의 가해자가 될 수 있고, 또 누구나 권력의 피해자가 될 수 있다.

그렇지 않을까? 이 시대에 권력 효과는 어디서나 발생하는 것 같다. 진실과 사실을 보도한다는 수많은 언론들도 자신들의 성향에 맞는 정보를 취사선택, 편집해 유포시킨다. 인터넷 세계에서도 수많은 대중들이 스스로 이야기와 주장을 생산한다. 그것이 정치적인 주장이든, 경제적 예언이든, 혹은 '된장녀'에 대한 얘기든, 연예인에 대한 비난이든 엄청난 속도로 미세한 그물망을 타고 전파되는 가운데 구석구석에서 힘을 발휘한다. 거대한 정부든, 거기에 저항하는 야당이든, 보수 언론이든 진보 언론이든, 인터넷의 익명이든 자신들의 세계관, 가치관, 인식, 의지, 감정이 남들에게 전파되고 동조를 얻어 세력을 형성할 때 그 지식과 정보의 생산자, 유포자는 자신의 권력과 욕망이 실현되는 쾌감을 맛본다.

모더니티 시대에는 그런 욕망과 권력이 힘 있는 세력을 통해 나타났다면, 이제 포스트모더니티 시대에는 인터넷을 통해, 혹은 광장에서 대중들이 스스로 욕망과 권력 의지를 마음껏 드러내며 수많은 중심과 권력들이 자발적으로 생성된다. 이런 가운데 힘 있는 자들이 만들어놓은 모더니티 시대의 질서는 혼란에 빠지고 대중들의 권력 의지와 욕망은 구조와 궤도를 범람한다. 결국 '섬'에서 살아가는 우리는 독립적 주체가 아니라 이 섬의 권력관계에서 발생하는 언어, 지식에 의해 형성된 에피스테메에 갇힌 존재이며, 이 에피스테메는 현재 수많은 미세한 권력과 욕망이 토해낸 언어의 영향을 받으면서 파편화된다. 포스트모더니티 시대를 살아가는 우리가 혼란스러울 수밖에 없는 이유다.

한편 철학자 데리다는 말이든 글이든 '기원'에 다다르지 못하며, 절대적 근원을 증명하려는 철학적 시도는 사막의 신기루처럼 부질없는 환상이라고 말한다. 데리다에게 언어는 영원히 '기원'을 찾아갈 수 없는 '자유로운 유희'일 뿐이다. 그는 추상적 체계나 총체성을 불신하고, 텍스트 밖에는 아무것도 없다는 극단적인 회의주의와 상대주의적인 태도를 보여준다. 그는 말/글, 객체/주체, 진리/허위, 현상/본질, 선/악, 내용/형식, 감성/이성, 육체/영혼, 공간/시간, 남성/여성 등등의 이항 대립에서 서구의 전통은 늘 하나를 배제하고 억압했으며 그것으로부터 벗어나지 않는 한 참다운 사고는 어렵다고 비판한다.

이런 상대주의적 관점은 기존의 민주 대 반민주, 독재 대 반독재의 이분법적 구도 속에서 수십 년을 살아온 나를 당혹스럽게 했다. 그러나 사회가 엄청나게 변했음을 인정하지 않을 수 없었다. 예전처럼 딱딱한 구도 속에서 권력의 가해자가 일방적이고 지속적으로 피해자를 압박할 때 이분법적 구도 속에서 나는 언제나 '당하는 사람'의 편을 들어주었다. 그러나 그 '당하던 사람'들이 권력을 잡는 순간 똑같은 메커니즘 속에서 권력과 돈을 좇는 사실을 목격하며, 나는 과연 이 세상을 선악의 이분법적 구도로 나눌 수 있는가에 대해 의심할 수밖에 없었다. 그리고 그 이념이나 구호 뒤에 도사린 욕망들과 그것이 분출되는 메커니즘을 보기 시작했다.

나는 우리 사회 속에 있을 때는 그것을 금방 인식하지 못했다. 그러나 여행 중에는 그것이 쉽게 보였다. 예를 들면 타이에서 탁신 전 총리를 지지하는 빨간 옷을 입은 시위대와 그들에 반대하는 노란 옷을 입은 시위대들이 서로를 악과 불의로 보며 분개하지만, 나는 그들을 선과 악, 정의와 불의로 나눌 수 없었다. 내가 보기에 그들은 어느 한쪽 권력에서 생산된 언어와 지식을 내면화하고, 자신들의 정치, 경제적 이익을 위해 뭉친 사람들이었다. 인도에서 발생하는 힌두교와 이슬람교의 분쟁, 중동권에서 발생하는 수니파와 시아파의 싸움도 마찬가지였다. 그들이 목숨 바치며 선악의 기준으로 바라보는 신념과 가치, 믿음들이 내겐 둘 중 하나를 선택해야 할 가치들이 아니라 다만 '다름'으로 다가왔다.

IV 노마디즘과 상상력의 세계

그런데 한국에 오면 달랐다. 아무리 경계인, 이방인 의식을 갖고 산다 해도 그런 거리감을 갖기가 힘들었다. 이곳은 나의 생각과 체계가 형성된 곳, 감정이 살아 있는 곳이었으며 나와 연관된 수많은 사람들이 살아가는 곳이었고, 그들의 의견을 들으며 나도 영향을 받았다. 그래서 어떤 정치적, 사회적 문제가 터지면 나의 감정적, 이성적 더듬이가 작동하면서 나름대로 그것을 정리했다.

나는 극단적 상대주의자가 아니다. 세상에는 분명히 선과 악이 있다고 본다. 자신의 탐욕을 위해 타인을 짓밟는 사람들도 있고, 잔인한 범죄를 저지르는 사람도 있고, 식품에 독을 타는 사람도 있고, 자신의 목적을 위해 진실을 왜곡 보도하는 사람도 있고, 거짓말을 밥 먹듯이 하면서 늘 세상을 속이는 사람들도 있다. 또 조국과 민족을 외치는 사람들 중에는 진정 그런 사람들도 있지만, 말과는 달리 자신의 탐욕이 먼저고 재산을 해외로 은닉하고, 자식을 군대 안 보내는 사람들도 있으며, 민중과 정의와 선을 외치는 사람들 중에는 진정 그런 삶을 살아온 사람들도 있지만, 말과는 달리 공동체가 어찌 되건 자신들의 계급적 이익, 이데올로기적 파워, 사적 권력욕을 채우기 위해 동분서주하는 사람들도 있다고 나는 생각한다. 그리고 정치 성향을 떠나 언행이 불일치한 사람들이 유포하는 지식과 정보에 우리가 휘둘린다는 사실에 대해 나는 매우 불쾌하게 생각하여, 늘 '옳고 그름'을 내 식대로 따지려고 노력했다.

그런데 이 분화된 사회에서, 그들의 주장에 대한 진위 여부를 가리기가 힘들어졌고, 또 많은 상황과 조건을 고려하다 보면 선명하게 가르기 힘든 경우가 많아졌다. 거기에 정치적, 사회적 관점이 얽혀 들어가기 시작하면 해석과 평가는 여러 갈래로 나온다. 하물며 어떤 정책이나 가치가 개입된 사안의 경우는 '진실 게임'이 아니라 '담론(談論) 투쟁'이 되어버린다. 담론(discourse)이란 말은, 본래 푸코에 의하면 논증적인 언어, 즉 우리가 사용하는 말들 중에서 학문적인 체계를 갖춘 언어들을 말하는데, 현재 의미가 확장되어 일반적으로 사용하는 것처럼 '무언가를 주장하는 설'로 이해한다면, 정치·사회·종교적인 문제의 많은 논의들은 담론 투쟁이 된다. 즉 누구나 다 자기들이 객관적인 진리, 진실을 갖고 있다고 외치지만 사실은 자신들의 주관을 '주장'하는 담론 투쟁이 되는 것이다.

물론 '생존권' 차원의 갈등과 투쟁도 있다. '생존'이란 말 앞에서 늘 숙연해지는 나는 그런 투쟁 앞에서는 가슴이 아팠다. 사람이 죽어가고 배고픈 상황에서 무슨 논리가 필요하단 말인가. 뭐가 맞고 틀리고를 따지는 담론 투쟁 이전에 생존 투쟁이라면, 그 앞에서는 일단 살리고 밥을 주어야 한다고 생각한다. 그래서 나는 생존 때문에 투쟁하는 사람들은 일단 존중하게 된다.

그러나 그런 상황에 대한 보도와 해석은 또 전달자와 해석자의 입장에 따라 복잡하게 뒤섞인다. 이런 상황 속에서 나는 혼란스러웠다. 내가 정치에 특별히 관심이 있어서가 아니라 눈만 뜨면 TV에서, 신문에서, 인터넷에서 온갖 이슈와 서로 다른 주장들이 갑론을박하니, 시민의 입장에서 정신이 없었다. 그런데 나는 이 공동체에 살고 있는 모든 존재가 '우리 편'이라고 생각했기에, 어떤 '객관적 진실'과 우리 모두를 위한 '방법'이 있을 것이라 생각하고, 나의 의견을 연역적인 기준으로 정하지 않은 채,

IV 노마디즘과 상상력의 세계

귀납적으로 다른 의견들을 들으며 객관적으로 보려고 노력했다.

어떤 사람의 논리가 옳은가? 누가 거짓말을 하고 있는가? 둘 다의 의견이 진정성이 있지만 어떤 것이 더 좋은 것일까? 나의 의견은 틀린 것이 없는가?

그런데 이런 입장은 너무도 피곤했다. 사건이 한둘이라야 말이지……끊임없이 크고 작은 사건들이 벌어지고, 수많은 주장들이 난무하는 가운데 나의 뇌신경은 견뎌내질 못했다.

또한 깨닫는 게 있었다. 나는 처음에는 양극단에서 강력한 자신들의 주장을 유포시키는 세력들을 경계하고, 중간에서 그들의 논리에 동조하며 쫙쫙 갈리는 사람들도, 사정을 다 알고 나면 서로 이해할 수 있는 공동체의 일원으로 '서로 같은 편'인 줄 알았다. 그러나 그건 나의 오해였다. 이들은 양쪽 세력의 '꾐'에 넘어가서가 아니라, 애당초 어느 한쪽의 주장이 자신들의 이익을 대변해주기 때문에 열렬히 지지한 것이었다. 관찰을 해보니, 그 어느 편도 상대편의 의견과 고민들을 열린 마음으로 들어가며 객관적인 진실을 찾고, 서로의 일치점을 찾기 위해 차분하게 노력하기 이전에 흥분부터 했다. 즉 객관적인 진실보다도 자신들의 계급적 이익, 정치적인 성향, 경제적 이해관계가 중요했으며, 아비투스가 맞았기에 동조했던 것이다. 그래서 같은 아비투스들끼리 모여 거기서 생산된 의견을 '정의와 선'이라는 보편적 진실로 일반화시킨 후 투쟁했던 것이다. 순수하게 자신의 도덕적 관점에서 '선악'을 가르듯 명쾌하게 입장을 정리한 사람이나, 정치적인 관점에서 단단하게 무장한 갑옷을 입고 우리 편, 남의 편을 가른 후 전투에 임하는 사람이나, 결국 모두 자기와 같은 아비투스를 찾아간 것이다.

　나는 뒤늦게 그걸 깨달았다. 결국 모두들 자신의 주관적인 의견을 표현하고, 그들의 이익과 감정에서 나온 생각들을 보편적 진실이라고 강하게 믿으며 화끈하게 살다가, 시간이 지나면 쉽게 잊고 일상을 살아가는데, 나 홀로 무슨 '객관적 진실'을 찾는다고 그 고민을 힘겹게 했던가? 차라리 한쪽에 딱 달라붙어, 한 가지 논리로 세뇌시키고 열기를 발산하든지 아니면 그걸 비난하든지 했으면 나의 내면적 혼란은 없었을 텐데.

　허탈했다. 그리고 관점이 변했다. 그들은 비록 모더니티적인 정치적, 경제적 주장을 내세웠지만, 어찌 보면 마페졸리가 얘기한 대로 감정과 이미지에 의해 끼리끼리 모여 부족을 만들고, 대중의 힘을 격렬하게 폭발시키며, 순간의 열기에 심취한 채 현재에 몰입하고, 돌아서면 쉽게 잊는 포스트모더니티적인 특성을 갖고 있는 게 아니었던가? 그리고 정치, 경제적인 이데올로기를 싫어하면서도 이런저런 것을 논리적으로 따지고, 일관성과 객관성을 추구하고 있는 나야말로 모더니티적인 특성을 보인 것은 아닌가? 결국 아비투스가 같은 사람들끼리 모여 주장하고, 외치고, 즐기며 살아가는 게 세상인데.

　그래서 나는 이런 세상을 인정하기로 했다. 또 그 어느 편도 인정하기로 했다. 어차피 생은 마야(우주적 무지, 환상) 속에서 개인들의 욕망과 무지와 편견에서 나오는 열정이 어우러진 놀이터가 아니던가. 모두들 자기 아비투스를 찾아다니며, 환상과 욕망 속에서 행위를 하면서 살아가는 것이다.

　하여 나도 나와 같은 아비투스를 찾아다녔다. 그러나 힘들었다. 쓸쓸히 방황하던 나는 알았다. 내 몸은 이 땅에 살아도, 나의 세상은 이곳이 아니었다. 나는 날개로, 고독하게, 파편처럼 살아가기로 했다. 그렇게 파편처럼 둥둥 떠다니다가 결국 섬의 끝으로 왔다. 그런데 그 섬의 가장자리, 바닷가에서 나와 같은 아비투스를 가진 이들을 보았다. 세상의 중심에서 밀려난 그들은 자신을 주장하지 않은 채, 상처받고 흔들리며 소박하고 슬프게, 그러나 즐겁게 생의 욕망을 불태우며 살아가고 있었다. 그들 속으로 들어가 무한한 바다를 바라보며 나는 생각했다.

그저 살다 가는 것이다. 이렇게 무한한 바다를 바라보며, 생의 욕망을 불태우며, 바람처럼 살다 가는 것이다. 세상 사람은 세상 사람대로, 나는 나대로.

경계인, 이방인은 정신적으로든 물질적으로든 지켜야 할 기득권이 없고 이 세상 그 어디에도 기댈 데가 없었다. 다만 저 푸르고 무한한 바다의 욕망과 에너지가 내가 기댈 곳이었다. 그 비릿한 바닷바람과 펄떡거리는 싱싱한 물고기들이 이분법적, 교조적 폭력에 상처받은 나를 치유해주었다. 바다는 싱싱한 욕망과 생명과 기의 세계다. 분절되지 않고, 왜곡되지 않으며, 오염되지 않은 채 출렁이는 그 바다 앞에서 나는 수평선 너머의 세계를 상상했다. 그리고 결코 섬을 뒤돌아보지 않기로 했다.

이분법이여, 교조주의여, 안녕. 나는 바다를 항해할 것이다. 저 수평선 너머 상상의 세계, 무한의 세계를 향해. 그리고 바다의 생명과 욕망과 무한을 노래하리라.

여 행 을 시 처 럼 ,

삶 을 시 처 럼

살 아 야 하 는 이 유

상상력이란 이미지를 형성하는 능력이 아
니고, '현실을 넘어선 현실'을 노래하는
이미지를 형성하는 능력이다.

—가스통 바슐라르

나는 점성술에 의하면 양자리에 속한다. 그 양자리도 세 가지 시기로 나
뉘는데 가장 마지막 시기에 속하는 나의 성격은 이렇다.

양자리 사람은 끊임없이 활동한다. 특히 세 번째 시기에 속한 이들은
더욱 그렇다. 이들은 정신적으로나 육체적으로나 12별자리 중에서 가

장 모험심이 강한 여행가적 기질을 지녔다. 자유를 갈구하며 속박을 싫어한다. 이들은 어떤 위험에도 굴하지 않는데, 만약 자신의 재능에 맞는 가치 있는 목표를 찾지 못한다면 아주 대담한 노름꾼이나 허풍쟁이가 될지도 모른다.

훗날 이런 글을 보니 내 성격과 맞는 부분이 꽤 많았다. 결국 기질 따라서 내 길을 걸어왔는데, 나는 아버지와 성격이 많이 달랐다. 아버지는 매우 모더니티적(근대적)인 가치관을 가졌었다. 아버지가 평소 좋아하는 단어들은 생산적, 효율적, 현실적, 과학적, 경쟁, 1등, 완벽 등이었고 가장 싫어하는 말은 '공상, 비현실적' 등이었다. 고등학교 시절, 아버지의 어떤 의견에 대해 '그건 비현실적'이라고 말하자 아버지의 얼굴이 벌겋게 달아올랐다. "그게 왜 비현실적이야. 그건……" 하면서 아주 길고 긴 훈계를 들었다. 또 아주 어릴 적에 동네 친구들로부터 '크리스마스이브 날 산타 할아버지가 굴뚝으로 들어와 양말에 선물을 넣고 간다'는 얘기를 듣고 가슴 설레던 적이 있었다. 그 얘기를 들은 아버지는 이렇게 말했다.

"애야, 생각해봐라. 사람이 어떻게 굴뚝으로 들어오니. 그건 다 지어낸 이야기야."

아버진 그렇게 현실적인 사람이었다. 그 아버지가 정해놓은 궤도로부터의 이탈, 일탈이란 얼마나 짜릿했던가. 아주 어릴 적부터 나는 만화가게에 드나들며 공상 세계를 헤맸고, 틈만 나면 아버지의 눈을 피해 산으로 들로 놀러 다녔다. 고3 때도 독서실 친구들과 어울려 튀김집에 가서 막걸리를 마셨으며, 여름방학 때는 보충 학습을 빼먹고 3등 열차를 타고 경포대로 튀었다. 대학 들어가서는 휴학계를 내고 국내를 떠돌아다니기도 했으니, 끝없는 반항으로 점철된 나의 10대, 20대였다.

그래서 아버지와 달리 나는 '현실적'이란 말을 아주 싫어한다. 물론 현실적이란 말 속에 담긴 진술함, 성실함, 애환을 나는 좋아하고, 그런 현실적인 삶에 대해서 종종 감동을 한다. 내가 현실적이란 말 속에서 싫어하는 것은 모든 것을 기능, 수단, 효율성, 경제적인 관점에서 보는 부분이다. 여행은 그런 면에서 보면 비현실적인 행위다. 거기다 직장을 그만두고 떠난다는 것은 더욱 그랬다. 어쨌든 나는 아버지가 그토록 싫어하던 비현실, 상상, 공상을 좋아하는 인간이 되고 말았으니, 그것을 지켜보던 아버지는 속이 얼마나 답답했을까? 아버지는 결국 한 걸음 물러나며 이런 말을 했다.

"어떤 길을 택해도 좋으니, 네가 택한 길에서 최선을 다하기 바란다."

그 말도 백 퍼센트 지키지는 못했지만 그래도 중년 이후의 나는 그 말을 가슴 깊이 새기고 실천하며, 불행하게 세상을 뜬 아버지를 그리워하고 있다.

그런데 나만 현실을 뛰어넘고 싶어 하는 것일까? 누구나 가끔은 현실에서 벗어나 초월을 꿈꾸지 않을까? 사랑하는 연인과 하나가 되는 것, 술에 취해버리는 것, 정치적인 열기 혹은 종교적인 열기에 몸을 던지는 것, 혹은 홀로 명상에 잠겨 우주와의 합일을 꿈꾸거나, 록 뮤직에 열광하며 춤추는 것 모두가 자신의 유한성을 넘어서 타자(他者), 거대 집단, 무한한 세계와 합일하는 초월의 상태를 열망하는 몸짓 아닐까? 그 몸부림 속에서 고통과 고뇌와 소외를 잊은 채 유한한 존재가 무한히 확장되는 기쁨을 맛보고 싶은 것 아닐까?

나는 여행 중에 늘 그런 기쁨을 맛보았다. 그런데 어느 날 문득 회의가 들었다. 여행이 더 이상 그런 기쁨을 주지 못한 것이다. 어딜 가나 뻔한 현실 속이었다.

내가 가는 길만 가고, 보는 것만 보고, 아는 것만 아는 것은 아닌지.

세상을 많이 보고 경험한 사람들은 마음이 넓어질 것 같지만 꼭 그렇지는 않았다. 현실적 경험은 어느새 자신을 폐쇄시키는 단단한 껍질이 되고, 어느 순간 오래된 여행자들은 지독히 '현실적'인 인간이 될 수도 있었다. 나 역시 그런 위험 속에 있었고, 또 복잡하게 요동치던 사회 현실 속에서 나의 기준을 잃고 흔들리던 무렵 심각하게 고민했다.

이제 어디로 가지? 그때 공간 이동으로서의 여행은 나에게 더 이상 중요하지 않았다. 나는 여행보다 초월을 꿈꾸었다. 어떤 종교의 신을 믿거나, 해탈을 원하거나, 플라톤처럼 이 세계 너머에 있는 '이데아'의 세계를 그리거나, 샤머니즘으로 돌아가는 것을 의미하지는 않았다. 다만 시선을 달리함으로써 존재와 현실을 무한히 확장시키면서, 현실적이고 이분법적인 태도를 초월하고 싶었다. 그런 갈망 속에 나에게 빛처럼 다가온 것은 상상력과 상상의 세계였다.

프랑스에서 상상력의 중요성을 크게 부각시킨 가스통 바슐라르는 이렇게 말한다.

상상력이란 현실의 이미지를 형성하는 능력이 아니고, '현실을 넘어선

현실'을 노래하는 이미지를 형성하는 능력이다. 그것은 초인간성의 능
력이다.

바슐라르의 제자 질베르 뒤랑에 의하면 '현실을 넘어선 현실'은 신, 영혼, 무의식의 세계, 끝이 없는 궁극의 세계를 의미한다. 그러므로 가스통 바슐라르가 말한 상상력이란 그것을 노래하고, 그것을 상상하는 것이었다.

바슐라르는 원래 과학철학자로서 이미지는 객관적 인식의 형성을 방해하는 오류라고 보았다. 그것을 증명하기 위해 불을 분석하며 불순한 이미지를 가려내려던 그는 오히려 이미지의 세계에 심취한다. 그 과정에 대해 쓴 것이 『불의 정신 분석』인데, 거기서 그는 "객관적으로 보면 진실한 것이 아니지만 무의식적 몽상에서는 매우 실재적이고 활발한 어떤 것이 존재한다"고 실토한다. 결국 그는 이미지와 상상력은 인간의 정신 활동에 있어서 오류가 아니며, 이성의 세계만큼이나 가치 있다는 결론을 내리면서 그동안 서구의 합리주의가 비합리적이란 이유로 폄하하고 억압했던 상상력과 이미지의 세계를 복권시킨다. 그리고 세계를 이성의 세계와 시학의 세계로 나눈다.

그가 상상력의 주된 활동 무대로 생각한 것은 몽상이었다. 의식과 무의식의 중간인 몽상의 상태에서 상상력은 활발하게 활동한다. 나는 여행에서도, 일상에서도 그것을 경험했다. 인도 콜카타(캘커타)의 먼지 뒤덮인 거리는 눈을 부릅뜨고 명쾌한 정신으로 바라보면 더럽고 거지와 남루한 이들이 붐비는 지겨운 현실이었지만, 그 거리에 주저앉아 더운 공기

IV 노마디즘과 상상력의 세계

를 마시며 멍하니 눈을 반쯤 감고 몽롱함 속에서 바라보면 '현실을 넘어선 현실'이 나타났다. 눈앞을 스쳐 지나가는 수많은 사람들의 발, 발, 발. 사탕을 입에 넣고 혀로 굴리는 듯한 인도인들의 말소리, 매연, 어디선가 풍겨오는 커리 냄새, 자동차 경적 소리, 그리고 해 질 무렵의 어둑함 속에 드러난 현실은 아까와는 분명히 다른 낯설고 묘한 현실이었다. 또 오사카의 어느 맥도널드의 좁은 자리에 끼여 앉아 햄버거를 먹는 것은 지독한 현실이었지만, 그것을 먹은 후 천천히 커피를 마시고 재즈를 들으며 '멍하니' 거리의 흐름을 바라보는 몽상의 순간에는 분명 다른 현실이 나타났다. 예전에는 이런 감정들이 다만 덧없는 감상인 줄 알았다. 그런데 바슐라르에 의하면, 이 몽상의 순간에 발현되는 상상과 이미지 속의 현실은 우리가 지금까지 알아왔던 합리적인 세계의 현실과 똑같은 비중을 가지며, 그 세계만의 법칙이 있다는 것이다.

그런 글들을 보는 순간, 나는 확신했다. 나는 바슐라르의 글을 보기 전부터 그 새로운 현실들을 수없이 맛보았던 것이다. 다만 그것을 덧없이 여기고 아쉬워하며 흘려보냈는데, 그 몽상의 세계가 바로 다른 현실로 들어가는 입구였다. 그때부터 같은 공간에서 다른 현실들이 폭죽처럼 터지기 시작했다. 거리를 걷다가 우연히 바라보는 파란 하늘, 나뭇잎에 떨어지는 빗소리, 뒤뚱거리며 뛰어가는 아이의 모습, 술에 취해 걷다가 마주친 여인의 눈빛들 속에서 나는 '현실 너머의 현실'이 드러나는 것을 보았다. 그 이미지들은 우리가 단단하다고 믿는 합리적 세계의 현실들, 즉 $1+1=2$, 성적표, 학벌, 월급 액수, 은행 통장, 아파트 못지않게 중요한 세계이며 다른 현실이었다.

그래서 사람들은 바슐라르를 20세기의 코페르니쿠스라 불렀고, 푸코는 바슐라르를 "자신이 딛고 있는 문명을 정면으로 부인한 사람이다. 그는 서구 인식 전체에 대해 덫을 놓은 사람이다"라는 말로 존경을 표했다.

그렇다. 몽상의 상태에서는 주체와 대상의 대립이 사라진다. 몽상 속에서는 주체와 대상의 융합이 일어나며 새로운 세계가 출현한다. 나는 그 융합 속에서 나의 존재가 확장되고 해방됨을 느꼈으며 낯선 세계를 보았다.

그런데 가스통 바슐라르의 제자 질베르 뒤랑은 바슐라르가 나눈 이성의 세계와 시학의 세계를 거대한 『상상계의 인류학적 구조들』이란 책에서 통합하고 있다. 인류학자이자 사회학자인 뒤랑은 합리주의자들처럼 인간을 중심으로 하여 눈에 보이는 사물과 세상을 구분하는 것이 아니라, 시점을 상상계로 이동시킨다. 그리고 그 관점에서 초월적인 세계, 물질적인 세계, 인간의 세계에 모두 드러나고 있는 구조를 파악한다. 형이상학적 세계와 형이하학적 세계를 모두 포괄하는 그의 이런 시도는 매우 독특하고 우리에게 관점의 코페르니쿠스적 전환을 요구한다. 이제 인간은 위에서 모든 것을 내려다보며 규정짓는 오만한 존재가 아니다. 뒤랑은 초월적인 세계에 존재하는 신, 영혼, 끝이 없는 궁극성, 무의식의 세계를 인정한다. 그러나 그 초월적인 세계는 홀연히 스스로 드러나는 것이 아니라 인간의 주관적인 충동과 외부의 객관적인 물질이 교류하는 가운데 상징으로 드러난다. 즉 뒤랑은 합리주의자들처럼 인간을 이성적인 주체로 보지도 않지만 주체를 부정하지도 않으면서 인간을 통해 실현되는 '행위'와 그것을 통해 드러난 '상징'을 통해 세상을 바라보고, 우리

IV 노마디즘과 상상력의 세계

눈앞에 펼쳐진 현실 세계를 거대한 '상상계'에 포함된 것으로 파악한다. 결국 우리의 현실은 눈앞에 보이는 것을 넘어 무한히 확장되고, 인간은 겸손하게 된다.

뒤랑은 베흐테레프와 우흐톰스키 등의 생물학자들 이론을 빌려와 자기 이론을 전개하는데 인간에게는 세 가지 충동적인 '지배 반사'가 있다. 지배 반사는 어느 하나가 나타날 때 다른 본능을 억압하고 지배하는 본능을 말한다. 우선 신생아에겐 벌떡 일어서려는 지배 반사가 있다. 이것이 '자세 지배 반사'다. 또 어머니 젖을 빨고 흡수하며 식도를 통해 하강하는 운동과 연관된 '섭취 지배 반사'가 있고, 어른이 된 후 성행위를 할 때 나타나는 리드미컬한 '교접 지배 반사'가 있다. 이런 지배 반사들은 다른 지배 반사를 억압한다. 즉 벌떡 일어서는 순간에는 먹거나 성행위를 하지 않고, 먹을 때는 벌떡 일어나거나 성행위를 하지 않으며, 성행위를 할 때는 일어나거나 먹지를 않는다.

이런 지배 반사들은 세상의 물질과 교류하며 무언가를 만들어낸다. 자세 지배 반사에서 나오는 욕망과 힘은 무기, 화살, 칼이라는 도구를 만들어내고, 섭취 지배 반사에서 나오는 욕망과 힘은 물 용기, 잔, 상자 등의 도구를 만들어내며, 교접 지배 반사에서 유래된 욕망과 힘은 바퀴나 물레, 우유 젓는 통이나 부싯돌 등과 같이 순환 현상과 관계된 도구들을 만들어낸다. 이런 도구와 사물들은 인간의 필요성에 의해 나타난 것이 아니라 영혼, 신, 무의식의 세계가 인간의 주관적 충동인 지배 반사들과 물질들의 교류 과정을 통해 드러난 상징인 것이다.

그런데 뒤랑은 여기서 행동의 주체보다 몸짓, 행위를 더 중시한다. 즉 명사보다 동사가 먼저이며 주체보다는 행위가 우선인데 동사들의 특징에 의해 상상계를 나눈다. 자세 지배 반사에서는 '구분하다' 라는 동사가 중요하다. 벌떡 일어서는 행위에는 모든 것을 구분하고, 나누고, 대립하고 맞서는 영웅주의적인 특성이 보인다. 이것이 '분열 형태적 구조' 다. 반면 섭취 지배 반사에서는 소화할 때의 특성인 '뒤섞다' 라는 동사가 중요하다. 식도로 음식이 넘어갈 때는 모든 게 위와 창자 속에서 뒤섞인다. 이런 행위에서는 식도를 통해 아래로 내려가는 하강, 깊음, 끈기, 따스함의 특징이 보이는데 이것을 '신비적 구조' 라고 한다. 그리고 교접 지배 반사에서는 성행위처럼 너와 나를 '연결하다' 라는 동사가 중요하며 여기서는 연결, 모순의 공존이라는 특징을 보인다. 이것이 '종합적 구조' 이다. 이렇게 뒤랑은 상상계에는 세 가지 구조, 즉 분열 형태적 구조, 신비적 구조, 종합적 구조가 있으며, 이 구조가 우리 인간들의 내면, 그리고 사회에도 드러나고 있다고 본다.

뒤랑은 이 세 가지 구조를 '낮의 체제' 와 '밤의 체제' 로 나누기도 한다. 낮의 특성은 밝음이다. 빛이 있기에 세상의 사물은 명백하게 구분되고 분리된다. 이것은 이성적이다. 그리고 태양은 힘차게 상승하는 이미지를 갖고 있다. 그래서 '분열 형태적 구조' 의 특징인 구분하고, 따지고, 분리하고, 대립하고, 극복하는 행위를 낮의 이미지와 연관시켜 '낮의 체제' 라 칭했다. 반면 밤의 어둠 속에서는 모든 게 뒤섞이고 하나가 된다. 분별이 되지 않으며 모든 게 그 어둠 속에서 공존할 수 있다. 그래서 뒤섞임, 하강, 은둔 등의 '신비적 구조' 와 공존의 '종합적 구조' 를 밤의 이미지와 연관시켜 '밤의 체제' 로 분류했다.

이런 구분을 통해 우리는 인간의 문명을 구분해볼 수 있다. 그동안 근대화된 서구 합리주의 사회는 낮의 체제가 밤의 체제를 억압했다. 합리주의, 이성이 유일한 정상이고 비합리주의, 감성, 이미지, 상상은 헛되고 무가치한 것으로 핍박당했다. 그런데 이런 상상계의 구조로 보면 낮의 체제는 그런 특권적 지위를 상실한다. 이제 밤의 체제는 낮의 체제와 대등한 것이며, 거대한 상상계의 일부분일 뿐이다. 즉 낮의 체제(분열 형태적 구조), 밤의 체제(신비적 구조, 종합적 구조) 모두가 인간과 세상에 자연스럽게 존재하는 특성들이다. 어떤 것이 좋고 나쁜 것이 아니라, 우리 세상을 구성하고 있는 구조들이다.

이 구조들은 인류 역사에서 엎치락뒤치락하며 공존해왔는데 서구 사회에서 산업화 이후에 이성, 주체, 리얼리즘, 합리주의 등 낮의 체제가 너무 과도하게 강조되었다고 비판한다. 이 문명권이 산업화, 근대화되면서 급속한 발전을 이룩했고, 타 문명권을 포용하는 것이 아니라 낮의 체제의 특성대로 구분하고, 배척하고, 정복했던 것이다. 이렇게 낮의 체제가 너무 강해지자 그에 대한 반발로 포스트모더니티 시대에 오면서 밤의 체제의 특성들이 부각된다. 이성은 특권적 지위를 상실하고 신비, 은유, 뒤섞임, 끈기, 상징, 상상력, 이미지 등이 살아났다. 이제 밝은 낮에 보이는 명확한 것들만 현실이 아니다. 밤의 희미한 어둠 속에 숨어 있던 신비와 은유와 상징, 상상도 현실로 복권된다.

그런 관점에서 보는 현실은 합리적인 것은 물론 비합리적인 것을 모두 포함한다. 예를 들면 한 인간의 탄생은 단지 과학적으로만 설명되는 것이 아니라, 별의 운행 주기와도 연관되고 바람의 신, 나무의 신, 삼신할머니와도 연관될 수 있다. 우리의 운명은 자기의 의지와 노력에 의해 개척되기도 하지만, 운명과 팔자를 무시할 수 없다. 또한 마음이 착해 하늘이 도와주기도 하고, 본인의 비합리적인 믿음에 의해 좋아지기도 한다. 이렇게 인간과 사회와 자연은 합리주의와 이성뿐만 아니라 초월적인 힘 혹은 섭리의 영향을 받을 수도 있는 것이다.

사실 이런 관점은 이미 전근대적인 사회에도 있었다. 그러나 그때는 밤의 체제의 특성이 너무 강하게 사회를 지배했다. 한국도 그랬지만 전근대의 유럽 사회에서 신, 마녀, 드라큘라, 전설 등의 비합리적인 믿음과 행위가 너무도 강력하여 합리적인 태도는 폄하당하고 핍박받았다. 그리고 세상은 비효율성, 비생산성 속에서 축 늘어졌다. 그에 대한 반발로 계몽주의가 나오면서 낮의 체제의 특성인 이성, 합리성이 근대에 들어 유난히 부각되었다. 이것이 초기에는 무지몽매한 어둠의 세계를 밝혀주는 '밝은 빛'이었고, 모든 것을 명쾌하게 구분하고, 많은 것을 생산하고 효율성을 높이는 가운데 힘찬 기운이 사회를 지배했다. 그런데 그 빛이 너무 강해지고 속도가 빨라지자 사람들은 지치고 메마르기 시작했다. 그때 다시 안식을 취할 수 있는 '어둠'의 필요성이 드러난다. 이렇게 인간의 역사나 개인에게 낮과 밤의 특성은 서로 순환하며 공존하고 있다. 그런데 뒤랑은 현대가 다시 전근대로 돌아가는 시기가 아니라 낮과 밤의 공존이 이루어지는 시기이며 다양성, 공존, 제3의 영역이 존중되는 시기라고 본다.

그렇다면 이 시대는 낮과 밤이 교차하는 가운데 나타나는 어둠 속에서 개와 늑대의 구분이 희미해지는 시기가 아닐까? 그 '개와 늑대 사이의

248

시간'에 다가드는 희미한 어스름을 보며 사람들은 몽상 속에서 안식을 취할 수 있지 않을까?

낮과 밤의 순환은 거시적인 문명이나 사회뿐만 아니라 미시적인 생활에서도 충분히 발견된다. 현재 우리는 분열 형태적 구조(낮의 체제)의 특성 속에서 살아간다. 학생 시절에도, 사회생활에서도 끊임없이 상승해야 하고, 논리적으로 따지고 구분하며 경쟁해야 한다. 그게 나쁜 것이 아니다. 우리는 '파이팅' 정신을 갖고 뭔가에 도전하고 개척하는 데서 짜릿한 희열을 느낀다. 특히 젊을 때는 '안 되면 되게 하라'는 영웅주의적 기상이 우리의 가슴에 불을 지르고 나이 든 사람도 그런 정신으로 생의 의욕을 되살리기도 한다. 분명히 그런 낮의 특성은 우리에게 매력적이며 긍정적인 면이 많다. 그러나 이것이 너무 지나치게 과열되고 지속될 때 지치기 시작한다. 마치 뜨거운 양철 지붕 위에서 팔딱팔딱 뛰는 고양이 신세가 되는 것이다.

반면 경쟁과 도전, 대립과 논쟁의 분위기가 너무 심할 때 문득 모든 것을 다 잊고, 술을 마시며 친구들과 어울려 디오니소스적인 열기를 발산하며 춤추고 즐긴다. 혹은 어디엔가 숨어서 휴식을 취하기도 한다. 즉 신비적 구조(밤의 체제)의 특성이 보인다. 또한 세상의 모순을 하나로 통일시키려 하지 않고 공존을 인정하며 중심을 잡고 건실하게 살아가기도 한다. 이것은 종합적 구조이다. 우리 모두에게는 낮의 체제와 밤의 체제가 모두 내재되어 있으며, 이 특성들은 일상 속에서 순환되어 나타난다.

여행자들의 세계도 마찬가지다. '분열 형태적 구조'의 특성을 가진 여행자들은 험난한 여행지를 도전하고 극복하는 영웅적인 모습을 보인다.

그러다 이런 뜨거운 '낮의 세계'가 피곤해질 때 어디엔가 머물며 휴식을 취한다. 그들은 어머니의 젖을 빠는 것 같은 편안한 '신비적 구조' 속에서 술을 마시고 논다. 그곳은 모든 고통과 고뇌가 사라진 모태와도 같다. 또 여행과 현실, 이탈과 정착을 공존시키면서 건실하게 살아가는 '종합적 구조'의 특성을 보이는 사람들도 있다. 여행자들은 누구나 세 가지 특성을 내면에 갖고 있으며 한 개인에게 있어 그 특성들은 계속 순환하여 나타난다.

결국 우리의 의식과 사회는 '현실 너머의 현실' 즉 상상계와 연결되어 있다. 우리의 현실은 눈에 보이는 세계와 보이지 않는 세계, 초월적 세계와 물질적 세계, 인간과 신, 인간과 물질 등 수많은 세계들이 어우러진 것이다. 현실과 삶과 정신과 물질이 눈에 보이지 않는 힘들에 의해 연결되어 있는 것을 나는 일상에선 쉽게 깨닫지 못했다. 그러나 죽음이 눈앞에 어른거릴 때, 혹은 가까운 혈육이 생사의 고비를 넘나들 때, 나는 눈앞에 보이는 물질적 현실만 현실이 아님을 알았다. 나는 언제부턴가 그렇게 관점이 180도 바뀐 상태에서 세상을 보았고, 나를 보았다.

나는 종종 몽상가가 되어 앉아서 유랑했고, 코앞에 어리는 공간 속에서 우주를 보았으며, 사람들의 눈빛 속에서 신들의 세계를 보았다. 또한 잠자다 깨어나 시린 가슴을 안고 세상을 바라보면 낯선 유배지 같았고, 술 취해 몽롱한 상태에서 바라보는 거리는 무도회장 같았다. 잠자리의 어둠 속에서 생생하게 떠오르는 환상에 빠지기도 했고, 밤하늘을 쳐다보며 나의 별이라는 목성을 상상하기도 했다. 그 이미지와 상상들은 덧없는 공상이 아니라 생생한 현실이었다. 눈에 보이는 지겨운 '하나의 현

IV 노마디즘과 상상력의 세계

실'을 빠져나가면, '수많은 현실 너머의 현실들'이 펼쳐졌다. 상상을 통해 나는 이 거대한 사회 체제에 억눌린 내면에 '구멍'을 냈고, 그 구멍으로 들어오는 바람을 타고 새로운 현실을 넘나들었다. 여행을 시처럼 해야 하고, 삶을 시처럼 살아야만 하는 이유였다.

우 리 가 꾸 는 꿈 이

바　　　　　　　　　로

우 리 의 　 삶 이 다

인간은 관념에 살고 관념에 죽는다.

상상 속에서 '시적 감수성'으로 세상을 보았을 때 순간들은 눈부시게 빛
났다. 그것은 일상보다도 여행 중에 더욱 황홀하게 빛났다.

그러나 현실은 만만치 않았다. 시적 감수성과 상상의 세계는 나에게
힘과 희열을 주었지만 밥까지 주지는 않았다. 관념만 갖고는 안 되었다.
또 이 시대는 낮의 시대도 아니고 밤의 시대도 아니었다. 밤의 어둠은 다

IV 노마디즘과 상상력의 세계

가오고 있었지만 낮의 밝음은 여전히 나의 삶을 지배하고 있었다. 한동안 밤의 어둠에 빠지고 싶어 낮의 밝음을 등진 채 놀고, 먹고, 마시며 세상을 잊고 싶었다. 그러나 낮의 밝음이 아직 남아 있는 이 시대에 그것은 내 삶의 몰락을 뜻했다.

그래서 이 낮과 밤이 교차하는 이 시대를 살아가기 위해 낮의 체제의 특성인 직선적 시간관과 밤의 체제의 특성인 순환적 시간관을 배합해야만 했다.

밤의 어둠 속에 빠졌을 때는 직선적 시간관이 매우 싫었다. 삶은 춤과 같은 것이고, 의미와 목적 이전에 출렁이는 에너지라고 생각했다. 그래서 목표나 의미를 걷어차고 춤추고, 방랑했다. 그런데 아무리 해도 인정할 수밖에 없는 것이, 인간은 몸이라는 '형식'을 유지하기 위해 질서와 규칙, 목표와 의미, 그리고 돈이 필요하다는 것이었다. 그래서 돈벌이에 신경 쓰고 목표를 정해 글을 쓰며 직선 위를 열심히 달렸다.

그러나 내가 돌아온 탕자처럼 반성하며 산 것은 아니었다. 나는 과거에 대해 눈곱만큼도 후회하지 않으며, 미래에도 노마드적인 삶을 꿈꾸고 있다. 어차피 삶이란 여행 같은 것, 어느 한 가치, 어느 한 장소에 영원히 마음 두기 싫었다. 나는 순환적인 시간관 속에서 영원히 유랑하는 노마드이고 싶었다. 하여 나는 하루에도 수십 번씩 직선 위에서 내려와 거대하게 순환하는 세계를 보았다. 꽃은 피고 지고, 태양은 뜨고 지고, 달도 뜨고 지고, 바람은 어디서 와서 어디로 가는지 모르지만 끝없이 오고 갔다. 수십억 년의 우주 역사, 수백만 년의 인간 역사 속에 되풀이되는 순환이다.

그 순환 속에서 뭘 그리 바둥거리며 산단 말인가? 거기서 이뤄내는 성취며 성공이며 업적이며 명예며 권력이며 의미들이 뭐 그리 대단한가?

우리의 일이란 직선 위의 어딘가에서 끝나지만, 생은 결코 끝나지 않는 순환 속에 있다. 나는 직선적인 시간과 순환하는 시간이 마주치는 접점에 늘 나를 놓았다. 그리고 그곳에서 현재에 몰입했다. 카르페 디엠이었다. 그때 나는 문득 '생의 포만감'을 누렸다.

여행과 삶이 제3의 지대에 존재하는 상징, 상상력의 세계와 접목되는 순간, 초월적인 세계는 번뜩이며 모습을 드러냈다. 내 인식의 지평이 바다처럼 넓어지는 순간 나는 자유로웠다. 상징은 도처에 있었다. 내게는 바람도, 하늘도, 들판도, 꽃도, 여인의 눈빛도, 등 굽은 노인도 현실 속에서 이름 잃은 모호한 상징으로 다가왔다. 그 상징은 궁극적인 세계, 신의 눈길과도 같았기에 나는 전율했다. 그때 나는 주체를 포기하고, 자아를 잃은 채 거대한 무한의 세계와 합일할 수 있었다. 그 순간이야말로 앉아서 유랑하는 시간이었다. 내 몸은 움직이지 않아도 내 의식은 수많은 상징으로 나타난 영혼의 세계, 신의 세계, 무의식의 세계 속에서 전 우주를 유랑했다. 그 순간에 '너와 나' '삶과 죽음' '여행과 삶'의 구분은 사라졌다. 몽상 속에서 모든 것이 하나가 되었다.

상상과 추억 속에서 내 여행과 삶은 황금빛으로 물들었고 황홀했던 내 인생의 황금기는 그렇게 부활했다. 그리고 그 황금빛은 또 나의 현재와 미래를 사랑스럽게 물들이고 있다. 상상과 추억이 와해되어가는 존재를 서서히 부활시켜준 것이다.

나는 투병 중인 어머니에게서도 그것을 본다. 어머니는 가끔 동요도 부르고 어린아이의 행태를 보인다. 육체적으로는 죽음을 향해 가고 있지만 의식은 유년기를 향해 간다. 그리고 세상을 뜨기 직전에 아마도 의식은 갓난아기의 무의식 상태가 될 것이다. 육체의 죽음과 새로운 생명의 탄생 순간이 같아지는 이 오묘한 신비. 나는 그 순환 속에서 무한한 존재의 사랑을 느낀다.

상상력, 꿈, 추억은 결코 관념의 유희가 아니다. 비록 세상을 바꾸지는 못해도 나를 바꿈으로써 세상은 바뀌었다. 물질적인 세상은 수많은 모순이 부딪치고 폭발하면서, 혹은 자연의 재앙 앞에서, 혹은 거대한 세상의 섭리에 의해 바뀔 것이다.

언제부턴가 인간들은 모든 것을 스스로 해결할 수 있다고 믿기 시작했다. 특히 한국 사회는 산업화든 민주화든 '빨리빨리' 해치워왔다. 그래서 사람들은 열기에 넘치지만 호흡이 짧고 초조하다. 산업화, 민주화, 선진화, 정치 투쟁 등 그 모든 과정에서 자기 뜻이 '금방' 실현되지 않으면 못 견뎌 한다.

그러나 우리를 지배하는 가치, 세계관은 단지 몇백 년 전에 형성된 것이고, 몇십 년의 경험에서 나온 얘기들이다. 인간들보다 더 높은 차원에서, 더 깊은 차원에서 신, 카르마, 자연의 섭리, 집단 무의식은 움직인다. 세상은 그런 거대한 힘에 의해 어느 날 갑자기 혹은 서서히 변할 것이다. 그래서 나는 인간의 무거운 짐을 내려놓고 초월적인 세계에 나와 세상을 맡겼다.

그리고 겸손하고 착하게, 조용하고 소박하게 살고 싶을 뿐이다. 그것은 무책임한 도피도 아니고, 소시민적인 열등한 행위도 아니다. 나는 힘

센 사람들의 획일적인 구호를 TV 리모컨을 이리저리 돌리며 피해간다. 나는 좌파든 우파든 '존재'를 목적이 아니라 수단으로 대하고 속이는 사람들을 경멸하며, 나는 보수든 진보든 이 빠르게 변해가는 현실 속에서 과거의 낡은 패러다임, 낡은 지식, 딱딱한 껍질 속에 안주하며, '똑같은 얘기'를 수십 년 동안 앵무새처럼 읊어대며 자신들의 실리와 명예와 이미지를 챙기는 무리들로부터 거리를 둔다. 또한 자기들과 다른 가치관이나 의견을 갖고 있다는 이유로 '존재'를 배척하는 선명한 도덕적 권위주의자들도 멀리하며, 감정과 이미지의 열기에 휩쓸려 우왕좌왕하는 쏠림에 대해서도 경계한다.

그것은 이것도 싫고 저것도 싫은 무기력한 양비론이 아니라, 이분법을 초월하고자 하는 열망이다. 식상한 이분법의 흑백 논리에 함몰되거나 감정에 쉽게 휩쓸리는 것이야말로 지적 게으름의 극치다. '자기 세계'를 만들어가는 혼란과 고통을 회피하는 사람들은 '남의 정신'으로 살게 된다. 남의 정신과 구호를 깐깐하게 의심하며 '자기 정신'으로 생각하고, 또 생각하고, 또 생각하는 가운데 나는 '나의 길'을 찾고자 했다.

나는 그런 가운데 들풀처럼 바람에 흔들리며 겸손하고 소박하게, 또 바르게 살아가는 사람들을 좋아한다. 그리고 새로운 길에 도전하는 사람들, 혹은 삶에 지쳐 술 마시고 춤추는 사람들, 혹은 상처받고 슬퍼하며 괴로워하는 사람들도 사랑한다. 또한 조용히 대안적인 삶을 개척하는 착한 사람들을 존경한다. 그들의 행위는 이 빡빡한 시대에 숨구멍을 내는 것이며, 또 그들이 남긴 흔적들은 다가오는 미래에 새로운 가치관, 새로운 삶의 스타일로 꽃필 것이다. 욕심부리지 않고 자급자족하는 소공동체, 혹은 자유를 찾아 떠돌며 리좀의 삶을 살아가는 노마드 등 형태는 여러 가지겠지만, 그 스타일들은 이 거친 세상의 담벼락들이 무너진 후 솟아나는 새싹이 될 것이라고 나는 믿고 있다.

하여 초조하지 않기로 했다. 선명한 해답은 없어도 흔들리고 고민하는 모습이야말로 이 시대를 헤쳐나가는 또 하나의 방법이 아니겠는가.

세상의 달콤한 유혹과 화끈한 구호에 현혹되지 않고, 흔들림을 두려워하지 않으며, 그 흔들림 속에서 역동적인 생기를 발산하며 자기 식대로 살아가는 '영혼이 자유로운' 여행자들이 많아진다면 얼마나 좋을까?

나 역시 그렇게 되기 위해 늘 사유하고 상상하며 현실과 싸우고 있다. 그런 나에게 꿈은 매우 소중하다. 시간은 과거에서 미래로 흐르지만 의미의 세계는 반대로 흐를 수도 있다. 과거가 부끄러워도 현재를 충실하게 살면 그 과거는 의미를 획득한다. 그러나 현재를 망치면 그 어떤 영광의 시절, 행복한 시절도 후회스러운 과거가 된다. 또한 현재를 의미 있게 해주는 것은 미래의 '꿈'이다. 과욕으로 뒤틀린 잘못된 꿈이 아니라 생명의 기운을 불러일으키는 '싱싱하고 올바른 꿈'이 있을 때 현재의 고통과 고뇌조차 의미를 획득한다.

어찌 보면 현재는 없다. 우리의 인식은 지나가버린 과거와 앞으로 다가올 미래만 바라볼 뿐, 현재는 포획할 수 없다. 그래서 지나간 과거는 이미 관념이 되었고, 다가올 미래도 아직 관념이며, 현재는 포획하지 못하는 관념이다.

관념의 힘이란 얼마나 위대한가? 뒤랑이 말한 대로, 인간은 관념에 살고 관념에 죽는다.

올바른 꿈을 꾸는 사람은 과거, 현재, 미래라는 관념의 주인이 된다. 그 올바른 꿈에 의해 삶은 완전해진다. 올바른 것이 무엇인지는 잘 모르겠다. 그건 하늘의 일이고, 다만 올바름을 궁리하는 것이 인간의 일임을 믿고 있을 뿐이다.

결국 마음이다. 여행도 삶도 모두 마음에서 시작한다. 마음 하나 잘 잡고 올바른 꿈을 꾼다면 언제나 자유로우리라. 우리가 꾸는 꿈이 바로 우리의 삶이다.

IV 노마디즘과 상상력의 세계

시   간

여 행 자 들 에 게

그동안 나는 공간을 이동하는 '공간 여행자' 였다. 그런데 언제부턴가 '시간 여행자' 가 되었다. 우린 떠나지 않아도, 시간을 타고 삶이라는 바다를 여행하고 있다. 시간 여행자로서 바라본 삶이라는 여행지는 흥미진진했다.

종종 나에게 이메일로 고민을 털어놓거나 내 글을 읽고 위안을 얻었다는 분들이 있다. 그 가운데 어떤 이들은 떠나고자 하는 열망 때문에 고민하고, 어떤 이들은 돌아와서 정착하지 못하고 방황한다. 나로서는 한 가지 답을 줄 수가 없다. 모두 자기 선택이요 운명인 것이다. 떠날 만한 사람은 모험가답게 용감하게 떠나는 것이고, 머물러 있어야 할 사람은 '꾹' 인내하며 '역동적 뿌리내리기'를 실행해야 한다. 고령화 사회다. 인생은 길어졌다. 참고 기다리며 준비하는 시간도 즐거운 것이다.

그러나 가장 중요한 것은 인식의 지평선을 넓히는 일이다. 시간 여행자가 되면 매일 똑같은 아침을 맞아도 가슴이 설렌다. 하늘과 바람과 구름과 꽃과 아이들 웃음소리와 빵 한 조각, 커피 한 모금 속에서 여행을 한다. 무지개만 보아도 설레던 동심을 찾으면 일상이 여행이 된다. 그러다 언젠가 다시 배낭을 메고 떠나는 그 순간, 우리는 하늘을 나는 것이다.

혹시라도 공간 여행자에서 시간 여행자로 가고 싶은 여행자들에게 나는 말하고 싶다.

세상은 넓다. 그러나 사유와 상상의 세계는 더욱더 넓다. 사유하고 상상하시라.

우리는 지구를 타고 우주를 여행하고 있지 않은가?

일체유심조(一切唯心造). 세상은 스스로 만드는 것이다.

IV 노마디즘과 상상력의 세계

감사의 말

긴 글을 썼다. 감사드려야 할 분들이 너무도 많다.

여행만 하다가 방향을 잃었을 때, 마페졸리와 뒤랑이라는 학자의 노마디즘과 상상력을 만나게 해주신 서강대 사회학과의 김무경 교수님께 가장 먼저 감사를 드린다. 나의 지도교수님이자 선배님인 그분을 통해 나는 내 인식의 지평이 확장되는 기쁨을 누렸다.

그리고 그분의 스승인 마페졸리, 또 그의 스승인 뒤랑, 또 그의 스승인 가스통 바슐라르에게도 감사를 드려야 한다. 제도권에서의 사회학 공부는 끝났지만 나는 들판을 걸어가며 늘 그들로부터 배우고 사유할 것이다. 또한 배움의 과정에서 수많은 가르침을 준 교수님들, 같이 공부한 학우들에게도 감사를 드린다.

그리고 이 책에 대한 아이디어와 열정을 내 가슴속에서 끄집어내게 한 편집자 장재순 씨, 이 원고를 진행하며 흔들리지 말고 꿋꿋하게 나의 얘기를 풀어놓으라며 용기를 북돋아준 편집자 김수현 씨에게 고맙다는 말을 전한다. 그런 격려가 없었다면 나는 이런 얘기들을 그저 가슴속에 품고만 있었을 것이다. 그리고 원고를 검토하며 귀한 비판을 해준 분들, 책을 정성스럽게 만들어준 분들, 책 홍보를 위해 열심히 뛸 마케팅부 직원 여러분에게도 감사를 드린다.

또한 지금까지 나의 다른 책들을 읽으며 소통한 독자들, 앞으로 이 책을 읽어주실 새로운 독자들, 블로그를 통해 늘 글 쓸 용기를 준 이웃들에게도 감사를 드린다. 그들은 이 험난한 세상에서 서로 힘을 주고받는 동지들이다. 늘 정진하고 행복하시길.

병을 앓고 있는 어머니, 늘 응원해주는 가족들, 그리고 언제나 고통과 기쁨을 함께하는 나의 분신인 아내는 존재 자체만으로도 나에게 힘을 주고 있다. 언제나 감사하는 마음으로 살고 있다.

언제나
여행처럼

초판 1쇄 발행 | 2010년 3월 30일
초판 3쇄 발행 | 2016년 5월 31일

지은이 | 이지상

발행인 | 이상언
제작책임 | 노재현
편집장 | 이정아
에디터 | 문주미
마케팅 | 오정일 김동현 김훈일 한아름
디자인 | DesignBoom
일러스트 | 박훈규
인쇄 | 미래피앤피

발행처 | 중앙일보플러스(주)
주소 | (04517) 서울시 중구 통일로 92 에이스타워 4층
등록 | 2007년 2월 13일 제2-4561호
판매 | (02) 6416-3917
제작 | (02) 6416-3922
홈페이지 | www.joongangbooks.co.kr
페이스북 | www.facebook.com/hellojbooks

ⓒ 이지상, 2016

ISBN | 978-89-278-0014-9 03810